Beware of the Trains

Edmund Crispin

論創海外ミステリ
Ronso Kaigai MYSTERY
103

列車に御用心

エドマンド・クリスピン

冨田ひろみ◎訳

論創社

Beware of the Trains
1953
by Edmund Crispin

列車に御用心

目次

はじめに

短編小説の魅力は、作品が醸しだす雰囲気を堪能すること、もしくは未知なる物語との刹那《せつな》の出逢いにある。ここに紹介する作品は、「デッドロック」を除けば後者のカテゴリーに属する。そのすべてにおいて、当節ますます軽んじられている原則、つまり読者に対してフェアプレイであること——読者が謎を解明するのに必要な手がかりは、ロジックや常識を働かせる以外はすべて作中で与えられていなければならない——を体現している。ただし「エドガー・フォーリーの水難」「門にいた人々」「高速発射」「金の純度」の四編の謎を解明するには、新聞のクイズ欄に出てくる平均レベル程度の専門知識、もしくは専門に近い知識を少々必要とすることは心に留めておいていただきたい。

（またもや）「デッドロック」を除く作品の初出は、すべてロンドンの夕刊紙イブニング・スタンダード紙である。もっともその大半は、今回本書におさめるにあたり大幅に加筆修正した。「三人の親族」（原題を直訳すると「忌まわしい鋏《はさみ》」）のタイトルについては、この場でひと言説明しておかなければ読者を戸惑わせるおそれがある。これはミルトンの弔詩「リシダス」の一節に由来する。

盲目の復讐の女神　姿をあらわし
忌まわしい鋏を手に持ちて
細く紡がれし命を断ち切らん

ここに詠われた復讐の女神こそ、アトロポスであるのは言うまでもない。そしてアトロピンは本作品に登場する毒物のことだが、この女神の名に由来している。

一九五二年、ブリクスハムにて

E・C

列車に御用心

気笛が鳴った。車体ががくんと揺れて、ホームの壁に貼られた大きなポスターを次々と置きざりにしながら――列車は、背中をぐいと押されたかのように急加速して、ボーレストン駅を出た。操車場内の背の高い照明塔が放つ淡い灯の下を通過し、家々から漏れる明かりが星座みたいに見える町なかをすべるように進み、やがて八マイルほどつづく真っ暗闇の地峡を抜ければ、その先にクラフ駅がある。いつものように乗り換え駅のボーレストンで客がどっと降りてしまうと、車内に残ったわずかな乗客たちは――はからずもこれが意味のある巡りあわせだったと、のちに知ることになるのだが――足を伸ばしたり、膝にのせていた帽子や新聞、あるいは鞄などを隣の空いた席に置いたりして、ヴィクトリア駅を出てから、ようやくくつろいだ気分にひたれた。まもなく午前零時近く、客の大半は眠気をもよおしていたが、ボーレストンとクラフのあいだで寝ていた客はひとりもいない。魔法をかけられたかのように、乗客たちは目を見開いて一部始終を見届けるよう、運命づけられていたのである。

クラフ駅は、見たところ大きくもなく、これといった魅力もなく、乗降客もほとんどいない。それなのに、列車はこの駅で停まるやいなや、どうしたわけか出発するのをいやがるそぶりを見せていた。発車合図の汽笛が自信たっぷりにひと声あげても、列車は動こうとしないので、汽笛が機嫌を損ねて黙り込んだ。気を取りなおして、もうひと声あげてみせたがやっぱり動いてくれない。こんどこそはと、拒否を許さぬ叫びにも似た音を響かせた。それでも列車は死んだように動かないし、いつもなら列車を活気づける高速音すら聞こえてこないのだ。するとほどなく、オックスフォード大学の英語英文学教授であるジャーヴァス・フェンが異常を察し、コンパートメントの窓を下げて頭をひょいとのぞかせた。

雨が降っているのかいないのか。雨粒は弱々しくいらだたしげに、駅舎の屋根を打ちつづけ、雨が運んできた風は鋭かった。蛍光灯のほの暗い光が、自動券売機や時刻表、店じまいした駅売店を照らしだす。脅しめいた政府広報や売らんかなの宣伝ポスター、剝げかかった緑色のペンキや鉄錆びにも、ぼんやり光があたっていた。時計のそばで何人かが顔をつきあわせ、激論をたたかわせている。フェンはその一団に、非難がましい視線をしばらく送ってから、口を開いた。

「故障か？」不愉快そうに尋ねたフェンを、一団はくるっと向きなおってじっと見た。「運転士が、行方不明だとでも？」彼がさらにつづけた。

この問いかけがてきめんに効いて、一団はこぞってフェンのもとに駆け寄ると、なかにいたひとりが――白目がちで大柄な、どうやら駅長らしき男が――問いかけた。「あい済みませんが、見かけてませんか？」

「見かけるって、だれを？」フェンがうさんくさそうに問い返した。

「運転士ですよ、この列車の」

「見かけるわけ、ないだろ。運転士がどうしたっていうんだ？」

「いないんです。逃げたんですよ、どうしてなんだか。運転室《キャビン》はおろか、駅構内のどこにも見つからんのです」

「じゃ、失踪だな」フェンが言った。「金目のものか、よその運転士の女房を道連れにでもして逃げたんだろ」

駅長は首を振り――それは、ただ当惑しているというよりも、フェンの推測から出た意見に異論を唱えるためであり――ひとけのないプラットホームをきょろきょろしては途方に暮れている。

「だとしたら厄介ですな」駅長は言った。「本当に、いないんですから」

「だけど、駅長さん。救いがひとつあるよ」駅長についてきたポーター二人のうちの、若いほうが言った。「この駅から外に出ようとすれば、必ず見つかっちまうんだから」

メイコック駅長は、いまの発言の意味がしばらく飲み込めないでいたみたいだが、ようやく理解できてからでさえ、いいことを教えてもらったという顔はしなかった。「ウォリー、なんでまた、そんなことを言う?」

「だってよ、ほら、包囲されてるだろ?」

「包囲だって?」メイコック駅長が蚊のなくような声で繰り返した。「どういうことだ、包囲されてるってのは?」

ウォリーは口をぽかんと開けて駅長を見た。「こりゃ、まいった、勘弁だよ。もう警部《インスペクター》さんには会ったんでしょ? 夕食からもどったあとで」

「インスペクターだって?」〝小鬼《ゴブリン》が出た〟と部下に教えられても、そこまでうろたえないだろうというくらい、メイコック駅長はうろたえた。「どのインスペクターのことだ?」

「ロンドン警視庁《スコットランドヤード》の警部さんだよ」ウォリーがもったい顔で言う。「警官を六人引き連れてさ。強盗を追跡中なんだって。この列車にもぐりこんでるらしいんだよ」

この芝居がかった報告を受けて、メイコック駅長は明らかに呆然としているのに、己の威厳を揺るがされてはなるものかと、急ごしらえで土嚢を積み上げたみたいな心の防壁の奥へ、狼狽したことをたくみに隠してみせた。「で、どうして、わたしに」怒りに満ちた口調で問いただす。「いまの話が伝わってないのかね?」

「知らせたぜ」こう嚙みついたのがもうひとりのポーターで、かなりの高齢らしい。ピントがずれた駅長の激昂ぶりに長年さらされてきたせいか、そのいらつきぶりは禁煙に挑戦中で落ち着きを失った男を連想させる。「知らせただろ? たったいま知らせたじゃねえか」

メイコック駅長はこの発言を無視した。「そこまでご親切であったなら」相手を見下げるような言い方だ。「警察の方々がこちらにきた時間に知らせてくれてれば、もっと助かったんだがねぇ」

「零時二十分前くらいだったんだよ」ウォリーがむっとして言った。「この列車の到着予定時刻の十分前だぜ」

「じゃ、思い出してもらえないのもやむなしだねぇ」――メイコック駅長は、いま口にしたあてこすりの重みに自分の巨体が耐えきれないかのように、膝をかくっと折ってみせた――「駅長室をちょっとのぞいて、わたしの所在を確かめるくらい、なんてことないんだがねぇ。ま、そりゃ無理か。どうせわたしは、しがない駅長でしかないわけだし」

「いやいや、悪かったよ、駅長さん」ウォリーの声の調子からして、ちっとも悪いとは思ってないようだ。「まさかもどってるなんて思ってもなかったんだ。警部さんには、駅長さんは夕食をとりに村へ行ったまんまだって答えちまったし」

これを聞くなり、メイコック駅長はふっと表情を緩め、それまでぶちまけつづけていた断固たる憤りを封印した。「おや、そうだったのか。まあ、さしつかえはないさ」さっきまでは駅長としてのプライドをひけらかす物言いをしてきたのに、その口調はすっかり「ただのひと」にもどっている。「強盗だって？　列車に乗ってたとはねえ。で、捕まったのかい？」

ウォリーが首を振った。「いんや。十中八九、がせだな。もっとも、警官はまだそのへんにいるよ」そう言って、よごれた親指を改札口の柵あたりにぐいと向けた。「ほら、あそこ。警部さんだよ」

指し示された方向は、さっきまでひとっ子ひとり見えなかった。なのにいま、柵の向こう側から、灰色のホンブルグ帽をちょんとかぶり、きれいに髭をそった温和そうな丸顔があらわれるや、フェンがすぐに気づいて、大声で呼んだ。「ハンブルビーじゃないか！」すると、呼びかけられた人物は、背後にあるほの暗い切符売場にいるだれかに向かって「ミリカン、ここを動くなよ」と指示しながら、プラットホームに出てきたかと思うと、もう次の瞬間にはフェンたちに合流していたのだった。

ハンブルビーはおそらく五十代半ば。警官にしては小柄で、よくひきしまったからだに、こざっぱりした服装がよく似合う。角刈りにした白髪まじりの頭に、血色のよい愛想のいい顔、背筋はぴっと伸び、胸ポケットを葉巻ケースでふくらませ、茶色の靴はぴかぴかだ——こうした身なりだけで判断すれば、ドイツ系の小市民《プチ・ブル》によくいる、流行に敏感なタイプかと思ってしまうが、ハンブルビーと対峙すれば、いやでもあの灰色をした穏やかで知的で懐疑的な瞳と目を合わすことになり、そうなると外見から抱いた第一印象は間違いで、ベルベットのような柔和さの下に、鉄のごとき強固さが隠れていることに気づくのだ。「おや、おや」ハンブルビーが言った。「これはこれは、なんとまあ、たいした偶然ですな」

「どうした?」相変わらずコンパートメントの窓から、大聖堂の塔にあるガーゴイルよろしく頭を突き出していたフェンが、容赦なく言った。「強盗だって?」

「では、あなたが駅長ですな」ハンブルビーはメイコック駅長に向き直って言った。「お留守のあいだにこちらに到着しましてね、勝手なこととは知りつつも——」

「違うんですよ」メイコックは相手のことばをさえぎり、弁明しはじめた。「ずっと駅長室にいたのですが、このものたちが確かめようとしなかったもので……やあ、フォレスター」最後の挨拶は、疲れきった車掌に向けたもの。車掌は、行方不明の運転士を探しまわっていたのだ。「見つかったか?」

「影もかたちもありません」車掌が顔をくもらせる。「よりにもよって、自分の乗務中にこんな目に遭うなんて」

「運転士はヒンクソンだったな?」

車掌は首を振った。「違います、フィル・ベイリーです」

「ベイリーが?」

「そうです。ベイリーがヒンクソンの代わりにこの路線を担当することがあるんですよ」車掌はそう答えたものの、フェンとハンブルビーにちらっと目をやり、そわそわしだした。「規則違反と言われりゃ、それまでですが、別に不都合もないんで。ベイリーの家はブランボローにあるんです、この路線の終点のね。だからこの列車に乗れば、帰宅するのが楽なんですよ。で、ヒンクソンがロンドン《タウン》に泊まりたいときなんかに、運転を代わったりすることがあるわけで……でも、こんなことになるとは。こりゃきっと、厄介なことになりますよ」不運に見舞われた車掌は、厄介ごとが我が身に降りかかってくる覚悟をとっくにきめたらしい。

「とにかく、もう限界だな。すぐに本部に電話だ」駅長は電話をかけに行ってしまい、ハンブルビーはいったいなにがなんだかまるで飲み込めていないので、その場に残ったものに教えてくれと頼み込んだ。そして、すっかり事態が飲み込めるとこう言った。「だが、たしかなことがひとつありますよ。運転士はこの駅から外には出ていません。駅のあちこちに警官を配備してますからね、外に出ていこうとするものは全員引きとめておけと指示してあります」

そのとき、フェンや郵便局のカウンター奥にいそうな、いやに上品ぶった若い女と同じコンパートメントに乗り合わせていた年配のビジネスマンが「その窓は夜どおし開けたままでいる気かね」といらだたしげに声をかけた。フェンはそのことばに押されるように窓を閉め、プラットホームに降りてきた。

「そうは言うがね」フェンがハンブルビーに言った。「本当に、ベイリーが駅を出ていないのか、部下たちに確認したほうがいいぞ。巡回につきあうから、強盗とやらのことを教えてくれ」

　ベイリーの職務放棄をめぐってあれこれ自説をぶつけあっている車掌とポーターたちをあとに残し、二人は列車の先頭めざしてプラットホームを歩きだした。「強盗の名はゴジェット」ハンブルビーが言った。「アルフレッド・ゴジェットです。連続強盗容疑で手配中ですが、ここ数か月雲隠れしていて捕まえられなかったんです。ところが、今夜早い時間帯に、やつをソーホー地区で見かけた私服警官がいましてね。ディジェット（同音の digged ＝スリをした、にひっかけている）なんて、警官にあるまじき名前なんですが……」

「そりゃ、また」

「……で、ディジェットはやつをヴィクトリア駅まで尾行した。さて、ヴィクトリア駅がどんな駅かはご存じですな。構内がやたらめったら広すぎて、いつもひとでごったがえしている。とにかく、ディジェットはそこでやつを見失った。さて話は前後して、きょう正午ごろ、かなり信頼のおける情報屋から、ここクラフにゴジェットの隠れ家があるとの垂れこみがあって、わたしはミリカンを伴い車でここまで調べにきていたのです。ヴィクトリア駅でゴジェットが姿を消したとわかるや、もちろんロンドン警視庁からクラフの警察宛に電話連絡がありました。すると、この警察がわたしにもその知らせを届けてくれた。だから、こうしてここにいる次第です。ゴジェットがこの列車に乗ってたら、こんどこそ手錠をかけてやる絶好の機会だったのに。あいにく乗っていませんでしたよ」

「では、だれも降りなかったのか？」

「乗降客ともゼロでした。しかもこれが最終列車ですから、さしあたりきょうのところは、打つ手なし。ですが、早晩ここの隠れ家にやつは必ず姿をあらわしますよ。そのときこそ逃がしません」

「となると、さしあたっての問題は」フェンが考え込むように言った。「ベイリーの行方だな」

「さしあたっては、そうでした。では、確認にまわりますか……」

ハンブルビーが地元警察から抜擢したという六人は、雨でじっとり濡れながらも決然たる態度で駅構内をぬかりなく警備していたので、監視の目をすりぬけて駅を出るのは、鼠一匹といえども不可能だということがわかった。実際のところ、六人ともが、駅からは鼠一匹出してません、ときっぱり断言したのだ。ハンブルビーは、新たな指示を出すまではひきつづき監視するよう伝えると、再びフェンと下り線側のホームに出た。

「もう逃げ道はありませんよ」ハンブルビーは言い切った。「それに楽ですよ、この駅は……えっと、包囲するには。これがボーレストンみたいに、やたら広いだけの駅となると、ふむ、包囲のために百人動員できたとしても、ゴジェットには逃げられたか……むろん、やつがボーレストンで下車した可能性もじゅうぶんにあるわけで」

「二兎を追うもんじゃない」フェンはかなり不機嫌そうだ。「いま気を揉《も》むのはベイリーのことだ——ゴジェットはあとまわしだ」

「でしたね。ベイリーはまだ駅にいるはずですよ。さもなければ、この列車内のどこかにいる。いったい、なにを考えているのやら？」

「警察がいたというのに、ベイリーはだれにも見られることなく運転室《キャビン》から出られたことになるんだぞ」フェンはそう言いながら運転室の前で立ち止まり、からっぽの運転室をのぞきこんだ。「ほら、よく見てくれ。運転室からほかの車両へは通り抜けができないんだ」

ハンブルビーはよくよく考えたうえで、警察部隊の配備場所を決めていた。「たしかに。運転士はだれにも見られることなく運転室から出られるばかりか、駅舎内のどこかに隠れることも可能というわけですな」

「列車の入線時に、ポーターはプラットホームにいなかったのか?」

「そうなんです。わたしがここに来た理由を伝えると、ポーターが――とりわけ若いほうのが、ひどく興奮してしまいましてね、ホームから遠ざけておいたんです。ゴジェットが下車した際に、呆然とした彼らを見て怪しまれてはまずいですからね――追い詰められると平気で銃を撃ってくるやつですから」

「メイコック駅長はどこにいた?」

「駅長室です――居眠りでもしてたんでしょうな。車掌のほうですが、わたしの監視位置から車掌室は見えましたが、列車の出発時刻になるまでは外に出もしませんでした……」ハンブルビーがため息をついた。「というわけで、だれも、運転士の動向に注意を払っていなかった。でも、きっと見つけますよ。駅から出られないんですから。これから警官を呼び集めて、一から捜索をやり直します――こんどは体系的に探しますので」

体系的だろうがなんだろうが、結局のところこんどの捜索もまったくの無駄に終わった。ひとつだけはっきりしたのは、行方不明の運転士は駅の内にも外にも、乗り捨てた列車の上に下にも、それこそどこをどう捜しても、いないということだった。

ということはつまり、残念ながらこの運転士は、ほかのどこを捜しても見つかりっこないと考えるのが、ものの道理と言えた。

フェンは、この避けては通れない結末をとっくに見越していたから、捜索には加わらなかった。駅長室にひきこもり、ストーブのそばでうとうとしていたら、三十分ばかり経ったころにハンブルビーがやってきて、運転士は見つからなかったという。

「こうなると、答えはひとつ。ベイリーは変装して――乗客十二人（但し警察発表の数字にあらず）のうちのひとりになりすましているんですよ。身替わりになった客はきっと、このいまいましいほど小さな駅のどこかに閉じ込められているんです」

「じゃあ、ベイリーがその客を監禁してるって言うのか？」

「いいえ。もっとも、車掌とポーター二人と駅長が共謀していたら話は別ですがね――そんなことはまずないでしょうし。全員がベイリーのことを知っているのはたしかですから、四人のうちのだれかがベイリーになりすますなんてことも、まずあり得ませんし」

フェンはあくびをした。「だったら、お次はどうする？」

「もっと早くにやるべきことがありましたよ。お次は、あの列車がボーレストンを出発したとき、運転士は本当にベイリーだったかを確認することです……して、電話は？」

「きみのうしろに」

「あ、たしかに……はて、路線間専用電話か。ふつうの電話じゃないと……ああ、まったく、あのまぬけなメイコックは電話番号一覧もつくってないのか?」

「きみの目の前に」

「あ、たしかに……51709っと」ハンブルビーは受話器をとりあげてダイヤルを回し、しばし待った。「もしもし、そちらボーレストン駅かね?」ほどなく彼はつづけた。「駅長を頼む。こちら警察だ……うん、そうか。だが、至急だぞ」しばしの沈黙。「駅長かね? こちらロンドン警視庁殺人捜査課のハンブルビー警部だ。少々教えてもらいたいのだが、ボーレストン発クラフ経由ブランボロー行きの、ええっと――」

「午後十一時四十五分発だ」フェンが言い添えた。

「午後十一時四十五分発の列車だが……おお、それそれ。ゆうべ深夜出発の列車で……うん、クラフに停車したのは承知してるんだ。だから、こうして……違う、違う。こっちが知りたいのは、ボーレストンを発車した際の運転士がだれだったか、見たひとが……え、あなたが?……たしかにベイリーで? 列車の発車直後に?……ふうむ。では、発車後にベイリーが飛び降りたとか、運転士が交代したなんてことはあり得ないと……ふむふむ。列車が実際に動きだした時点で、運転席にはベイリーがいたんだね。見間違えてないね? これは重要なことで……え、そちらのポーターが証言してくれるって?……いや、いまはポーターと話している余裕がないんだ……けっこう……ええ……では、失礼」

ハンブルビーは電話を切ると、フェンのほうに向きなおった。「と、いうわけです」

「だと思ったよ」

「となるとお次は、ベイリーがボーレストンとクラフのあいだを走行中に列車から脱出できたかを調べねば」

「あの列車は、自動操縦にならないやつだ」

「さしあたって、そんなことはどうでもいいんです」ハンブルビーはいらだたしげに言った。「問題は、脱出できたかどうかなんです」

「できっこない。首の骨を折るのは必至だ。列車は走行中、時速三十五から四十マイルの速度を保っていたし、停車どころか徐行もしなかった」

沈黙が流れた。「では、お手上げです」とハンブルビー。「哀れな運転士は、シャボン玉のように消えてしまったとしか——」

「死んでいるとは考えられないか?」

「死んでしまって、細かく切り刻まれてしまったかもという考えはよぎりました。だが、いまだに肉片すら発見できていません……参りましたな。これじゃ、まるで——まるで、あなたがお気に入りの密室ミステリーみたいだ。不可能的状況というやつです」

フェンが二度目のあくびをした。「いや、不可能なもんか。むしろ、しかけは実に単純だ……」そしてさっきより真剣な顔になった。「だが、おそらく、これから取り組むべきは、たんに行方不明になった程度じゃ済まされない、より深刻な問題なんだ。実は——」

電話が鳴ったので、一瞬ためらったのちにハンブルビーが出た。彼宛の電話だった。数分後に受話器を置くと、深刻な表情でこう言った。

「死体が発見されました。ここから線路沿いをボーレストン方面に三マイル行ったところです。背中をナイフでひと突きされ、列車から投げ捨てられたようです。人相と服装からゴジェットに間違いありません。しかもこれまた間違いなく、あの」――ハンブルビーがプラットホームを顎で指し示した――「列車から、放り出されたんです……さてと、まずいの一番に取り組むべきは、乗客の事情聴取ですな。コンパートメントにひとりきりで乗車していた客には、たっぷり釈明していただかないと」

そのころには乗客の大半がとっくに列車から降りていて、ぼんやり突っ立ったまま、あるものは不安がり、あるものは気分が悪くなり、あるものは駅員をむなしく問い詰めていた。ハンブルビーの指示を受け、車掌とポーター二人とメイコック駅長は、一度は抗議してみせたものの、けっきょく乗客たちとのろのろした足取りで駅の待合室に入っていった。さらに、好奇心旺盛なフェンも見物席につくと、公開審問もどきが始まったのである。

審問の結末は、不可解かつ注目すべきものとなった。列車がボーレストンを発車してクラフに到着するまで、車内にいたのは運転士を除けば九人。そのみんながみんな、問題となる路線間では、生まれたての赤ん坊同様に潔白だったときっぱり証言してくれる相手が二人ずついたのである。フェンの証人は、例の年配のビジネスマンと上品ぶった若い女だった。別のコンパートメントでもやはり三人が乗り合わせていて、三人ともが血縁もなければ知り合いでもなく、職業上の関係もなかった。おまけに、車掌にすら証人がいた。ヴィクトリア駅を出発してからずっとここまで、憂鬱そうな顔をした二人の労働者が一緒に車掌室にいたと証言してくれたのだ。興奮剤を与えられたみたいにやたら元気なホイペット犬を輸送中で、しじゅう目が離せないため、車掌室にいたほうがよかったのだと彼らは釈明した。九人全員が、ベイリーの捜索が始まるまで不審な物音や光景に気づかなかったという。だれひとりとして、（これは側廊《コリドー》列車ではなかったので）乗り合わせた客の目を盗んで外に出る機会もなかったし、だれも眠らずにいた。しかも万が一、見知らぬだれかがからっぽのコンパートメントのどれかに乗っていて、ベイリーみたいに忽然と姿を消してしまったのでないかぎり――ハンブルビーにそんな推理を受け入れる気はさらさらなかった――ゴジェットは、だれの助けも借りずにあの世へダイブしたという説がもっともらしく思えてしまうほどだった。

こうなってくると、審問を行なうハンブルビーのほうがしだいに冷静さを失ってきて、同じ質問を繰り返すばかり。フェンはこの流れを察して、こっそり部屋を抜け出しプラットホームに出ていった。十分後に待合室にもどってきたときには、おんぼろのスーツケースを下げていた。そして、もはや演説をしているようにしか見えないハンブルビーを尻目に、厳粛な表情を浮かべて部屋の中央にあるテーブルまで近寄ると、そこにスーツケースをどすんと置いた。

「このスーツケースのなかには」とうとうとまくしたてるハンブルビーの声が小さくなった隙をついて、フェンは愉快そうに声を張りあげた。「運転士の制服があるはずだよ。その持ち主は、あの不運なベイリー運転士だ」そしてスーツケースの留め金をはずす。「しかも、間違いなく……ハンブルビー、やつを逃がすな！」

その後のとっくみあいは、はなはだあっけなく終わった。乱闘の主役は、ハンブルビーに膝をタックルされて、倒れ込んだ拍子にストーブ囲いに頭を強打し、左眉あたりから血を噴き出して、のびてしまったのだった。

「そう、そいつが犯人だ」フェンが言った。「だから、どんな敏腕弁護士をつけたところで、絞首台行きは免れないぞ」

それからしばらくして、この十二月の夜を徹してハンブルビーが目的地まで車で送ってくれる道中で、フェンは語った。「ああ、犯人は駅長のメイコック以外あり得なかったし、ゴジェットとベイリーは当然ながら同一人物だったんだ。だけど、動機はなんなんだ?」

ハンブルビーが肩をすくめた。「そりゃもちろん、ゴジェットのスーツケースに入っていたあの金です。かなりの大金でしたからね。泥棒どもの仲間割れとは、あまりにわかりやすい一件ですな。ゴジェットに仲間がいるのは、だいぶ前からつかんでいましたが、こうなると、メイコックが仲間だったのは間違いありません。スーツケースは駅長室のどのへんにあったんですか?」

「ロッカーのうしろに押し込んであったよ――隠し場所としては芸がない。さてさて、それほど厄介な事件でもなかったな。ベイリーが駅にいなくて、駅を出た痕跡もないとなれば、駅には来ていなかったんだ。ところが、列車はだれかが運転していた――となれば、それができるのはメイコックだけだ。ポーターの二人をシロとしたのは、きみがいたからだよ。車掌にはあの乗客たちがいて――もちつもたれつだな。だからメイコック以外はあり得ないのさ。

そして決め手はもちろん、ゴジェットの死体が発見されたことだ。彼が投げ捨てられたのは、客のいたコンパートメントからでも車掌室からでもない。まして無人のコンパートメントからじゃ、投げ捨てるものがいないのだからあり得ない。と、な、る、と、運転室からとしか考えられない。しかも、とっくに説明したように、メイコックが運転室にいたのは紛れもない事実だから、メイコック以外に死体を投げ捨てたものがいる、なんて考えが出てくるわけはないんだよ。

メイコックは、夕食をとりにいったと思わせておいて、車か列車でボーレストンまで行き、あの列車に――つまりあの列車の運転室に――乗り込んだ。列車が走りだすまでは身を潜め、やがてゴジェットことベイリーが、メイコックが持ってきた私服に着替えるあいだ列車の運転を肩代わりしたんだ。ところで、メイコックは自分が姿をあらわしたことをどう説明したんだろうか？おそらく、ゴジェットことベイリーに、警察がおまえを追ってるとかの（その段階ではメイコックがひねりだした）架空話でもしたんだろう。着替えるという案はゴジェットことベイリーが言い出したのかもしれないな。終点まで行って逃亡するには、私服のほうが都合がいいと考えたか」

ハンブルビーがうなずいた。「ほぼ、そのとおりでしょうな。メイコックの供述がとれしだい、供述書の写しを送りますよ。やつは列車の走行を制御する安全ハンドルに楔《くさび》を入れて固定し、ゴジェットことベイリーをナイフでひと突き、ぽいと投げ捨てたあとはクラフまで列車を運転すれば、スーツケースごと駅長室に雲隠れするだけでいいと考えた。駅が包囲されたと知ったとたん、メイコックは慌てふためいたに違いない」

「そりゃ、慌てたさ」フェンが言った。「警官さえ駅にいなければ、ベイリーはあたかも夜の闇に消えてしまったとかでうやむやになったんだろうな。ところが、運はどこまでもメイコックに歯向かってくれたというわけだ。きみらが包囲し、乗客たちは群れかたまり、おまけに車掌室には労働者たちがいた。たまたま全員が結託して――という言い方が許されればだが――やつの悪事をあばいたんだ。いわば、偶然がかけた魔法みたいなもので、みなそれぞれの役割を担ったというか」フェンはひときわ大きなあくびをすると、車窓からの光景に目をやった。「ほら、そろそろ夜が明けそうだ……この次、どこかへ行くのに最後まで無事にたどりつきたかったら、絶対にバスにするぞ」

苦悩するハンブルビー

「この仕事に就いた以上」ハンブルビー警部が口を開いた。「時に撃たれる危険があるのは覚悟していますよ。石炭掘りに塵肺の不安がついてまわるように、これは職業上の危険であり、勤務中なら撃たれる覚悟はできています。でもですよ、昔なじみを訪ねたときとあれば話は別だ。つまり、わたしはただいま休暇中でしてね。あの一九一四年からの戦争以来のつきあいになる男にちょっと会いにいった。して、なにが起きたか？　わたしが口を開いて、問いかけのことばを発する隙も与えずに、あの男はポケットから拳銃をさっと抜いて発射してきたんです。ええ、そりゃ、立ちすくみましたよ。だれだってそうなるでしょう。あまりに度肝を抜かれて、文字どおり一歩も動けませんでした」

「だが、撃ち損じたようだな」セント・クリストファーズカレッジ内の一室で肘かけ椅子に深く身を沈め、大学の英語英文学教授ジャーヴァス・フェンは、目前の客をためつすがめつ言った。

「見たところ、傷ひとつない」

「ええ。三発も発砲されたのに」ハンブルビーは大げさに言った。「三発ともはずれたんです。むろん、そこが妙なんですよ」

「〝むろん〟だって？　いいかい、拳銃なんてのは……」

「〝むろん〟と言ったのは、いま話題にしている男、ガースティン＝ウォルシュは退役軍人、厳密に言えば、退役直前に陸軍大佐に昇進した軍人だったからなんです……ああ、言いたいことはわかってます。陸軍所属では、拳銃を携行したところで現実に撃つ場面なんてめったにないのだから、射撃の名手と決めつけるのはおめでたすぎる、でしょ？　ええ、わかってます。だが今回は、厄介なことにガースティン＝ウォルシュの趣味が射撃だという点でして——あの男から、犬と拳銃とダリアへの関心を奪ったらなんにも残りません——ことに、射撃の腕前は別格なんです。だから、あの男はわざと撃ち損じたんですよ。なにしろ射程距離は、わたしですらはずしようもない一ヤードしかなくて……もっとも、最初からお話ししたほうがよろしいようですな」

フェンは、いかめしい顔でうなずいた。「そうしてくれたほうがいいみたいだ」

「ご承知のように」ハンブルビーが話しはじめた。「わたしはあの大戦中、陸軍情報部所属でした。そこで、フランスのロースにある兵器庫で発生した、面白くもなんともない破壊行為の調査にあたっていたときに、当時は補給部隊隊長だったガースティン＝ウォルシュに初めて会ったんです。二人が親友になったと言っては大げさかもしれませんが——振り返れば、どうして親友になったのかがまるで思い出せないほど、それぞれ気性も正反対なうえ共通の趣味もほとんどなかった。それなのにどういうわけか、たしかに我々は親しくなった。思うに、あの男がわたしに魅力を感じたのは、あの男にユーモアのセンスがまるでなかったところが大きかったんでしょうな——あのころは、自覚していようがいまいが、そろってかなりのヒステリー状態にありましたから、けっして笑ったことのない人間というのが、意外にも安心できる相手だったんですよ。

以来、我々はなるべくこまめに会うようにしていましたし、終戦後は手紙をやりとりしたり、年に一、二回はいわゆる再会を果たしていました。そして十八か月前にガースティン＝ウォルシュは引退して、エクセター（イングランド南西部デヴォン州の州都）から数マイル離れたアスクームという村に移り住み、わたしは姉とエクスマス（デヴォン州にありライム湾をのぞむ観光と漁業の町）に滞在中で、彼とはかなりごぶさたしていたので、一昨日、事前の連絡なしで彼の家を訪ねるべく車で出かけることにしたのです。

　朝食を済ませてすぐにエクスマスを出発し、十時半ごろにはアスクーム村に到着しました。アスクームは、デヴォン州にあるほかの村ほどには、世界から孤立した村ではありません。なにしろ、ロンドンとを結ぶ幹線道路から四分の一マイルくらいしか離れてませんから。とはいうものの、そのほかの点ではかなり典型的な村――つまり、荒れ果てた荘園領主の館《マナーハウス》が人気のない寄宿学校に変身し、それとともにミドルクラスの〝外人たち〟がそこそこ住みつき、保存指定を受けた倒壊寸前の教会の塔があるという、ま、あなたもご承知の土地ですよ。初めて行く村でしたから、とある店の前に車を停めてガースティン＝ウォルシュの住まいを尋ねました。村人たちは道順を教えてくれながらも、最初から、どこかわたしを変人扱いするような目で見ていました。

　彼の家は、教会を越えた先にある、感じがよくて手入れの行き届いた当世風の赤煉瓦造りの小さな屋敷《ヴィラ》で、庭にはたくさんのキクが植えられ、屋敷正面の芝生は雑草が丁寧に抜かれていて、非常に申しぶんのないものでした。だが、ここからが厄介ごとの始まりです。まず、塗装工が作業に来ていた。そしてもうひとつが、エクセターの刑事捜査課の警部が玄関ホールをうろついていたこと。おまけに、どう見ても死体にしか見えないものが死体運搬車で運び去られようとしていたのです。ここであえて申し上げるまでもなく、こんな事態になっていたと前もってわかっていれば、エクスマスに引き返し、日をあらためて出直しますよ。ところが事態がはっきりしたのは、わたしが玄関の呼び鈴を押して、家政婦に屋敷のなかに通されたあとでしたから、いっさいの非礼なくしてこの場から立ち去ることなど不可能だったのです。

ガースティン＝ウォルシュは、まだ階上で身支度を整えている途中でした。けれども、エクセター警察のジュールダンという刑事が、わたしが家政婦に名乗ったのを耳にするなり自己紹介を始めました。『さぞお知りになりたいでしょうな』と彼は独断的に言いました。『いましがた運び去られた死体のことを』わたしがかぶりを振ったのがかえってやぶ蛇となり、彼はなおもしつこくこの件を話そうとしたのです。ということで、ガースティン＝ウォルシュが階下におりてくるのを待つあいだに聞かされた話は、尾ひれをはぶけば次のようなものでした。

――いままさにエクセター市の死体安置所へ運ばれていくのは、一年前よりガースティン＝ウォルシュの屋敷近くにある、小さなあばら屋を借りていたサウル・ブレッブナーなる男だ。ブレッブナーは頑強で意地悪く、大酒飲みで身なりもだらしない五十男で、アスクームの村にやってきた直後から村人たちに恐れられるようになった。家族もない、むさくるしいひとり住まいのこの男は、まったく働いていないくせに金まわりがよくて、己の時間をもっぱら密猟か〈三クラウン（五シリング相当の紙幣）亭〉に入りびたることに費やしていた。当然ながら警察はブレッブナーに目をつけていたが、彼はうまいこと警察を遠ざけていられた。おまけに村でただひとり、彼のことを悪く言わないものがいて、それがまあ驚くことに、ガースティン＝ウォルシュだったのだ。

これが訳ありだったことを、ほどなく村人たちは知ることになる。つまり、ブレッブナーはあの一九一四年の大戦中、ガースティン＝ウォルシュの従卒だったからで、かつての部下には寛大だったというわけだ。とはいえ、部下のほうも寛大でいられたわけでは当然なかった。ブレップナーは、ガースティン＝ウォルシュへの憎悪をあらわにするどころか、酔うと、大佐の経歴にはほじくり返されたくない箇所があるなんてことをほのめかしていたこともあった。村人は、ガースティン＝ウォルシュにすっかり好意をもっていたから、やつのこんな当てこすりは悪意に満ちたこけおどしだと割り引いて聞いていたし、フランスで軍需物資を横流ししたなどと、より具体的な話をブレップナーがしていたときでさえ、真《ま》に受けるものはいなかった。実際、ブレップナーという虫の好かない存在に終止符が打たれた、あの事件があった晩、やつが〈三クラウン亭〉という衆人環視のパブでガースティン＝ウォルシュのことをあまりにも毒づいていたものだから、あやうく暴力沙汰になるところだったし、看板になった──十時半に──パブを出たときも、やつはいつものことながらかなり酔っ払っていたうえに、その日はひどく怒りまくってもいたのだった。

ガースティン＝ウォルシュがその夜（ご承知とは思いますが、いまお話ししているのはわたしが訪問した日の前夜のことです）、帰宅したのは十一時十五分前。その日は村の運動会で発走係を務めたあと、司祭館で夕食をとると、食後は司祭とともに教会区の会計仕事を片づけた。それを終えて帰宅すると、玄関前で自分を訪ねてきた事務弁護士と出くわした。くだんの事務弁護士は急用があって、エクセターから車で駆けつけたのだ。そこで二人は一階にある広い書斎にこもって、検討すべき用件を次々に処理していった。そして、このウィームズというかなりのご高齢である事務弁護士によれば、かっきり十一時五分前にフランス窓がぱっと開《あ》き、ブレップブナーが二連式散弾銃《ダブルバレルド・ショットガン》を抱えて、よろめきながら書斎に入ってきたのだ。

それはあっという間のことだった。ブレップブナーはガースティン＝ウォルシュに銃口を向けるや、一発撃った。ところがかなりふらついていたせいで、散弾は的をかすめることなく室内に飛び散った。銃身《バレル》はあと一本ある。ブレップブナーはからだの揺れを止めて、再び狙いを定めた。するとガースティン＝ウォルシュが昼間、徒競争のスタート合図用に使い、帰宅直後にあらためて装填しておいた拳銃をぱっとつかむや撃ったので、自らの命を救うのに間に合った。ブレップブナーが立っていた部屋の端っこが薄暗がりだったうえに、ウィームズの宣誓供述書によれば、ガースティン＝ウォルシュはすっかり気が動転していたというわりには、みごとな射撃だったと言える。からだをぐらつかせたブレップブナーの手から散弾銃がこぼれ落ち、彼は絨緞の上に倒れこんだ。頭部に銃弾を受けたまま。

さて、村の巡査が呼ばれた。ブレップブナーは意識がないものの、まだ息があったので医者も呼ばれた。医者に動かすなと言われては、ガースティン＝ウォルシュもブレップブナーを書斎に寝かせておくしかなく、看護婦が付き添って容態を見守っていたが、翌朝九時、意識がもどらないまま死んだ」

ハンブルビーは両切り葉巻を得意そうにふかした。「さてと、ガースティン＝ウォルシュが姿をあらわすのを待つあいだ、ジュールダンから聞かされた話はこれですべてです。これが正当防衛なのは明らかで、罪に問われることはなく、ジュールダンがそこにいた理由はただひとつ、事件発生現場となった書斎を検分して、お決まりの報告書をつくるためでした。

ジュールダンがちょうど話しおえたころ、ガースティン゠ウォルシュが一階におりてきました。この男はいつ見ても痩せて筋張っていて、わたしが初めて会ったときでさえ年上に見えたほどでしたが、それは歳月を経てもなおほとんど変わらず、その場にいた我々よりも年上に見えました。そのときの、げっそりやつれて青ざめた彼の顔、おそらくろくに寝ていなかったのでしょう。それに、我々に事の経緯を話すあいだ、上の空になりそうな自分をなんとか知性で抑え込もうとしているのがうかがえました。つまり、同時に二つのことを考えようとする人間がもつ危うさ、締めつけられるような気配に、彼は包まれていたのです。とはいえ、我々にはとても礼儀を尽くしてくれて、きょうのところは失礼して日を改めて出直すというこちらの申し出を軽くいなすばかりか、看護婦が後片づけを済ませ荷物をまとめて出ていくやいなや、ジュールダンとわたしを書斎に通してくれたのです。

とても居心地のよさそうな部屋なのに、消毒液と塗料のにおいのせいで（塗装工が前日の夕食時までペンキを塗りつづけていたのです）感じのよさは台無しでしたし、ジュールダンの訪問理由はブレッブナーが撃った散弾痕の検分などだということを――それらはすべて家政婦にとっくに話していて、おそらくガースティン゠ウォルシュにも伝わっていたでしょうから、あえて言う必要もなかったのですが――伝えているあいだ、わたしは室内を見回しました。想像以上に傷みのひどい部屋でした。ガースティン゠ウォルシュは並外れて清廉潔白なひとでした――いや、ひとですし、恩給はもとより財産所得がじゅうぶんにありながら、糸が見えるほど擦り切れた絨緞やへこんだままの真鍮製の石炭入れなど、当節ほとんどの家で見かけないようなものがあることにまず驚きました。だが、もちろん、ブレッブナーが当てこすりを言ったり、働かないくせに金回りがよかったことを思い返せば、なるほど、この書斎のみすぼらしさは説明がつくというもの。おまけに、こう言ってしまえば、ガースティン＝ウォルシュとの友情がいかにうわべだけのものでしかなかったかを示すことにはなりますが、彼が恐喝されていたらしいとしても、わたしには衝撃でも驚きでもないうえに、彼の職業上の過去について疑念を抱くような背信行為があったかどうかすら、気づいていなかったのです。

さて、現場にいたのはこれで全部。シャツにニッカーズ姿、上着代わりに修道士が着るような部屋着を羽織ってそわそわしているガースティン＝ウォルシュに、州警察の警部ばりの早口でまくしたてているジュールダン、それにわたし。そのときわたしは、事件とは関係のない、一九一七年最初の数か月で軍服の委託貨物が紛失し二度と出てこなかったことを思い出していました。居心地のいいふりをしても無駄、本当に居心地が悪かったのです。その一方で、この居心地の悪さは、恐喝にも、恐喝の口実にも、どんな問題ともまるで関係がないもので、さて、どうしたものかと考えてはみたものの、けっきょくはどうにも解決できないことを思い知るしかなかったのです。そう、これは、道を横断中に車が近づく音が聞こえても、どっちから近づいてくるのか一瞬見当がつかないときに湧きあがる不快な気分以上のものでした。わたしはこっそり鼻歌をうたい、気を落ち着かせながら、ふらふらとフランス窓に近づいて、外の景色を見ようとしたのです。

そのときです、事件が起きたのは。

村の巡査に拳銃を押収されなかったので——もともと、押収される理由もなかったわけですし——ガースティン＝ウォルシュは拳銃を枕元に置いておいたようです。というわけで、彼の拳銃がいままさに部屋着のポケットのなかにあり、わたしが庭について発言しようとした瞬間、彼はいきなり拳銃を抜くや、取り乱した叫び声をあげながらわたしめがけて発砲したのです。むろん、こっちは面食らうばかりでした。その場に力なく立ち尽くして、グロス（ハンス・グロス。オーストリアの刑法学者で犯罪学の先駆者）が説いた、銃を手にした人間から銃をとりあげるという向こう見ずなメソッドの詳細を必死で思い出そうとしていたし、ジュールダンは目をむいてその場で棒立ちになっているしで、一発目はわたしの横にあったテーブルの上の花瓶を木っ端微塵に砕き、二発目はフランス窓のガラスを粉々にし、三発目はいったいどこに飛んだのやら、もはやこれまでとわたしが覚悟した瞬間、ガースティン＝ウォルシュはわたしを払いのけようと手を振りまわし——相変わらず意味不明のことばを叫びながら——フランス窓から後ずさりして外に出て逃げていってしまいました。ほぼ間髪をいれずにジュールダンにあとを追われ——そして早い話が、庭の端っこで追いつかれると人事不省に陥った男のように立ち止まり、突っ立ったまま片手に握りしめていた拳銃を見つめ、これはなんだ、いったいどこで手に入れたのか、まるで見当がつかないとでもいう表情を浮かべていました。彼はジュールダンに拳銃を引きわたし、伴われて室内にもどってきました。いっさい無抵抗のまま。あれほど茫然自失になった人間を見たのは人生で初めてでしたよ。自分がどう行動したかが絶対にわかっているはずなのに、その理由がわかっていない男。『ま、まるで、ゆうべと同じだ』と彼はつっかえつっかえ言いました。『き、きみが、フランス窓のそばにいるのを見たら、ブレップブナーのことを思い出し、そして、ポケットに、銃があって――』

さて、いまのは殺そうとしたわけではない、なにしろ犯意がなかったのは明らかであり、かといって未遂に終わった故殺というわけでもない。なので我々がガーステイン＝ウォルシュの主治医に電話をいれて、ベッドに横たわらせたときも彼は当惑しつづけていたし――わたしが知るかぎり、ベッドのなかでも当惑したままでした。もちろん主治医はこの件を次のように理解しました。これはゆうべのショックが遅れてやってきたか、心的外傷後に起こる無意識行為といったたぐいのものであり、この一件で唯一目を引く点といえば、わたしが死なずに済んだことだった、と。正直言って、もしそうでなければ我が身は医学の教科書に載る完璧な標本になっただろうと気をもんでいた自分を、すっかり恥じていまして……ともかく、友人宅を辞して、本日ここオックスフォードへ参ったという――」

「理由は？」フェンがハンブルビーのことばをさえぎった。「オックスフォードに来た理由だよ。おれに会うためかい？」

「ええ、まあ、そうです」

「つまり、納得できていないわけだ」

「ええ」とハンブルビーは言った。「この一件に関するすべてがおさまるところにおさまり、一見なんの悪意もなさそうなのに、ひとつだけ、ひっかかることがあるんです」

「で、それは？」

「よろしいですか、彼は拳銃から薬莢を抜き取ったんです。わたしを狙って撃ったあと、ジュールダンにつかまる前に、空《から》になった薬莢を抜き取るや、どこかへ放りなげてしまった。ジュールダンに銃が渡された時点で薬室《チャンバー》は空でした。なんだって、そんな妙なことを彼がしたのかがわからないんです」

二人が腰かけている一階の窓の外から、時計が六時を知らせるのが聞こえる。夕闇が迫りつつあり、壁にそって並ぶ書籍の背表紙の金文字を照らしていた夕陽も沈み、カレッジの大食堂では、晩餐の準備で並べている皿のかちゃかちゃ触れ合う音が響く。広々として天井は高く、彩色をほどこされた鏡板に豪華な椅子、大きな四角い机、そして奇妙な絵ばかり寄せ集めた部屋のなかで、ハンブルビー警部が大げさな身ぶりをしたあとに黙り込んでしまうと――フェンはいっとき、沈黙が流れるのに任せていたいようだった。血色がよく、ひげをきれいにそったその顔は物思いに沈み、長身の痩せたからだだから伸びた手足を無造作に投げだして座り込み、踵は炉格子の上にのせたまま。茶色の髪の毛は水でなでつけてはみたものの、反抗するかのごとく頭頂部で穂のように突っ立っているのはいつものことだ。おそらく二分間ほど、彼は無言のまま身じろぎもせず、グラスのなかの琥珀色の深みをじっと見つづけて……。

すると、いきなりくすくすと笑い出すのだった。

「うん、なかなかいいぞ」フェンが言った。「なあ、教えてくれ。捨てられた空薬莢は見つかったのかい?」

「いいえ。当然ながら、あの時点では空薬莢のことなど気にも留めていませんでした。ところが昨日ジュールダンが捜してみたのですが、どこにも見つからんのです」

フェンがますます面白がっている。「たぶん、この先もずっと見つからないな――もっとも、ガースティン＝ウォルシュ大佐がよほどのとんまなら話は別だが」

「ですが、薬莢があるかないかはそんなに重要ですか？　わたしにはさっぱり――」

「わからないか？」フェンは紙巻タバコに火をつけ、灰皿に手を伸ばした。「思いつきそうなもんだがなあ。薬莢がなんで重要かって？　そのひとつがもともと空《ブランク》だったせいじゃないか」

「空《ブランク》ですと？」ハンブルビーの顔こそ当惑《ブランク》していた。

するとフェンは立ち上がり、さらに張りのある声でつづけた。「ガースティン＝ウォルシュが確実に空包を持っていたことに異議はないよな？　正気の人間なら、村の運動会で競争のスタート合図用に実弾を使うわけがない」

「ええ、異議なしです」

「さらに、きみに向けて発射したうちの二発が物を粉々に壊したのであれば、その二発が実弾だったことはたしかだ。だが、三発目はどうだった？」

ハンブルビーはまったくのばかではない。一瞬考えてから、はっとうなずいて言った。「もし三発目が空包だとしたら、それはつまり……。いや、ちょっと待ってください。おっしゃりたいことはわかりますが、いまのところ、わたしにはさっぱり謎が解けません。だからつづけてください」

「いいか、こういうことじゃないかな。ガースティン＝ウォルシュはあえて薬莢を取りだした――実は、気が触れていたわけでもなんでもなかった。では、なぜそんなふるまいをしたか、明確な理由はいくらでも挙げられる。だが、おれが推理するかぎり、もろもろの事実にすべてあてはまる理由はただひとつ。薬莢に実弾が入っていたか否かは容易に見分けがつく。なら、こう解釈できないか。空薬莢を捨てちまったのは、空包が混ざっていたのを隠すためで、きみかジュールダンが銃を調べる気を起こしたときに備えたんだよ。調べられそうになったらどうする？　簡単明瞭さ。実際にガースティン＝ウォルシュはきみに向けて実弾二発と空包一発を撃った。そして彼が三発撃てば、ジュールダンは書斎の捜査にとりかかり、そうなればいやでも、壁に弾丸がひとつめり込んでいることの説明がつくわけだ。

ところがだ、ブレッブナーが襲撃に来る前には壁にそんな弾痕はなかった。あれば、塗装工が壁を塗りなおす前に見つけたはずだ。すると、ガースティン＝ウォルシュがきみを撃つふりをしなかったらどうなる？　ジュールダンが壁の弾痕を見つけたら、たぶんこう推論するだろうな。『これは、ガースティン＝ウォルシュが昨夜、ブレッブナーに向けて一発撃った結果の弾痕ではないか。

それよりあとで弾痕ができるはずはない。ブレッブナーは、看護婦とこの書斎にひと晩じゅういたのだから。

つまり、ガースティン＝ウォルシュが撃った弾は、ブレッブナーに命中していなかったということか。

だが、ブレッブナーの頭蓋骨に打ち込まれていた弾は、ガースティン＝ウォルシュの拳銃から発射されたものだ。

ということは、ガースティン＝ウォルシュがブレッブナーを撃ったのは、自宅にもどってウィームズに会う前だったということになる。
つまりこれは正当防衛でもなんでもなくて、殺人事件ではないか』と。
ブレッブナーがガースティン＝ウォルシュをゆすっていたのは、いまや明々白々だ。ガースティン＝ウォルシュがゆすりをやめさせようと決意したのも明らかだな。〈三クラウン亭〉から帰るブレッブナーを撃ったあと、やつのぼろ家に忍び込み、陸軍補給品を横流しした件で脅迫されていた証拠をもみ消してから家路についた。大方はそんなところだろう。ブレッブナーの頭を撃った以上、相手が死んだと思い込むのも無理ないが――」

「だが、そうはいかなかった」ハンブルビーがフェンの話をさえぎった。「脳に銃弾を受けたままの男が散弾銃を抱え、復讐をもくろみ部屋に突入してくるとは、だれが考えるか――」

「おいおい、待てよ、ハンブルビー」フェンは軽くショックを受けた。「たしかにふつうのことじゃないが、そうした事例はたくさん記録に残っているじゃないか。リンカーンの暗殺犯ジョン・ウィルクス・ブースしかり。グロスやテイラー（一八〇六～九〇、英国の法医学者アルフレッド・テイラーのことか）、あるいはシドニー・スミス（一七七一～一八四五、英国の文筆家、聖職者のことか）の著書からもいろいろな事例が見られる。頭部損傷でも即死とはかぎらないし、何割かは命をとりとめている。必ずしも意識不明や行動障害をもたらすわけじゃない。ほら、十四歳の少年が自分でかついでいた鉄の棒につまずいて転び、鉄の棒が少年の頭部を完全に貫通してしまった事故を覚えているか？　少年は頭から棒を引き抜いて家に帰ってしまい、それから一週間余りのちに死ぬまでのあいだ、気持ち悪くなることすらなかったそうじゃないか……。

だが、ガーステイン＝ウォルシュはさぞ腰を抜かしたはずだ。自分が息の根をとめたはずの男がフランス窓から飛び込んできたんだからな。〝かなり狼狽していた〟って、そりゃ当然だよ。闇雲に撃ったとしても無理はない。一方、ブレッブナーが復讐のために持ってきた散弾銃をろくに構えていられなかったのも当然だ。だからガーステイン＝ウォルシュが発砲した直後に、ブレッブナーは倒れ込んでしまったわけで……。

ガーステイン＝ウォルシュは喜んだに違いない。ひと殺しをしたつもりが、まったく風変わりな偶然が重なったおかげで、すっかり正当防衛によるものとして事件は処理されることになったんだ。そんな棚ぼたにも、障害がひとつだけあった。それが、あの書斎の壁に撃ち込まれた、だれが見てもすぐわかる実弾だ。ブレッブナーが倒れた直後の騒動のさなかでは、そんなことは気づかれまい——弾痕を隠すために家具のひとつでもこっそり配置を換えておけば、なおさらだ。ところがその晩は、壁から弾を取り出して穴を埋めるチャンスはついぞ訪れなかったわけだし、翌朝、書斎を調べにきたジュールダンが弾痕を見逃すこともまずあり得ないだろう。ジュールダンの訪問を家政婦に知らされたとき、家のなかにはひとがおおぜいいた。ガーステイン＝ウォルシュは、警察を迎える前に書斎に忍び込んで弾痕に細工をする機会を逸したと悟るや、拳銃に実弾二発と空包一発が入った弾薬を装塡した。そして——きみが弾痕があるフランス窓のそばに近づこうとしたとたん——彼は気が触れた男のふりをしたってわけだ」

長い沈黙が流れた。やがてハンブルビーが言った。「きっと、そのとおりなのでしょうな。もちろんそれは推測にすぎませんが」

「ああ、そうだな」フェンは機嫌のいい声で言った。「おれの説が間違いだとしても証拠がない。まして正しいとしても、その証拠もないときた。だから、どちらを信じるかは、きみしだいさ。真偽を確かめられる可能性があるとしたらひとつだけ――」

けたたましい電話のベルにフェンの声はさえぎられた。「たぶん、わたし宛でしょう」ハンブルビーが言った。「僭越ながら、ジュールダンにここを教えておいたのです。なにかわかったら連絡をくれるようにと……」

たしかに電話はハンブルビー宛だった。電話に出た彼は、しばらく耳を澄ましていたかと思うと短く答えた。やがて電話を切ってこう言った。

「やはり、ジュールダンからでした。空薬莢を見つけたそうです」

「前に探した場所にあったのかい？」

「違います。しかも、どれも空包ではなかったそうです。つまりそれは――」

「つまりそれは」フェンはウィスキーの入ったデカンターを手にとり、二人のグラスに注ぎ足しながら言った。「生きているかぎり、知らないほうがよかったということが、少なくともひとつはある、ということだ」

エドガー・フォーリーの水難

ベルチェスター死体安置所のとある一室——ホルマリンのにおいがかすかに広がり、一条の陽光のなかをほこりが漂う簡素な部屋——で、資本家と労働者がモミ板の上にそれぞれ寝かされ、灰色がかった綿布に覆われている。二つの遺体が並んださまを見れば、ひとは安易に道徳を論じたくなる。まして労働者のほうが女房にそれなりの財を残して逝《い》ったというのに、資本家のほうは無一文で死んだとなればなおさらそうしたくなるはずだ。ところがジャーヴァス・フェンも——そんな説法を自国の詩人たちがしつこく繰り返してきたせいで、彼にすればとうの昔に斬新さを失っていたとはいえ——ベスト警視も——おおかたのひとと同様、死はだれにでも平等に訪れるという、明々白々すぎて絶対的な事実ゆえに論評無用と考えているので——陳腐な皮肉を言う気もおきなければ、頭に浮かびさえしなかった。どのみちフェンとベスト警視の二人は、いまのところ十二分な情報を与えられていないのだ。なにしろ現段階ではまだ、資本家が資本家であることも判明していないうえ、身元を偽りロンドンから逃避行してきた免責が叶わなかった破産者であり、恐怖か失望のどちらがふくらんだのかは知らないが、ついにはひとけのない荒野《ムーア》の片隅で己の喉元をポケットナイフのぎざぎざした刃でかっ切ってしまったことも、いまのところは記録されてもいないのだった。当局にとって、この男はまだ身元不明の自殺者に過ぎず、だからこそフェンが、しなびて青白いこの自殺者の顔をつかの間凝視したあとで、たしかにこの男はつい最近ベルマウスのホテルのバーで会話を交わした宿泊客であり、朝刊に載った警察発表による修正写真の男と同一だと明言してくれたとたん、ベスト警視は安堵のため息をついたのだった。

「やれやれ、助かりましたよ」と警視は言った。「これで、捜査のとっかかりがつかめたのはたしかですから――あなたがこの男とどんな会話をなさったかがわかれば、かなりのことが絞り込めるでしょうな。よろしければ、さっそく署へ引き返して報告書の作成にご協力願えると……」

フェンはその申し出に応じた。「これまでのところ、まるで反応なしかい？ 新聞の掲載写真に対しては」

「ええ、いまのところは。新聞への反響など、だいたいが遅れて出てくるものじゃありませんか」

「たしかに」フェンはそう言つつも、視線は埋葬布に包まれて奥の台を占拠する死体に注がれたままだ。「あちらの遺体は？」

「エドガー・フォーリーという男です。溺死でした。昨日、水中から引き上げられ、きょうの午前中に奥さんがここに来て身元確認をすることになっています」ベスト警視が腕時計に目をやった。「そのことなんですがね、奥さんが来る前にこっちの仕事が片づくと具合がいいというか――」

だが、もう遅かった。もっとも、遅すぎたことがかえって幸いしたのだと警視はあとになってつくづく思うことになる――というのも、フェンがもしエドガー・フォーリーの未亡人と顔をあわさなければ、警察はフォーリーの水死について失態を演じたも同然で、そうなっていたら、あまりに卑劣で侮蔑すべき犯罪が表沙汰になることもなかっただろう。しかしながら、この段階でベスト警視が戸惑いを抱いたのは、部屋に入口がひとつしかなく、新たに入室するものがいたせいで自分が部屋を出るのをはばまれたことだけだった。ベスト警視は壁側にあとずさりして、部屋に入ってくる人物を待つはめになり、隣にいるフェンとともに、それから先の展開を目の当たりにすることになるのだった。

ひとりの巡査部長がヘルメットを小脇に抱えて真っ先に部屋に入ると、入口横であとにつづく二人のためにドアを押さえていた。二人のうち小柄なほうの男にまず注意が向いてしまうのは必然か。というのもこの男は、専門用語で言うところの精神遅滞、つまり重い知的障害があり——頭頂部が扁平で歯は虫歯だらけ、耳がやけにでかくて目がちっこく、肌はざらついていた。背はひどく低いのに腕はサルみたいに長く、筋骨たくましいからだつきをしていたのだ。年齢は——その風貌からは——およそ見当もつかない。だが、薄ぼんやりした頭のなかが恐怖でいっぱいになっているのは察しがつくし、いびつな頭を左右に揺らしながら、しくしく泣く声すら聞こえる。と、突然、その重度の精神薄弱者が遠吠えのような声をあげてくるっと背を向けるなり、足を引きずり部屋から駆け出してしまった。すると、一緒にいた女がおずおずと巡査部長に尋ねた。

「連れもどしたほうが……?」

「あいつは大丈夫だな、奥さん?」

「外で待ってますよ」女が答えた。「もう二度とやりっこありません」

「そうか。まあ、こっちも指示を受けてのことだから、いやがるのを無理強いするわけにもいかんしな。やつが逃亡しないかぎり……」

「ああ、それなら心配はいりません。あたしのそばを離れるわけがない」

女はそう言うと、フェンやベスト警視に一瞥することもなく、夫の亡骸が横たわる台に近づいていった。

おそらく歳は三十代半ばかとフェンはふんだ。しかも、感情を出さずにのろのろと歩くことで威厳を保とうとする無学な田舎育ちの女だ。くせのない黒髪を後ろでひっつめ、うなじのところで巻きとめている。ぶ厚くてつやのある肌は象牙色をしていて、化粧っけはまるでなし。身にまとった黒い外套とスカートは安物でくたびれきっていて、その足に靴下は履いていない。しかも、ひとの気を引くような装いをしていないせいで、女の円熟して均整のとれたからだつきを最初は見落としてしまった。いま、女はほとんど無神経なまでに落ち着きはらっていた。己の伴侶の顔に覆われた布を巡査部長がはずしたときも、顔色ひとつ変えなかったのだ。

「ええ、間違いありません」女は感情のない声で言った。「フォーリーです」

さめきったあっけない幕切れ。もとどおりに布をかぶせた巡査部長が女を部屋の外に送りだした。知らぬ間に息を殺していたフェンは、そこで安堵の吐息をついた。

「なんとまあ変わった女だ。あの亭主はどうして溺れたんだ？　事故かい？」

ベスト警視が首を振った。「あの精神薄弱者ですよ。女房の話によれば、あの男が突き落としたそうです。ほかに目撃者がいませんし、あの男は口がまったくきけないどころか、聞かれたこともろくに理解できやしないという……」ベスト警視はフォーリーの遺体に向かって十字を切ると、その顔に覆われた布をとってみせた。フェンが警視の隣に立った。「ひどいもんでしょう? 生前もひどい顔でしたがね」

「ふむ。こりゃ、一週間かそこらは水中にいたっていう顔だな」

一瞬、ベスト警視は驚いたものの、ふっと笑みを浮かべた。

「こりゃ、失礼しました」警視は言った。「この手のことにはおくわしいんでしたな……正確には六日間です」

「おまけに、ぶつかった痕だらけだ」フェンは布をさらにはいで、遺体をしげしげと観察した。

「岩礁か、速い流れのせいか」

「岩礁ですよ」ベストが答えた。「それに流れも速く、早瀬あり堰《せき》あり、深い淵《ふち》もありますからな」

「早瀬に、堰だって?」フェンが顔をあげた。「川だったのか。てっきり海で溺れたと思ったよ」

「違います。事の次第はですな――えっと、イヨプールはご存じで?」

「いや、あいにくと」

「まあ、そうでしょうな。あの荒野のはずれをさらに進んだところにある、ごくちっぽけな村ですから。いずれにしろ、そのイヨプール村にフォーリーは女房と暮らし、その村で突き落とされたんです。村には、泳げるものでさえかなり危険な川が流れていて、ましてフォーリーは泳げなかった。あの男はとても持ちこたえられなかったでしょうな……溺れたあと、どうしたわけか水中に沈んだままになってしまったに違いない。十五マイル下流のクラプトンという村で引き上げられたのが昨日のこと、引き上げられるまでかなり激しくぶつかりながら流れてきたらしく、そのからだは一糸まとわぬ姿で……そんなのは珍しくもないことくらい、ご存じだとは思いますが」

「流れの速い川でなら」フェンは答えた。「それが常と言ってもいいだろうな。ただし、これが――」

フェンがつづけようとしたとき、遺体安置所の係員が部屋をのぞきこんだ。するとベストが「いいよ、フランク」と声をかけた。「こっちはもう済んだ。あの連中はもう帰ったか?」フランクがそうだと答えた。「じゃ、我々も出るよ」答えたベスト警視が布を元どおりにかけた。「もっとも、フォーリーに余計な哀れみは無用ですぞ」警視は部屋を出ながらフェンに言った。「この男を気の毒だと思ったとしても、知的障害のあるあの男に突き落とされたときになにをしてたのかを思い起こせば、そんな気持ちはふっとびますよ」

「なにをしてたんだ?」

「女房を殴りたおしたうえに」ベストは淡々と言った。「重たい長靴で蹴りつけた。それも初めてのことじゃない……絶対に。自業自得ですよ。だから、あの奥さんが悲しみに沈んでいないとしても、とても責められない。そうでしょ?」

警察車両に乗り込み警察署までもどるあいだ、フェンはずっと黙っていた。再び口を開いたのは、車が警察署の構内に入り込んでからだった。

「フォーリーの案件だが」フェンが言った。「担当は警視さん?」

「いいえ、警察本部長です」

「えっ、この地区の警察本部長が?」

「そうです。海軍出身のボーウェン中佐が警察本部長なんです」

「でも、こんな案件はめったに担当しないんだろう?」

ベスト警視は所定の駐車スペースに車を停めてエンジンを切ると、背もたれにからだをあずけた。「ええ、ありがたいことに」正直に答えた。「もっとも、肝心なのは警察本部長ご自身がイヨプール村の住民だってことです。ですから、フォーリー夫人から事故の——もしくは〝殺人〟と呼びたければどうぞご自由に——通報を受けた村の巡査が、警察本部長へじかに知らせにいった。すると警察本部長は、これは村人がなにかしらかかわっているとみて——いくぶん郷士の名士役を務めている自負があるんでしょうな——自ら担当を買って出たというわけです。幸いにも」とベストはつづけた。「込み入った件でもないようですし。三十年前にテムズ河川警察に一年半程度いたくらいでは、近ごろのロンドン警視庁刑事捜査課の重要任務を扱えるだけの修業にはなりませんよ」

「じゃ、その程度の経験なのか?」

「実務はそんなもんです。おまけに警察本部長は、その経験のほとんどを海軍在籍中に忘れてしまわれたようだ。むろんご心配には及びません。あの方はわたしから見ても四角四面すぎて非情な要求はするし、字面どおりに法文を解釈されるきらいがありますが、結果的には不都合を起こさずにきています。それに現職に就かれてからは、教科書類は読破されているはずです――それが役に立つかは別ですがね……。もっとも近ごろは、中佐のような方が警察本部長に任命されることはまずありません」ベスト警視は車のドアの取っ手に手を伸ばした。「任命されるのは、常勤の正規警官です。やっぱり、それが一番いいんですよ」

警視の意見には、フェンもおおむね賛成していた。だが、さしあたっては上の空でうなずくだけで、彼が心ここにあらずな様子は、自殺した資本家と偶然出くわしてしまったこの数日間について供述することで、どちらかといえばより深まっているようだ。だからベスト警視は、供述書がタイプされるのを待つあいだに、再びフェンから質問攻めにあってもまったく驚いたわけではなかったのだった。

「問題は動機だ」前置きなしでフェンが言った。「フォーリーが妻にぶつけた野蛮なふるまい、それだけでも妻が夫の死を願うのにじゅうぶんだというのは明らかだが、それ以上のものがなかったのかい？」

「保険金です」ベスト警視は居心地が悪そうに椅子に座りなおした。「大金とは言えないまでも――たしかなことはわかりませんよ――一介の農夫にとっては予期せぬ大金が……なるほど、おっしゃりたいことはよくわかります。あの女房ならやりかねないし、あの知的障害者に罪をなすりつけることができて、あの女より抜け目のないものはいないときた。だが証拠がない――あるはずがないんだ――おまけに、なんだかんだとありましてね――」

「〝眠っている犬を起こすな（「さわらぬ神に祟りなし」と同義）〟が最善というわけだな」フェンはタバコに火をつけ

た。「だが遅かれ早かれ、犬は自ら目を覚ます。そうなればどのみち厄介なことになる……。遺体安置所からもどってきたのかな――フォーリーの女房とあの男のことだが」

「ええ。警察本部長の到着を待っているところですよ」ベスト警視は首をぐいと伸ばして、オフィスの窓から外を見た。「まだお見えになってないようだ。構内に車がありませんから。警察本部長はゆうべ、二人から非公式で話を聞いてますが、その前に検死のためにクラプトン村へ行き、そしてきょうは速記で供述をとる予定です……や、おでましだ。我々はこれからこの部屋を明けわたさねばなりません――まったく、よりにもよってなぜ、わたしのオフィスで調書を取ろうとされるのか……」

「ここに残っていてはまずいかな」フェンが口をはさんだ。「今回の件に同席したいんだが」

ベスト警視は肩をすくめた。

「はて、ご自分で頼まれたらいいでしょう。警察本部長はあなたの評判をご存じのはずですから。申し訳ありませんが、わたしは後押ししませんよ。人生があまりに短いように、警察本部長の気が短すぎるときがたまにありますからね」

「警視さんを巻き込んだりしないよ」フェンは請け負った。「となると、警察本部長が入ってきたところで頼んだほうがよさそうだな……あ、それから、あとひとつだけいいかな？」

「なんです？」

「あのオツムが弱い男のことだよ。なんであの男が居合わせたんだい？」

「ああ、それは……ええとですね、あの男はフォーリー夫人を崇拝しているんです――言い換えたら、邪心がまるでない盲目的な愛情です——だから、いっときたりとも夫人のそばを離れないのです。あの男は昔ながらの〝愚かもの〟——人畜無害で、イヨプールで生まれて一生を終える。だが子どものころから、フォーリー夫人のことだけは気に入っていたか頼りにしていたようですから、奥さんに暴力をふるうフォーリーを見るや、襲いかかって川へ突き落としてしまったというのは、しごく筋が通った話なんですよ」

「なるほどね」フェンがつぶやいた。「ひょっとして、夫人はその後医者にかかったのかな——それとも、医者に見せるほどの傷じゃなかったとか？」

ベスト警視が眉をつりあげフェンを見た。「まだお疑いで？　当然、医者にはかかっていますよ、その日の夜にね。医者に聞いてみてください。夫人のからだには靴底の鋲でつけられたひどい傷があちこちにあったそうです。むろん傷はでっちあげでもなんでもない——よしんば夫を殺したのだとしても、正当防衛とする主張がじゅうぶん通るほどのひどい傷でした」

「故殺罪と考えるのが妥当なところだろうな」フェンが言った。「故殺という罪名がついただけで、夫人は保険金に指一本触れることができなくなる」

ベストは顔をこわばらせた。「夫人がやったとおっしゃるわけですな？　そんなに有罪にしたいんですか？」

するとフェンは首を振った。

「まさか。自分の推理が正しければ、ぜひとも暴きたい人物がひとりいるってことだ。そしてそれは、哀れなフォーリー夫人じゃない」フェンは立ち上がった。「さてと、警察本部長さんを探しにいくとするか」

警察本部長ことボーウェン中佐は、痩せぎすの小柄な男で、小麦色の肌に白髪まじりの巻き毛をきちんとなでつけ、弾むような足取りで機嫌よさそうに歩いてきた。ベスト警視のことばどおり、フェンの評判を聞いていて、本人に会えたことを喜んでいるようだ。そしてフォーリー夫人の事情聴取の場に同席を求められると、その返事はおざなりっぽく思えたとはいえ、承認はしてくれた。かくして、ベスト警視がしぶしぶあけわたしたオフィスに、ほどなく警察本部長とフェンが落ち着くと、速記者が呼ばれて待機した。やがてフォーリー夫人と知的障害の男が、イヨプール村の巡査に導かれて入室し、室内の調度品みたいに落ち着いたところで、夫人側が抱えていた不安の種のいくつかが、あらわになったのである。

女は、フェンがさっき目にしたあの女に間違いない。なのに、いま目の前にする女の顔はかなり紅潮していて、息づかいもずいぶん速い。背筋をぴんと伸ばして椅子に腰かけ、木綿のハンカチを手のなかでひねくりまわすその脇で、知的障害の男がぴったり寄り添っている。しかも夫人のほうは、遺体安置室にいたときよりもいまのほうがずっと神経過敏になっているように見えるのに、男のほうは明らかにさっきよりも落ち着いている。フェンはぴんときた。こいつに事の次第がどれだけわかっているかをことばで伝える力はない。おそらくは、まるっきりだ。夫人がじかに呼びかけたときにだけ、なにがしかの知恵を働かせてはきたが、そのあとはだんだんじっとしていられなくなって、興奮したり不安定になっていくのだろう。理解できない命令を与えられた犬と同じだ。ボーウェンはこの男に質問しようとはしない。もっぱら女にばかり話しかけ、たまに村の巡査に向かって独りごとめいたことをつぶやく。その手法はきびきびしていたが、思いやりがあってまわりくどくはない。記録をとるために、関係者なら周知のはずの細かいことまで聞きだしていた。おかげでフェンは、今回の顚末を初めて首尾一貫したかたちで聞けたのだった。

メアリー・フォーリーは、本人の弁によれば三十七歳。エドガー・フォーリーと結婚してまもなく十六年になるが子どもはいなかった。夫婦の住まいはイヨプール村の外側を流れる川の土手に建つローズ・コテージという農園労働者用住宅で、フォーリーが働く〈トマス大農園〉の所有者ミスター・トマスの地所内にあった。フォーリー（というように、夫人は自分の夫なのによそよそしく名字で呼び、最後まで名前では呼ばなかった）は、いい夫ではなかった。これまで何度も妻を殴ってきたのだ。

「やつが殴るのをやめさせられたらよかった」このくだりでは、村の巡査が憤慨して口をはさんだ。「村人はみな、なにが起きているか知ってました――警察本部長もご存じだったように――ところが、奥さんがだんなにひとことも抗議する気がないもんだから、我々も手の出しようがなかったんだ」

「夫をよくするも悪くするも、あたしにかかってるってことですかね」夫人が生気なく言った。「あたしがどんな仕打ちを受けようが、まわりは知ったこっちゃないと？」

一瞬、ボーウェンはこの件を議論しようか迷ったが、考えなおして再び質問にもどった。「では、この前の月曜のことを話してください――」と。

夫人の話はつづいた。この前の月曜は、午後六時ごろに家を出て川の土手沿いを散歩中に、帰宅途中の夫と出くわしたのです。その日の午後はオリ（これが知的障害のある男の名だ）がずっと家にいたのでお茶とお菓子を出してやりました。でも、あたしが散歩に出たころには村にもどったものと思ってましたよ。夫に嫌われているのをオリはわかってて、夫の在宅中はうちには近寄らないんです。散歩といったって、あたしはそんなに遠くまで行ってませんよ。家から百ヤードほど歩いたところで立ち止まり、十分くらい休んでいたら、夫が姿をあらわしたんです。夫は機嫌が悪かったみたいで、あたしを怠けもの呼ばわりして喧嘩をふっかけてきました。弁解しようとしたら蹴飛ばされて、地面に倒されちまいました。そのあとどうなったのか、どうにも思い出せなくて——と、夫人はつづけた。ぼんやり覚えているのは、オリが足を引きずりながら藪のなかからあらわれて夫の背中を押したこと、ただそれだけだ、と。どのみち正気にかえったときには、自分が泳げたとしても夫を助けられなかったでしょう。もっとも、あたしは金づちでして。

知的障害のある男のほうは、顚末の後半を語る夫人の様子を熱っぽい目でじっと見ていたが、このくだりにくるなり、椅子から腰を浮かせて力強くうなずくと、その長い腕をぐいと強く押す動作をしてみせたのだった。なんらかの確認のつもりらしい。ボーウェンが、咳払いなのかよくわからない咳をした。

「さて、だいたいこんなところですな」警察本部長はフェンに話しかけた。「むろん、川ざらいはしましたが、遺体は川底の沈み木にでも引っかかっていたに違いない——きのうになって水面に浮上したところをみると……さて、フォーリー夫人、もうこれ以上ご苦労をかけることはないでしょう。もちろん検死審問では証言してもらわないといけないが、さほど手間はとらせませんよ。オリのことだが、収容するしかないでしょうな。つまりその――施設に」警察本部長はまたフェンのほうを向くと、鷹揚《おうよう》に言った。「教授、なにかお聞きになりたいことがありますかな?」

「ひとつだけあるんだ」フェンが愛想よく言った。「差し支えなければ、教えてくれないか。フォーリーの死体を引き上げたあと、長靴はどうしたね?」

ボーウェンがからだをこわばらせた。さらにフェンは相手の目をじっと見ながら、その瞳のなかに、あらかじめ立てた自分の推理の正しさを確信したのだった。

「長靴、ですか?」ボーウェンが冷ややかな声で言った。「からかっておいでで?」

「いいや」フェンは落ち着きはらって言った。「からかってなんかいない。長靴がどうなったか知りたいんだ」

一瞬間にボーウェンが抜け目ない計算を必死でやっているのがみえみえだった。やがて「回収時の死体は全裸でした」と答えると、急にまた愛想がよくなった。「クラプトン村の巡査が――遺体を陸にあげた当人ですが――証言するでしょう。一週間、水中に沈みっぱなしで――それも岩礁に――流れも速かったですし――」

「そうだな」フェンは笑みを浮かべたが、愛想笑いではなかった。「では警察本部長さん、あともうひとつだけ質問させてくれたら、もう面倒はかけないよ。しかも、まったく取るに足らないことなんだが……」

フェンは椅子から身をのりだした。

「あんた、フォーリー夫人からなにをゆする気だ？　金か、それとも愛情か？」

ベスト警視の職歴を振り返れば、思い出すのもうんざりするエピソードはいくつかある。そのなかでもあの月曜午後のエピソードは、最高位に置かれるものだ。なんといっても、のんびりお茶を楽しんでいたのに呼びつけられて、自分の上官が悪質きわまりないゆすりをしていると女が激しい調子で訴えているのを聞かされたのだから、いらいらしないわけがない。しかも、女の訴えが本当だと判明して、そうなるとこの先、自分が職務としてなにをやらなくてはならないか、それを考えると愉快な気持ちになれるはずもない。結局のところ、ボーウェンも部下たちも、麻痺状態みたいになってしまっていたのだ。警察本部長は息巻いて否定したが、それが安易に通るほど甘くはなく、部下たちをすぐに納得させることはできなかった。とはいえ、かたや部下たちのほうは、裏づけのないフォーリー夫人の証言よりも根拠のある証拠を目の前に突きつけられたとしても、恐喝罪で警察本部長を逮捕するのは正当だという気持ちにはとてもなれなかったのだろう。とうとうボーウェンは事務弁護士を呼ぶためと——本人の言いぶんでは——内務省に電話をかけるために部屋を出ていってしまったが、その特別な電話がつながることはけっしてなかった。ボーウェンは平静をとりもどすと、さっさと出ていくまで、ベスト警視へのご機嫌とりに徹していた。それでも、彼が罪を犯したことを疑う余地はないのだった。

「あのときの自分にできたのは」ベスト警視はその日の晩、フェンにこう語ったのだ。「せいぜい内務省に電話をかけることでした。すると内務省の返事は、翌日にはお偉方の代理を送り込んで事件の全容を調査するというものでしたから、なんとか責務が果たせてやれやれでした……。とはいうものの、いやはや、あなたは実に思いきったことをしてくれましたよ。万が一、フォーリー夫人のなかでボーウェンに対する恐怖心が勝って、あなたの説に目をつぶってしまったら、たいへんな苦境に立たされたのは間違いないところです」

フェンはうなずいた。「たしかに、これまでしでかしたうちでも危なっかしさでは最たるものだ。だがね、フォーリー夫人に後押ししてもらえるかなど、たいして気がかりじゃなかった。夫人が道徳的にみてまともな部類の女であることは明らかだったしね。ボーウェンはどうやら金目当てで夫人をゆすっていたわけではなさそうだ。だとすれば、夫人に真相を残らず打ち明ける機会を与えてやれば、必ずやすっかり語ってくれると信じていたんだ。

それよりも、本当に危なっかしかったのは、フォーリー夫人を有罪とする証拠にボーウェンがまったく気づいていなかったということだ。でなければ、とっくに気づいていたけれど、慈悲の心か郷土愛めいたもののために沈黙を守ろうとしたのか（フォーリー夫人と浮気する機会だってなかったわけじゃないのだから、その相手をかばおうとした可能性もないわけじゃない）。いま挙げたなかでも、まず第一の可能性を打ち消す根拠として、ボーウェンには（a）河川警察の在職経験あり、（b）海軍在籍経験あり、（c）グロスの『犯罪捜査』を最近読んだばかりだった、という三つがある。第二の可能性を打ち消す理由は――きみのことばを借用すると――ボーウェンが『あまりに几帳面で厳格すぎ、約束を無理やりにでも履行し、法文を字義どおりに履行する』人物だから、感情的な理由だけで己の行動の重大さから逃れようとするとはとても思えなかったんだ。なによりも、おれにとってきわめつけに危険だったのは、フォーリーの生前から警察本部長と夫人が浮気していたかもしれないという可能性だよ。だとしたら、ある意味で夫人のほうがやつをゆすっていたことになるだろうな。

いや、この段階で、自分の推理が水も漏らさぬものだと言うつもりはない。残る見込みが二人に有利なものなら、それまでだった。いや実際のところ、警察本部長をくつがえす証拠は――」

「起訴できるほど確固としたものとはならない」ベストが口をはさんだ。「ええ。その点はあなたのおっしゃるとおりです。とどのつまり、夫人が警察本部長を糾弾した発言だけが証拠なんですからね。ひるがえって、あなたの推論にはかなり助けられそうだ」

「口で言うほど、水も漏らさぬわけでもないか。警察本部長がその気になればいつだって、フォーリー夫人の有罪を決定づける特別な証拠をうっかり見落としたと言い逃れができる――しかも警察は、見落としたことを非難できない。なんといっても、きみ自身が見落としていたんだからな」

「しかも、まだわかっていないときています」ベスト警視がかすかに悲しい表情を浮かべて言った。「ですから、そんなにじらさないで教えてくださいよ」

フェンは答える代わりに、ベストの部屋の炉棚《マントルピース》の上にきちんと並べられた書物に目を走らせた。立ち上がって部屋を横ぎり、棚から一冊の本を手にとった。

「グロスだ、聞いてくれ」フェンはページをめくりながら言った。「ここだ。ハンス・グロス著『犯罪捜査』第三版、四三五ページの脚注にこうある。〝履き物に関しては、流れる水の作用によって死体から容易にはずれたりしないものである、という説明だけでは不十分である。筆者には、履き物が紛失しないということがこれまで信じられなかった。死体はしばしば過酷な旅を強いられる。とりわけ山から涌き出る速い水の流れをくぐり、巨岩や木の幹の上を乗り越えれば、なおさら過酷であり、その結果、ときに四肢が欠損することがある。ところが死体の脚部が無傷なうえ、長靴や短靴を着用していた場合は（但しサンダルの場合は稀だが）、履き物はけっして紛失することはない。なぜなら脚部が膨張する一方で靴の革は収縮するため、履き物が『並外れてきつくなる』からである〟」

フェンは本を棚にもどして言った。「ここに書かれていることがフォーリー夫人の話をすっかりぶちこわしているんだ。夫人の話によれば、フォーリーが川に突き落とされたのは、底に鋲を打った長靴で女房を蹴りつけていた最中のことだ。ところが、ようやく回収された死体には——再びきみのことばを借りれば——〝一糸もまとっていなかった〟。となると、フォーリー夫人かグロスが嘘をついている——そしてどちらに金を賭ければいいかはわかっている。おれが確信した顚末はこうだ。フォーリーが女房に暴力をふるったあとで家に入って長靴を脱いだ。すると夫人は火かき棒かなにかをつかむと、それで夫が失神するまで殴りつづけた。そして長靴を脱いだままの夫を川の土手まで引きずって（夫人に忠実なあの男が手伝った可能性もあるし、フォーリーがとっくに死んでいたとも考えられる）、川に突き落として溺れさせてしまったというのなら、かなり筋が通る話だ。もっとも、顚末の詳細についてはいずれ夫人本人の口から聞けるはずだよ」

ベスト警視が大まじめな顔で言った。「なるほど。グロスの記述をしっかり覚えておくべきでした。しかも、テムズ局のことや海軍のこと、教科書のことがボーウェンとどうつながっているのか、ようやくわかりましたよ。警察本部長の経歴を振り返れば、長靴のことは、気づかないわけがない細部ですな」

「そうさ。それがおれの頼みの綱だった」フェンが言った。「しかも、長靴のことを尋ねたとたん、やつの目に――夫人のではなく警察本部長の目に――狼狽の色が見えると、これはゆすりだと当て推量をしていた自分の正しさを確信したよ。警察本部長は死体が回収された直後に、女房のしわざだとぴんときて、そして自身が沈黙して夫人をかばうことに価値を置いたんだ。むろん事件の責任者を自ら買って出たのは、たまたまのことだった。ところが、ひとたび責任者になってしまえば、自分の立場は揺るがない。たとえ長靴の件に疑念を抱いた部下がいたとしても、警察本部長はご存じだが自分たちの気づかない、みごとな謎解きがなされるはずと決めてかかってしまっただろう――それにどのみち、よりによって上層部の人間に面と向かって異を唱えるなんざ、よほどのことがなけりゃできんだろう……」

フェンがため息をついた。「だから、おせっかいを焼いたってわけさ。で、これから先は、なにを押しつけられるんだ？」

「ボーウェンは辞職でしょう」ベストが言った。「少なくともそれは確実です。それと故殺罪が――おそらく、謀殺罪でしょうが――夫人に下されるでしょうな」

「といっても、軽い罰で済むさ」フェンの言い方は、このことは弁護すべきだという確信に満ちていた。「しかも夫人が出所した暁には、夫人のためにできるだけのことをしようと思うが……

さてと、ベスト警視くん、夫人はもうひとつのほうがよかったのかなあ――ほら、ボーウェンのほうを選んだかってことだよ」

「警察本部長にぶつけた夫人の罵声を耳にするかぎり」ベストが言った。「言わせていただければ、夫人が警察本部長と親密になりたいなど、これっぽちも思うわけがない……いやいや、この手のことに関しては、きっとあなたのほうが容易におわかりのはずですよ。俗に言う〝死ぬほうがましなくらいのつらい経験（「処女喪失、レイプされること」の意味）〟かどうかはわかりませんが。ただ、自分が女なら――ボーウェンか、ホロウェイ刑務所（ロンドン北部にある女子刑務所）での数年間か、どちらかを選べと言われたら、もちろん迷うものですか」

人生に涙あり

「〝完全犯罪〟がどうのこうのとうるさいが」ウェイクフィールドがいらだたしげに言った。「そんな話題は、論じあうこと自体無理だってことがわかってないようだな」

「ポートワインのお代わりはいかがかね」ホールデインが声をかけた。

「ん？　ああ、いただくよ……たとえばだ、完全殺人とは殺人であることが絶対にばれないわけだから、自然死に見せかければだれも殺人を疑ったりしない。不完全殺人でなくては殺人であるとわかってもらえない。だから〝完全殺人〟を論じること自体、証明不能なものを論じていることになるのは明々白々だろ」

「きみの論理は必ずしも完璧とは言えないね」とフェンが言った。

ウェイクフィールドが表情を変えずにフェンを見つめている。「どこがへんだと言うんだ？」

「大前提が間違っているのさ。〝完全殺人〟の定義づけの段階でつまずいた」

「つまずいた、だと――どうつまずいたと言うんだ？」

「いまきみが挙げた具体例は――自然死に見せかけるなんてことは――殺人者にとっては不都合なことなんだよ」

「ふん、それで？」ウェイクフィールドはテーブルごしに上半身を乗りだした。「だからなんなんだ？」

「みんなをうんざりさせるのを覚悟で、一例を挙げるとするかな」フェンが主宰者《ホスト》と居合わせた客たちにちらと目をやると、みなワインの勢いで力強くうなずいてみせたが、ウェイクフィールドだけは会話の主導権をとられたのが気に入らないのか、いらいらしているようだ。「おれが覚えているのは、戦争開始の数年前に起きた殺人のことだ——たまたま、自分がかかわることになった最初の事件だった」

「そりゃ、栄誉なことで」ウェイクフィールドがぶしつけにつぶやいた。

「まあね。しかも、いままで遭遇した犯罪のなかで、もっとも大胆不敵で緻密なものだったことは間違いない」

「はい、はい、そのとおりだね」とウェイクフィールド。

「うまくいったんだね?」ホールデインが、かなり慌てたように口をはさんだ。「つまり、その犯罪は発覚もしなかったし、処罰もされなかった」

「発覚はしたんだよ」フェンが答えた。「だが、罰せられはしなかった」

「ああ、犯人には好都合な事件だったんだね?」

「手ごわい事件だったよ。決定的な証拠があり、詳細な自白まで得た。ところが、警察は指をくわえて見ているしかなかったんだ」

「それは、それは」ウェイクフィールドがうんざりして言った。「犯人がどこかへ高飛びして、逃亡先から送還されずに済んだとでも言うんじゃ——」

フェンは首を振った。「とんでもない。殺人者はいまもロンドン警視庁の目と鼻の先で、大手を振って暮らしている」

　これには一同おおいに興味をかきたてられた。

「そんな話、信じられん」ウェイクフィールドのふてくされた声。

「きみはそうだろうよ」ホールデインがウェイクフィールドをたしなめた。「そうやっていつまでも口をはさんで、我々が話を聞く機会を奪いつづけるかぎりはね……ジャーヴァス、先をつづけてくれ」

「その殺人というのは」フェンが言った。「一九三五年に起きたアラン・パスモア殺人事件だよ」

「パスモアって、あの作曲家の？」だれかが尋ねた。

「ああそうだ」

「当時は大騒ぎになったねえ」ホールデインがしみじみと言った。「いつしか事件のことはぱったり忘れ去られてしまい、噂にすらのぼらなくなった」

　フェンが含み笑いをした。「当局の勇み足だったのさ。しかも、自分たちに落ち度があったことが公になってはまずいと考えた。だから結託して沈黙を守ったんだ……。

　パスモアは当時、バッキンガムシャー州のアマシャムで妻と暮らしていた。殺されたのは四十七歳、名声が最高潮に達していたときだったが、殺害後はほとんど忘れ去られていたと言えるし、いまじゃ彼の曲が演奏されることもめったにない。

　妻のアンジェラは夫よりかなり若く――たしか二十六歳、美人で聡明で有能だった。住まいを常にぴかぴかにしておくよう気を配ることはもちろん、夫の秘書役もこなした。金はどっさり

——妻のではなく、夫の金だよ。子どもはいなくて、召使が三人いた。傍目には、申しぶんのない結婚生活がつづいているように思えた。

一九三五年十月二日の午後、お茶の時間に客が二人訪ねてきた。

ひとりはサー・チャールズ・フレーザーという指揮者で、ほんの数マイル離れた先に住んでいた。もうひとりはビーズリーという取るに足りない若者で、シティの保険会社に勤めていた。ご両人ともアンジェラ・パスモアにのぼせていたとみえる。この日、サー・チャールズはお茶に招かれていたが、ビーズリーは〝たまたま立ち寄った〟にすぎない。しかもご両人とも、相手が居合わせたことを喜んではいなかった。お茶の時間にアンジェラが在宅していれば、自分が彼女をひとり占めできたはずだからだ。彼女の夫はいつも午後二時から六時までは仕事中で、お茶は二階の書斎でひとりで飲んでいたんだ。

やがて午後四時、階下の応接室にいるアンジェラとサー・チャールズ、そしてビーズリーにお茶が出された。五分後に午後の郵便配達があった。正面玄関で下男のソウムズが配達人から郵便物を受けとると、その足で応接室にいるアンジェラに届けた。郵便物はソウムズ宛のはがきが一枚とアンジェラ宛の手紙やカードが数通、そしてパスモア宛とタイプ打ちしただけの封書が一通。アンジェラは夫宛の封書をすばやく開封した。中身にざっと目を通すと、かすかに顔をしかめてサー・チャールズに手紙を手わたした」

「なぜ、そんなことをしたんだ？」ウェイクフィールドが尋ねた。

「差出人が」フェンは動じることなくつづけた。「指揮者だったからだ——具体的にはポール・

ブライスという指揮者だよ。エディンバラに滞在中で（その後の証言で明らかになったが、その手紙は前日午後に彼の地から投函されていた）、二日間、そこにあるアッシャーホールで催されるハレ管弦楽団の演奏会で指揮をとる予定で、演奏プログラムにはパスモア作曲の交響詩『マーリン』も含まれていた。『マーリン』は当時、完成したばかりの作品だった。それまでにたった一度だけ、サー・チャールズ・フレーザーの指揮によりクイーンズホールで演奏されたことがある。しかもそのスコアは相当に複雑だったので、ブライスは演奏するにあたって、押さえておくべき点を作曲家本人にどっさり助言してもらおうと考えたんだ。

そんな内容がブライスの手紙にはしたためられていた。その手紙を見せてもらったが、こんな内容だった。『Cのあとの3では一小節半を緩いテンポで演奏してからBに入ってよいか?』とか、『Qの前の5では弦楽器の伴奏とクラリネットの独奏《ソロ》がいずれもp《ピアノ》となっているが、これではクラリネットの音は届かないうえに、伴奏をpp《ピアニッシモ》にすると和声のテクスチャが曖昧になってしまうから、クラリネットのソロはmf《メゾフォルテ》でもかまわないか?』といったことやら、さらには『Yのあとの7は主題の提示部と同様にpiu mosso《ピュウモッソ》（＝より速く）にしたほうがよいか?』と、そうだな、こんな質問が少なくとも二ダースくらい列挙されていた。指揮者たるもの、こんなにも念入りに問い合わせたりしないものだが、ブライスはパスモアの生涯にわたる友人で、パスモアの音楽を実際の真価よりももっと厳粛にとらえていたんだ。

もう、おわかりだね」――フェンはウェイクフィールドにかなり厳しい視線を送り――「アンジェラがサー・チャールズに手紙を見せた理由が。話題にのぼった曲を指揮した最初で唯一の人物なら興味をもつだろうと思ったのさ。サー・チャールズはじっくりと手紙に目を通しながら、傍目には冷淡そうにブライスの芸術家としての洞察力の鋭さについてあれこれ言ってからアンジェラに手紙を返した。

アンジェラが、そばでずっと控えていたソウムズに手紙を返しながら、夫にお茶を出す際にこの手紙も届けるよう指示した。お茶は毎日必ず四時十五分に出されることになっていた。のちにソウムズ本人が証言しているが、四時十五分にお茶を出しにいったときには、パスモアはぴんぴんしていて、どこにも異常は感じられなかったそうだ。

四時二十分、アンジェラが客たちに断りを入れて応接室を出ていった――のちに彼女は〝お手洗いに行く〟ためだったと証言している。あとに残されたビーズリーとサー・チャールズが世間話をぎこちなく交わしていると、四時半過ぎにアンジェラがもどってきた。それからは二人とずっと一緒で、やがて五時十五分前になると――あらかじめ客人には伝えていたが――料理人のミセス・メイをチェシャム小病院へ車で送っていくことになった。ミセス・メイが、オートバイでひどい衝突事故に遭った息子を見舞うためだ。ビーズリーとサー・チャールズは、この慈悲ある行為によって自分たちが見捨てられるのはあまりうれしくなかったが、さりとて自分たちにはどうしようもないことだったから、アンジェラとともに応接室を出て玄関ホールまでくると、アンジュラはここで待っててと言い残して寝室へ上がっていった。寝室のドアは、階段を昇りきったところからよく見える位置にある。さてこの段階で、みなさんが無駄に頭を絞らないで済むよう強調しておこう。客の二人とも、アンジェラがまっしぐらに寝室に入っていったのを見ているし、書斎はもちろんのこと、二階にある寝室以外の部屋には自分たちが知るかぎり入っていないと、いつでも証言してくれる覚悟でいるんだ」

「むろん、言わずもがなだね？」――ホールデインは思案に暮れながら手にしたグラスをしげしげ見てから口をつけた――「寝室と書斎のあいだを行き来できたりしないってことは」

「まったくない。それもしっかり証明されている。それどころかサー・チャールズとビーズリーによれば、アンジェラが寝室にいたのはせいぜい一分足らずだったそうだ。彼女は寝室を出て階段を駆けおりると玄関ホールにあるクローゼットのなかに数秒いてから、ミセス・メイを呼びにキッチンへ行ってしまい、すぐに夫人を連れてもどり、クローゼットからコートをとりだして羽織り、ミセス・メイとサー・チャールズ、ビーズリーの三人とともに玄関を出ると、男性客二人にさよならを告げてミセス・メイと車に乗り込んだ。そのとき以来アンジェラは、夫の死体が発見されてから二十分が過ぎるまで、車中にせよ病院内にせよ、ミセス・メイとずっと一緒だったんだ。

こうしたことすべてから言えたのはこういうことだ。パスモアを殺したのが妻のアンジェラだとしたら、妻に夫を殺せた時間は午後四時二十分から四時半のあいだ、応接室を出ていったときでしかあり得ない。

ソウムズが死体を発見した午後六時とは――これまた不動の習慣によって――主人が正餐前に飲むウィスキーと水を書斎に届けたときだった。調べてみると、犯行現場にはすぐさま警察の捜査に役立ちそうな物的証拠はなにひとつないことがわかった。パスモアは机に向かっているときに背後から刺されての即死だった。凶器は十八世紀のベニス風入れ子式短剣で、いつもは書斎の炉棚の上に飾られていたもの。出血はほとんどなかった。室内は荒らされたあともなければ、わかっている範囲だが紛失したものもない。凶器から指紋は検出されず、室内で採取された指紋も想定される範囲の人物、つまり召使、アンジェラ、そして死んだ本人のものだけだった。警察医の現場到着が遅すぎたせいで死亡時刻を正確に割り出すことができず、医師は『午後四時から午後五時のあいだ』と推定するのが精一杯だった。パスモアはケーキとお茶は口にしていてカップに本人の指紋があったから、検死結果から殺害されたのは食後五分から十五分経ったころとみなされた。だが、いつケーキとお茶を口にしたかは不明で――お茶の盆が運ばれた直後だったのか、だいぶ経ってからなのか――これまた役に立たない情報だった。

かいつまんで言えば、警察の出る幕はほとんどなかった。それなのに、アンジェラは三日と経たずに逮捕されてしまったんだ。

捜査にわずかな時間しかかけなかった警察は、とにもかくにも結婚生活が傍目ほどうまくいっていなかった事実を示す必要があった。それにまつわる長ったらしい話は割愛するが、パスモアの家庭《メイナージ》は破綻をきたしていたようだ。どんな理由か知らないが、パスモアとアンジェラは喧嘩したばかり――関係修復が不可能と言えるほど夫婦の根幹を揺るがすような大喧嘩だった。するとパスモアが真っ先に打った手は、自分の財産を妻にほとんど残さないという遺言に書き換えることだった（むろん、これは相続法が実施された一九二八年より前のことだよ）。パスモアの事務弁護士が、本人の承認を得るため新たな遺言状の草案を自宅に送ってしまうポカをやらかしてくれたおかげで、アンジェラに気づかれてしまった。となれば妻に、夫が遺言状に署名して効力が発生する前に殺してしまおうという気持ちがめばえたとしても無理はない。殺す機会も――応接室を出ていったあの十分間にあったはずだ。その時間帯に夫の書斎に入ったかどうかを問われると、アンジェラは入っていないと主張した。しかし、たまたまソウムズと女中のひとりが、夫人が書斎に入ったのを見ていたことが決定的となり……。いいかい、アンジェラにとって不利な証拠はどれも状況的なもので、有罪とする決定的な証拠はなかったし、この先出てきそうにもなかった。とはいえ、状況証拠が死刑を決するような証拠になることもよくあるわけで、逮捕はまったく正当だと警察は主張した。やがてアンジェラは公訴局長に起訴されて、巡回裁判にかけられた。

彼女は証人席で無罪を訴え、こう証言した。ええ、たしかに書斎に入りましたが、夫は変わったところもなく元気でした――〝手紙を書いていたようですが、お茶を飲んでいたかはわかりません〟――数分ばかり家のことで会話を交わしてから、わたしは部屋を出ました、と。検察側の言いぶんは論拠に乏しく、弁護側は不起訴になるのぞみをおおいにもっていたから、アンジェラ本人の証人席でのふるまいがなければ、かなりの確率で不起訴になっただろう。ところがあいにくとアンジェラが騒ぎたてたり、矛盾したことを言ったり、見えすいた嘘をついたものだから、かなり悪い印象を与えたとしても不思議はない。公判があのままつづいていたらどんな結末になったかは、だれにもわからない。それに、そんな問いかけをしたところで仮説にしか過ぎないし。なにしろ裁判は並みの終わり方をしなかったんだ。まさに公判のほぼ最終段階、陪審が評議に入る前に行なう、判事による評決事件概要の略述が始まろうとした瞬間、弁護側から被告人の無実を確実とする新たな証拠の提出を認めてほしいという、思いがけない申し出があったんだ。判事が証拠の提出を認めた結果、事件概要の略述は被告人に有利なものとなり、陪審はアンジェラ・パスモアの夫殺害容疑に無罪の評決を下し、彼女は無罪放免されたんだよ。

〝新たな証拠〟が、ブライスの手紙に関係ありと見当をつける方々もおられるに違いない。実は、公判の最終日にこんなことがあってね……。

思い出したんです、とアンジェラが切り出した。夫の死とその後の捜査、おまけに自分まで逮捕されたせいですっかり忘れていましたが、夫は投函してほしい手紙があると必ず寝室にあるわたしの化粧台の上に置いておきます（ちなみに、この習慣は召使の証言から裏がとれた）。それでミセス・メイと家を出る直前、二階の寝室へ行ったら夫が書いた便箋があったので、それを封筒に入れて宛名を書くと、ポケットにしまって階下に行き、玄関ホールにあるクローゼットにかけてあった外出用のコートのポケットにすぐに入れなおしたんですが、そのコートはいまもクローゼットにかかっています。それっきり（この件についてはアンジェラ本人の供述どおりに引用しているよ）、投函するのを忘れてしまったばかりか――重要な手紙ほど、出しわすれてしまいがちなのです――混乱と苦痛に飲み込まれて手紙の存在すら忘れていました。おそらくまだコートのポケットのなかにあるはずですわ。

これがアンジェラが弁護士に語った内容だ。そして弁護士は当然ながら、彼女の話の重要性にすぐに気づいた。もしもブライスの手紙が、四時十五分までにパスモアの手元に届いていないのなら（おそらくその時間には届いていなかったのだろう）、もしもパスモアがその返事を書いたとして、書くのに十五分以上かかったとしたら（おそらくかかったのだろう）――だとしたら、アンジェラには夫を殺せない。彼女が夫を殺せた唯一の機会は、午後四時二十分から四時半までのあいだでしかあり得ないのだから。というわけで、急いでアマシャムに人が送り込まれた。見つかったんだよ、手紙が。筆跡鑑定の専門家たちはそろって、手紙の筆跡はパスモアのものだと結論づけた――偽造された箇所もまったくないという。検証により、この手紙を書くには最低でも二十分かかることもわかった。文面についても、ブライスの質問に一つひとつ順番に答えていたし、パスモアがあの細々した質問を実際に読んでいなければとても答えられない内容だった。ブライスの手紙が午後配達で届いたことを否定しようにも、郵便配達人とソウムズ、そしてサー・チャールズの宣誓証言によって不可能だった。しかもだ、自分の手紙が到着しないうちにパスモアが『マーリン』について質問されることを前もって知っているはずは絶対になかったと、ブライスが強く主張したんだ。こうした証拠のすべてから、どんな結論が導かれるかおわかりだね。パスモアが殺されたのはどう見積もっても午後五時二十五分前であるはずはなく、ゆえにアンジェラに夫を殺せるはずがない、ということだ」

フェンはポートワインを飲み干すとタバコに火をつけ、椅子の背にからだをあずけてすっかりくつろいでいる。

「おれがどうかかわったかというと」一瞬、考え込んでからフェンが話をつづけた。「この事件のことは公判が終わるまで、個人的にはいっさいかかわりがなかった。新聞で事件のあらましを読んでいた程度だよ。ところが、アンジェラに無罪評決が出て一週間ほどしたころ、バッキンガムシャー州警察の警察本部長と食事をとっていたら、おれが素人ながら犯罪学に興味があるのを知っていた本部長が、この事件の調査書類を見せてくれたんだ。内容の大半はすでに知っていたことの繰り返しか、少々くわしく記されていた程度。とはいえ、パスモアがブライスに宛てた手紙の内容をそっくりタイプしたものもあった。その手紙の最後の段落で、うん？　これはちょっと妙だなと、ひっかかるところがあったのさ……

　ここまで話してきたように、あの手紙の大半はブライスの質問に逐一回答をしただけで、てきぱきと事務処理したような内容だった。ところが最後の段落は、こんなふうに綴られていたんだ。

〈すまんが、ここで終えるよ。ただいま「アリアドネー」を作曲の真っ最中でね（隣家のラジオから生演奏が流れてくる――〝人生に涙あり《ラクリマエ・レールム》〟だな！――おかげで筆もはかどるよ）ご承知のとおり、少しでも早くこの曲を仕上げたくてね。コンサートの成功を祈っている！――聞きにいけなくて残念だ。親愛なる……〉といった内容だ。

　さて、パスモアの手紙が法廷に証拠として提出されると、警察は手紙で触れていたラジオ番組の生演奏について裏をとり、たしかにパスモアの隣家のラジオが午後三時半から四時四十五分までのあいだに流れていた。ここまではまあ、よしとしよう。だが〝人生に涙あり〟なんて――こんな事務的な手紙にしては、ずいぶんとそぐわない結び方じゃないか。隣家からラジオが聞こえたら、たいていはうんざりする。それを伝えようとして、本来人生とは悲しいものだなどと嘆いてみせるはずがない——なにしろ、ああいう迷惑行為はごくありふれているし、その場かぎりのことじゃないか。なのになぜ、こんな不釣り合いな表現をもちだしたのかと考えたとたん、おれはひらめいたのさ。〝人生に涙あり〟という句は、ブライスとパスモアのあいだで特別な意味をもつ表現——二人にだけ通じるジョークなのかもしれない、と。幸運にも、ブライスが数日後にオックスフォードで指揮をとることになっていたんで、彼に連絡をとって聞いてみた。果たして予想どおりだったよ。ブライスとパスモアは学校が一緒で親友だった。二人を結びつけたのは音楽に傾倒する情熱的なまでの真摯さだった——傾倒ぶりも純真すぎると、ときに滑稽さと紙一重だったりする。そしてあるとき、二人でチャイコフスキーの交響曲第六番〈悲愴〉を聞いていると、パスモアが畏敬の念に打たれ、厳粛な口調でこう言ったそうだ。『〝人生に涙あり《ラクリマエ・レールム》〟だな、ポール。この曲には人間のありとあらゆる悲劇が集約されているじゃないか』と。親友がこの交響曲にそんな仰々しい解釈を与えたことをブライスはひどく面白がって、以来二人のあいだでは〝人生に涙あり〟とくれば、この交響曲第六番を指していたんだ。

だからおれはブライスと別れたあとに、〈ラジオ・タイムズ〉のバックナンバーを丹念に調べて、パスモアが殺された日の午後、あの番組でなにが演奏されたのかを突きとめた。作曲家ウォールトンの交響曲、つづいてチャイコフスキーの交響曲第六番という構成だったから、チャイコフスキーの曲は間違いなく午後四時十五分過ぎに始まり、演奏が終わる午後五時十五分前までつづいたことを割り出すなんざ、苦もなかった。いいかい、まったくかんたんなことだよ。パスモアがブライスに宛てて返事を書いたのは、手紙を午後四時十五分に受けとってすぐあとのことだろうという点では、矛盾がないわけだ。

そこで諦めそうになったが、たまたまアマシャムで一、二週間後に講義の予定があったんで、一時間かそこらをかけて例のラジオ番組を聞いていたというパスモア家の隣人に会って話を聞くことにしたんだよ。隣人は愛想のよい小柄な男で――内務省となんらかの関係があると言っていたな――そして当然ながら、あの日の午後の出来事を鮮明に覚えていてくれた。あのラジオ演奏は最初から最後まで聞きとおしたそうだが、そのことを除けば、こちらが聞く価値のありそうな情報はなにももっていないようだった。だから丁寧すぎるくらいに礼を言って帰ろうとすると、思いがけないことに隣人はものすごい秘密をぽろっとこぼしてくれたんだ。

こう言ったのさ。『そりゃあもう、警察はうちにも聞き取りに来ましたが、たとえ数週間後に質問されたとしても、あのラジオの演奏のことはなかなか忘れないでしょうな。もっともそれは、番組が予定を変更したせいもありますが』

あのときのおれは、幽霊でも見たような顔をしていたに違いない。『変更した？』と繰り返していた。

『ええ、そうなんです。放送局の都合なんでよくわかりませんが、チャイコフスキーを先に演奏して、ウォールトンのがあとになったんですよ』

順番を替えていたとはね。ＢＢＣに確認したら彼の言うとおりだった。なんらかの手違いがあって、ウォールトンのオーケストラ用のパート譜が演奏開始直前までスタジオに届いていなかったので、チャイコフスキーの曲が演奏されているあいだに譜面を探さなければならなかった。だからチャイコフスキーのあの曲――〝人生に涙あり〟――の演奏が終わったのは午後四時。ということは、返信の最後の段落で触れられた内容と照らしあわせれば、パスモアがブライスに宛てた手紙は午後四時までには書きおえていたということなんだよ」

フェンはいきなり、くすくす笑いだした。「そうだと仮定すれば、アンジェラがどうやってアリバイをこしらえたかを推理することもさほど頭をひねる必要がない。おれが突きとめたように、警察もこうしたことをすっかり突きとめたんだが――いかんせん、無罪判決が下されたあとではね」

フェンが黙り込むと、ホールデインが首を振った。「まだよくわからないんだが――」

「こりゃ、まいったな……ブライスがエディンバラから手紙を投函したのは前日の午後のこと。言うまでもなく、殺人があった日の午前には手紙はアマシャムに配達された。アンジェラがその手紙を開封し――前に言ったと思うが、彼女はパスモアの秘書役でもあった――そしてその手紙に、チャンスありとひらめいたのさ。アンジェラは封筒を破り捨て、文面にあったブライスの質問を書き取ると、タイプで宛名を打った新たな封筒にもとの便箋を入れて切手を貼って投函しおした。こうすれば、手紙はその日二度目の、午後の配達で、のぼせあがった招待客のサー・チャールズが居合わせたときに届けられるだろうと彼女は確信した。その合間に、アンジェラは夫にこんなことを伝えにいった――。

『お留守のあいだにエディンバラのブライスから電話がありましたわ。〝マーリン〟についての問い合わせを手紙で出したけれども、届くのが遅れて最終リハーサルまでにお返事がいただけないかもしれないと心配になったんですって。その質問を書き取っておきましたから、午後のうちに返事を書いてくださったら間に合うと思うのよ』とね。

パスモアは妻のでっちあげを信じたはず――そりゃ、当然だ――そしてブライスに返事を書いたはずだ。そのあとでアンジェラに残された仕事は、ブライスの質問を書き取ったメモと、ブライスの手紙が再び配達された際の、自ら宛名をタイプ打ちして地元の消印が押された封筒を破棄すること。そしてもちろん、午後四時二十分から四時半のあいだにパスモアの書斎に忍び込んで夫を殺すことだ」

つかの間、驚きに包まれた沈黙が流れると、「おみごと！」とホールデインが声をあげた。「実にみごとだ！……ただ」――熱狂ぶりがやや影をひそめて――「しくじりそうなことがたくさんあったね。パスモアが返事を書きわすれるかもしれないし、あるいは、返事を書きあげるのに時間がかかったかもしれない――もっとも、質問が延々とつづいていたからどうしたって時間はかかっただろうし、あるいは、返信文のなかに書きあげた時間をより特定するような内容に触れたおそれだってあった。あるいは、サー・チャールズが家に来なかったかもしれないし、あの手紙が――人生とはそういうもので――午後の便で届かなかったかもしれないし、あるいは――」

「うん、うん、そんなことはわかってる」フェンが言った。「でも、このたくらみにおいて、考えられるありとあらゆる偶然や欠陥には、ひとつだけ共通点があることを理解しておいてもらいたいね。つまり、このどれかが起こるとしても、それは殺害前でしかないってことだ。万が一しくじりが生じたとしても、パスモアが殺されずに済んだだけのこと――その日に、その特別な方法ではね。これは断言しておくが、アンジェラは賢いだけでなく、用心ぶかい女だよ」

「現在形なのか」だれかが憂鬱な声で言うと、再び沈黙に包まれた。

「彼女は〝人生に涙あり〟の意味がわかっていなかったんだね」ようやくホールデインが口を開いた。「つまり、隣家から流れてきたラジオ放送に対する、ありきたりな文句だと解釈した……パスモアを殺す前に手紙には当然目を通しただろうから」

フェンがうなずいた。「間違いなく読んでいるよ。推定では、パスモアが妻の寝室に返事を置いたのが午後四時ごろで、妻が午後四時二十分に寝室でその手紙を読んでから書斎に行って夫を刺し殺した……おっと、〝推定では〟なんてうっかりだ。アンジェラ自身が告白しているが、これは現実に起きたことだった。彼女に手紙を書いたんだよ。すると返事がきて、おれの洞察力に対する祝辞とともに犯行の詳細を教えてくれた。めまいがするような手紙だったよ——もちろんこんな手紙をもらうのは初めてだし、虚栄心や誇大妄想のかけらもないが、それでもやはり手紙を見るたびに身震いがしてくるね」

「じゃあ、パスモアの財産は彼女が？」

「もちろんさ。あれ以来ずっと、彼女はその金でなに不自由なく暮らしている」

「だけど、いいか」ウェイクフィールドが急に勢いづいて言った。「彼女が、パスモアの手紙を自分のアリバイのために利用したかどうか断言できないぞ。そのあと手紙のことを忘れてしまっていたじゃないか」

「まさか、忘れてなんかいない。忘れたふりをしただけさ——そこが彼女の策略の完璧な点なんだ。いいか、そもそもこの話の発端にもどろうじゃないか。すなわち、どこからが〝完全犯罪〟

と言えるか、だった。きみの主張は、自然死に見せかけた殺人だな——そう、ある程度まではそれでじゅうぶんだろうが、それではこの殺人者にはいつの日か、たぶん数年後くらいに、ひょんな偶然から真実が暴露されても死刑は免れる、なんていう確信はけっしてもてやしない。殺人者が絶対に処罰を免れる唯一の手段は、裁判にかけられて無罪評決を受けておくことなんだよ。わが国の判例法の根本原則である〝ネーモー・デベト・ビス・ウェークサリー〟――何人《なんぴと》も同じ罪に対して二度の裁きを受けるなかれ――つまり一事不再理だ。アンジェラは裁判にかけられたかったんだ。無罪放免されてその後の人生で処罰を受けないためにね。だからこそパスモアの手紙を、それを利用する絶好の瞬間が来るまで〝忘れていた〟ことにしておいたのさ。むろん彼女にとっては一か八かの賭けだ。だが、それが首尾よく成功したってことさ」

「ふーむ、まったく不愉快だな」ホールデインがうんざりして言った。「そんな女に与えるべき制裁がなにも――まったくなにもないとは……」

「なかには」フェンの口調はずいぶん穏やかになっていた。「こんな不当な処置は上級裁判所で正されるのが常だ、と主張するひともいる」

「おお」ウェイクフィールドが居ずまいを正して言った。「では、なぜそう主張するものがいるのか？　なぜなら彼らは、万物は法に支配されていると信じているがゆえに、秩序という概念のない自然現象の変動に対しては、精神的にとても耐えがたいものであるとしているからだ。かのオルダス・ハクスリー（一八九四～一九六三、イギリス出身の作家、のちにアメリカに移住）はだな――」

「ポートワインのお代わりはいかがかね？」ホールデインが声をかけた。

門にいた人々

とある事務所の建物の出入口のまん前、石を投げればロンドン警視庁にあたりそうなほどのご近所で、事件は起きた。

ホワイトホールは英国政府にささげられた——という表現がふさわしいなら——地区だ（この大通りに中央官庁が集中するため、ホワイトホールは英国政府の代名詞でもある）。ここで商いをしたところでたいした儲けにはならないし、この地区で反政府活動のために集会場が準備されでもしたら、暇をもてあます通行人の注意をすぐに引いてしまうだろうから、そんなこともめったにない。そんな場所を、ジャーヴァス・フェンはセント・トーマス病院に入院中の友人の見舞を終えてから、どことなくいつもの活力が出ないままにぶらぶら歩き、セント・ジェームズ公園を通り抜けた。アセニアム（ロンドンにある文芸・学術クラブ）でのディナーに向かう途中、やがて事件が起こる建物の出入口の両脇にずらっと並んだ真鍮のプレートや看板を立ち止まって一つひとつ見ていた。そんなことをしているうちに、あとわずかの命しかない男とすれ違うことになるのだった。

このとき——夜の八時に——ひとの往来がほとんどないこの通りは、はるか先でヴィクトリア・エンバンクメント通りにぶつかると車は行き止まりだし、反対側の先ではホワイトホール通りに突き当たる。街灯が照らしだすのは真鍮の看板と木製の白い文字。ほとんどが業界誌だなとフェンは気づいた——「銅採鉱《コッパー・マイニング》」、「植物の生長《ヴェジテーション》」、「季刊球根栽培者《バルブ・グロウナーズ・クォータリー》」、「生垣と堀割《ヘッジング&ディッチング》」。出入口のやや先のほうで初老の女が立ち止まり、買物袋に手を突っこんで探しものの真っ最中。出入口の真ん前では、舗道を行くフェンの前方にいる身なりのきちんとした軍人らしき男が、街灯をちらっと見あげてポケットから三枚綴じの紙をとりだし、立ち止まって目をとおしはじめた。真鍮の留め具で綴じられた、フールスキャップ判の用紙に打たれたタイプ文字。フェンがその男の隣に並んだのがほんの一瞬、べつだん男に目を留める理由もないわけで、ひたすらタイプ原稿を読みつづける男を追い抜いて、買物袋を抱えた老女とすれ違い、通りの端まで来た。背後で、車が舗道脇から発進する音――たぶん、さっき通りの入り口で停車していた黒のセダンだろうとフェンは察したが、これから悲劇が起こることまでは、とうてい予想できるはずもない。

車のエンジン音が変わった。カチッと音をたててドアが開き、舗道に飛びだす慌ただしい足音。すると、あの買物袋の老女がぞっとするような叫び声をあげた――フェンが振り返ると、あの軍人ふうの男がだれかともみあっている。さっきのセダンから飛びだしてきた男だ。フェンが駆けつけるよりはるか前に、なにもかも終わっていた。襲いかかった男は無防備な相手の頭部を激しく殴りつけ、相手が倒れると同時にタイプ原稿をひったくるや急いで車に逃げ込むと、車はタイヤを激しくきしませながら舗道のふちから横滑りするように離れ、もう次の瞬間には姿を消してしまっていた。フェンは立ち止まり、かろうじて車のナンバーと走り去った方角を書き取ると、うずくまった男のもとに駆けより身をかがめた。かたわらで茫然と見ている老女は、なにが起きたか理解できず途方に暮れるばかり。もっとも、男の頭蓋骨は押しつぶされていたから、だれがどう見ても手遅れであることがフェンにはわかった。死体を見下ろすようにして立ち尽くし、警察が来るまでだれにも触れさせようとはしなかった。

　そして翌朝、午前十一時。「おおいに満足ですよ」とロンドン警視庁犯罪捜査課のハンブルビー警部が言った。「いやまったく、実に満足だ。あなたがた、つまりあなたとあのエアーシア（スコットランド南西部の旧州）のご婦人のおかげで、ミスター・レナード・モウカテリを、ペルシアのユダヤ人殲滅を企てて絞首刑に処せられたハマン宰相よりも高い絞首台で刑に処すことができるのですから。いい厄介払いにもなる」

「狂気の沙汰だよな、まったく」警部の信頼すべき旧友にのみ許されることとして、フェンはいくぶん横柄な口をきいた。「つまり、目撃者二人の鼻先で、殺人をおかすほどの狂気だってことさ。こうなることは、わかっていただろうに！」

「まったく。ただ、あの男はマエがありません」ハンブルビー警部が流行《はや》りのポケットライターで両切り葉巻に火をつけた。「よもやロンドン警視庁に面が割れているとは思ってもいなかったでしょうから、真夜中にベッドから引っ張りだされて警察に連行されたときには、とんでもない災難だと思ったに違いありません。やつは、殺人までやりかねないあの極悪グループの一員ではありましたけれど、実際のところは——」

「ちょ、ちょっと待った」フェンが不機嫌そうに口をはさんだ。「さっぱりわからん。だれだい、モウカテリって。やつはだれを、なんのために殺したんだ？　おまけになんなんだ、その〝グループ〟とやらは？」

　矢継ぎ早に質問を受けて、ハンブルビーの満足感がみるみるしぼんでいくのがわかる。ため息まじりにこう答えた。「個人的には真相を明かしてもいいと思うのですが、実はかなり微妙な問題がからんでましてね……」声がだんだん小さくなる。「ああ、これ以上はだめなんです」

「口の堅さこそ」フェンが自信たっぷりに言ってのける。「おれの一番いいところだろう？」

「ですね。だが、得てしてひとは己の長所を発揮できないというか……まま、そうむっとしないでくださいよ。なにを差し置いても、このことはお話ししたほうがいいんでしょうから。お力を借りることができるかもしれませんし。いや、たしかにそうだ」ハンブルビーがまじめくさった顔で言った。「この事件は、なんらかの助けなしには解決しない」

ハンブルビーはさっきからずっと窓際に立ち尽くしていた。いまや肚を決めたふうで、向きなおって机の奥にある回転椅子にどしりと腰を落ち着けた。面通しを終えてすぐに、フェンとともにもどってきたハンブルビーのオフィスは、ロンドン警視庁の上層階にある角部屋で、眼下にテムズ川が見下ろせる。狭いうえに、かなりの数の（規律違反にあたる）ガスストーブや電気ストーブがごちゃごちゃ置かれ、身動きをとろうとするたび蹴つまずく。壁ぞいにファイルキャビネットがずらっと並び、ありとあらゆる書物は部屋の四隅で妙にうず高い山をなして倒壊寸前なうえ、オーストリアの政治家メッテルニヒの肖像写真から、一九一九年に高齢で天に召されたペットのシーリハムテリアの不細工な写真まで、ごったまぜに飾られている。ロンドン警視庁の管理は、他の官庁と比べるとことのほか厳しい。ところが、庁内でのハンブルビーの地位が特殊なせいで――主任警部への昇進をひたすら辞退しつづけてきた本人にすれば都合のいい理由となって――自分のオフィスをかなり好き勝手に飾りたててよいことになっていた。その〝砦〟を訪ねたものはたいていが、家のなかみたいに散らかっていることや、砦の主《あるじ》のかなり家庭的な性格に気を許し、自分のほうがはるかに優秀だという錯覚に陥ってしまうのだ。だから歴代の副総監で、彼のオフィスに初めて足を踏み入れるなり、微笑むことはあっても杓子定規に管理を押しつけようとした人物は皆無だった。

フェンは肘かけ椅子のひとつに足を投げだして座り、じっと待った。ほどなくしてハンブルビーは――インク吸い取り台《ブロッター》の持ち手に象《かたど》られた丸っこいビショップ（チェスの駒の一種）の輪郭を満足いくまでなぞりながら――口を開いた。

「ではまず、このけたはずれに慎重で、強靭な組織力があるギャングの話から始めましょう。我々が最初にこの組織の存在に気づいてから、もう二年になります。そのメンバーの完璧な、もしくはほぼ完璧に近い名簿とともに、法廷への有力な証拠となるかなりの材料《ネタ》を入手してもなお、逮捕には踏みきらずにいました――お決まりの理由ですが、絶対に逃してはならない中心人物を有罪にできる決定的な証拠がまだなにもないわけでして、おっつけ子分を泳がせておけば、彼らが親玉を罪に陥れてくれるだろうと期待していたのです。その点でいくと、昨夜の一件があったからといって当初より状況が好転しているとは言えません。昨夜の殺人事件はもちろん警察だって黙っちゃいませんが、それを別にすれば、モウカテリの逮捕をうけて、肝心要の親玉がギャング団を解散して逮捕を免れようとするかもしれないという危惧はある。そうは言いつつ、調べなくてはいけないことはまだ残っているんですよ」

「やつらには得意分野があるのか？」

「ありません。おそろしく万能でしてね。ゆすりに密輸、ショーウィンドー破りに放火まで——それこそ、なんでもござれです。かといって、どれも楽しんでやっているのではなく、その理由もひとつとは限らないようです。それだけに先日のある晩、ギャングの一味でストークスと名乗る男が酔った勢いで、覚えたての化粧に慣れないハイヒールを履いた頭のいかれた十四歳の少女をひっかけ、警官の巡回区域五ヤード内にある裏通りで暴行未遂で捕まったと聞き、そりゃ、我々は小躍りしましたよ。

むろん、暴行未遂そのものを喜んだわけじゃありません。こんな事件はいつだってむかつくし気が滅入る。だが、ストークスを逮捕できたことで、警察はやつの家を捜索できることになった。すると、やつ宛にタイプで暗号文が打たれた手紙が一通出てきました。となれば、この手紙がギャングの活動と関係があると推理するのはさほどむずかしくありません。

ご承知のように、わがロンドン警視庁内には大規模な諜報部があります。それに、これもご存じとは思いますが、複雑な暗号は——たとえば今回の手紙はどう見ても該当しますが——解読機の助けも借りながら、まったく労を惜しまないチームワークによって解読作業が進められています。もちろんそれが本来あるべき姿ですから——ただ同時に、こうした作業はどうしても時間がかかります。組織的な方法《メソッド》は、直感とは対照的で、時間がかかるのが常ですから。そこで、ひょっとしてもっと早く結果が得られるかもしれないと思い、暗号文《クリプトグラム》の写しをブロウリー大佐に預けて——」

「ブロウリーってのは」フェンが口をはさんだ。「戦争中に陸軍諜報部5部《MI5》を指揮したあの男のことか？」

「そうです。大佐は一九四六年に引退すると、ロンドン南西部にあるパトニーに居を移し、一日の大半を植物学と科学をとりいれた庭づくりだかに費やしていました。ただ警察は、暗号解読の専門家である彼の引退後も、ときおり相談にのってもらっていました。なにしろ大佐には生まれながらに暗号解読の能力があるのは間違いないところでして、ある種、直感としか言いようのない推理力で暗号を解読できたことすらあったのです」

フェンはうなずいた。「パトニーなら、ウェストミンスターまでは地下鉄で一本だ——しかもそのあたりで、おれは巻き込まれたんだ」

「そのとおりです。不運にも殺されたのは、だれあろうブロウリーでした。そこまで聞けば、殺された理由も容易におわかりのはず」

「つまり、くだんの手紙の解読に大佐は成功し、その手紙はギャングにとってきわめて重要なものだったから、大佐の口を封じ、解読結果を奪うしかなかった」

「ご名答……ただし」——ここにきて、ハンブルビーは居心地が悪そうにそわそわしている——「ブロウリーは警察内で評判がよかった、とはとても言えません。大佐は、どういうわけか気難しいくせに軽率なことをしでかしてしまう男で——チームワークがひどく乱されますし——近ごろはその知性もだいぶ盛りを過ぎつつある。なんといっても、七十歳目前でしたから。もっとも、見た目はそんな歳には見えません……。まあ、とにかく本題にもどりますと、ブロウリーが昨日の午後、手紙の件で電話をよこしました。たまたまわたしが不在でしたので、大佐は解読に成功したとだけ言い、電話を受けた刑事には、夕刻までに結果を届けにいくと伝えていました――そのころまでには、わたしももどるつもりでしたから。ええ、彼には警告していたんです。解読結果はわたしに直接届けること、わたし以外にはけっして手渡してはならない、とね」

つかのま沈黙が流れた。

すると、「ふうむ」と、フェンが独特な声色でこたえた。

「ですから、その刑事がパトニーまで取りにいくと申し出てもブロウリーはこう答えたそうです。どのみち自分はロンドンまで行く、私用があってね、と……その結果、あなたは目撃者になってしまったのです。我々がギャングについて集めた情報から見ても、こんな悪事を働きそうなのはモウカテリしかいない。だからやつをひっ捕まえて殺人犯かどうかをあなたとあのエアーシアの老婦人にご確認願った。つまりはそういうことだったのです」

「あのセダンは」フェンが口を開いた。「ブロウリーを待ちかまえていた――尾行してたわけじゃない。彼が来るのがわかってたんだ」

するとハンブルビーがしぶしぶうなずいた。「そのとおりです。機密を漏らしているものが間違いなくいます。それも、この部署内に。モウカテリとその手下たちが今回の件をやすやすとやってのけた理由も、そのあたりのことがかなりかかわっています――もっとも、こちらも機密漏えい者の存在を疑いはじめた数週間前から、このギャングに関する最重要機密は、こっそり自分だけの秘密にしてきました。でなければ、ゆうべモウカテリの在宅中に踏み込めたかどうか……ああ、それは絶対だ。よくない状況ですよ。まったく、なんたることか――警官がもらう給料と、たんまり金を持った悪党が提示する金額を比べれば、そりゃ、驚くほどの差だ――とはいえ、現実にそんなことが起きるなんて信じられません」ハンブルビーは腕時計にちらと目をやった。「あと五分したら、この件で総監補に会うことになっています。それが終わるまで待ってもらえるなら、ご一緒に昼でもどうです」

フェンは了承し、「で、まったく見当がつかないのか」と言い添えた。「盗まれた報告書の中身だよ。たとえば、下書きみたいなものがブロウリーの家に残っているとか？」

「ありません。訓練のたまもので、そういったものの扱いには慎重な男でしたから、すべて解読できたところで下書きなどはいっさい破棄してから家を出て、こちらに向かったに違いない……そうそう、これがありました」と、事件調査書類をがさごそ探って、ハンブルビーがしわくちゃになった紙を一枚とりだした。「どうやら報告書のうちの一枚のようです。彼の手からひったくろうとした際にちぎれ、下の部分しかありませんが」

フェンが眉をつりあげた。「まず殴りかかり、それからひったくったか――」思い返してみた。「いや、待てよ。うっかりしてたが、頭部損傷で痙攣を起こして死んだんだ」

「そのとおり。あわれなブロウリーの手からこの切れ端をひっぱがすのが、どんなにたいへんだったか……でも、骨折り損でした」

フェンは紙切れに残ったタイプ打ちされた一、二行をじっとながめた。まさに一語一語。こんなふうに打たれている……「……ゆえに、このしょのクリプトガムを扱うにあたり、Xはからなず……」フェンが言った。「大佐のタイプの腕前は、世界で屈指とは言えないようだな」

「ですね。彼の報告書はみなそんなものでした。おまけに、送りつける文書のすべてに、暗号解読の基本原則にのっとった教訓めいたことを組み入れたくてしかたなかったのでしょう。単刀直入に書いてくれたら、そんな紙切れでも役に立ったでしょうに。ところが実際は――」ドアをノックする音で、ハンブルビーはふいに話を打ちきった。「どうぞ！」声をかけると、頬に赤みがさす若々しい部長刑事が入ってきた。「ロブデンか。なんだね？」

「ブロウリー大佐のポケットの中身はいかがしたらよいでしょうか？」

「おお、そうだった、きみが中身を調べてくれたんだったな……所持品はすべて弁護士に届けることになっているんだ。大佐には身寄りがなくてね。いま住所を書くから。それからくれぐれも、こんどはしっかりと、詳細な受取りをもらってきてくれ」

「ハンブルビー、ちょっと」――フェンがぼんやり考えごとをしながら言った――「部長刑事に使い走りを頼んでもいいかな？　ちょっとした心当たりがあるんで確かめたいんだよ――もっとも、無駄に終わるかもしれないがね」

「いいでしょう。ただし、あまり込み入ったものや時間がかかりすぎるものはご勘弁願いますよ――」

「電話をかけにいってもらうだけさ」フェンは使い古しの封筒の裏になにやら走り書きしたものをロブデンに渡して言った。「それから、電話は庁舎の外でかけてくれないか。庁内のだれかに盗み聞きされてはこまるんだよ」

ロブデン部長刑事は封筒にちらっと目をやり、視線を移すとハンブルビーがうなずいてみせた。

そして、ハンブルビーが手早く書き留めた住所を受けとると、ロブデンはさっさと部屋を出ていった。「いまのところ、質問するのは遠慮しときますよ」ハンブルビーはそう言うと立ち上がった。「総監補に報告にいく時間なのでね。でも、もどったら説明してくれますよね？」

　フェンがにっこりした。「もちろんだよ」

「それと、さきほどお話しした今回の事件のことも相談にのってくださいよ。ビールでもやりながらね。〝塩に塩気がなくなれば〟（新訳聖書、マタイ伝第五章より）とはよく言ったもので、なにごとも刺激がなくては――」

「いいから、ハンブルビー。早く行けよ」

「では、しばしお待ちを。それと、そのへんにあるものをいじくりまわさないでくださいよ。すぐにもどります」

　実際、ハンブルビーが席をはずしたのはせいぜい十五分足らずだった。偶然にもロブデン部長刑事がもどってきたのと同時だった。

「ありませんでした」と、部長刑事はぶっきらぼうに報告した。「そうした依頼はまったくなかったとか。過去に一、二回あったようですが編集部がいつも断っていたので、彼はひどく腹を立てたらしく、もう二度と依頼されることはないと編集長が断言していました。どのみち、依頼はなかったそうです」

　それを聞いてフェンはため息をついた。「ロブデン、きみは警官にしてはあまりに警戒心がなさすぎるぞ」穏やかにつづけた。「おまけに、悪党にしても警戒心があまりになさすぎる。二つの仕事を兼務するには、救いようのないバカだな」

フェンの声色が変わった。「外の電話でかけるよう頼んだのは、おれが先回りしてヴェジテーション誌の編集長に電話をかける時間を稼ぎたかったからだ。そして編集長から聞いた話は――きみが電話したときにも編集長はそっくり同じ話をしているはずだがね――いまのきみの報告とはずいぶん違っていたぞ」

ロブデンは顔面蒼白になり、いつもの誠実そうな黒い瞳の周囲に黒ずんだ縁どりがあらわれた。彼はとても若く見えたし、現実に若かった。一方、フェンはといえば、サウスロンドンの広い土地を流れるテムズ川の対岸をじっと眺めながら、思いを馳《は》せていた。小さな店のなかで、ある日襲ってくるかもしれない暴漢や非行者らから身を守る老女たちの努力が無駄になることを。あるいは、毎週、数ポンドを右手にすべりこませることで繁盛していたのかもしれないポン引きや売春宿の女将のことを。あるいは、高い保険をかけた倉庫のなかで賠償金の望みもなく焼き殺された夜間の当直警備員のことや、変質者に暴行された少女たちのことを。そんな変質者でも、雇い主にとって役に立つ働きをすれば、罪が免除されるだけの価値がある。ロブデンがもつ若さと愚かさが、このままどう発展するかを考えたら、ひとつまみの塩どころか砂ほどにも信頼できそうにない。だからフェンは、心を鬼にしてこう言い放った。

「もちろんヴェジテーション誌の編集長は、おれに話したのとは違う話を本当にしたのかもしれない。だが、自分の会話を聞いていた証人がいると編集長が認めている以上――実に友好的な人だな、編集長は。まったく見ず知らずのおれにさえ――いま議論すべきはそんなことじゃないんだ」

「『ヴェジテーション』とは?」ハンブルビーがフェンのことばを夢でも見るように繰り返した。机の下にあるベルはとっくに片足で押していたし、ロブデンがふいに戸口のほうへ後ずさりしはじめるなり、音の出ない手品でも使ったかのように右手に拳銃《リヴォルバー》を構えてみせた。だから、ロブデンはいきなりその場に立ちすくんでしまった。「『ヴェジテーション』ですか?」ハンブルビーが繰り返した。

「そうだよ」フェンが答えた。「ここロンドン《タウン》に、私用があるという植物学の研究家がやってきた。『ヴェジテーション』編集部の外に立つその手に握られていたのは、隠花植物《クリプトガム》に関する記事だった」

「暗号文《クリプトグラム》の記事が」

「違う、クリプトガムだよ。雄しべ雌しべをもたない植物のたぐいのことさ。そこで『ヴェジテーション』の編集長に連絡をとって、ブロウリーからそうした記事を要求されたかを突きとめるのは無駄じゃないように思えた。そして、そのとおりだったんだ。

この記事こそ、モウカテリが強奪したものだった。しかも、強奪したものの中身がわかったとたん、さぞがっかりしたに違いない。とはいえ、ブロウリーがギャングの暗号文の解読結果を必ず所持していたのなら、それはいったいどうなった?　モウカテリは間違った報告書を奪って逃げるのに精一杯――ブロウリーのポケットのなかを漁るのは無理だ。あのあとおれがずっと見張っていて、だれにも遺体に触れさせないようにしていたんだからな。遺体は警察に任せた。そして裏切りものが存在する――それにはもはや疑問の余地がまったくない。だから、ブロウリーのポケットのなかを調べた部長刑事が、そこにきっとあったはずの解読結果のことを報告する義務を果たさなかったので、おれが罠をかけてみたら、真っ逆さまにはまってくれたというわけだ」

ロブデンが乾ききった口を開いた。

「ブロウリーの遺体に近づけた人間はたくさんいました。わたしより先に」

「おそらくそうだろう。だが、これまでのところ『ヴェジテーション』の記事のことで嘘をついたのはきみだけだ。しかも、強奪した紙が雑誌記事そのものとわかったか、即座に疑念をもったのだろうから、きみがなぜ嘘をついたかを見抜くのはかんたんだったよ」

ロブデンの背後で静かにドアが開き、ハンブルビーがうなずくと、二人の刑事が前に進みでて、さっきまで同僚だった男の腕をつかんだ。一瞬、ロブデンは抵抗を試みようとしたようだ。だがすぐに、そんな勇ましさは消え失せて、まるで炎のなかの枯葉みたいにしょげこんでしまった。

「彼は厳罰に処せられますな」一行が部屋を出ていったあと、ハンブルビーは言った。「それも世間が考えるよりもはるかに厳しい刑に。我々の一員が正道を踏みはずせば、そうなるのは必然でして、なぜかはおわかりですな」ハンブルビーはしばし考え込んでいた。やがて「クリプトガムか」と苦々しげにつぶやいた。「クリプトガムとはね……」

「さながら蟻走感《ぎそうかん》のようだな」フェンが言った。「いないとわかっていても蟻が皮膚を這うように感じるのと同じで、なんの関連もないと思っていた二つのことが、実は――」

「まったく」ハンブルビーがきっぱりと言った。「まったくそのとおりですよ。さてと、昼でも食べにいきますか」

三人の親族

ロンドン警視庁のハンブルビー警部が、コーヒーをひと口飲んでは腕時計に目をやり、ため息をついている。そのため息のなかには、平らげたばかりの昼食への満足感も含まれてはいたが、同時に、退屈だが避けては通れない義務、たとえば芝生の雑草とりとか礼状を書くといった作業を突きつけられた男のような、苛立ちもにじみでていたのだ。ハンブルビーは、きちんとなでつけられた白髪まじりの頭の下にある、そのまん丸い顔を苦痛でゆがませながら、コーヒーを口にしてはため息をつく。ジャーヴァス・フェンは大学連合クラブに招いた自分の客がたてる悲しげな音を耳にして、「どうした」と聞いてやる気になったのだった。

「ボルサーバー事件のことですよ」ハンブルビーの憂鬱そうな声。「ボルサーバーという男が殺されたのですが、その殺害方法がわからないのです」

フェンは興味をそそられた。「となると犯人は、わかっているんだな」

「いいえ、それもわかりません」ハンブルビーの声がますます沈み込む。「あやしいのが三人いて、それぞれにひどく微妙なかたちで容疑がかかっているという、推理小説にありがちな展開になっています……ここはタバコを吸ってもいいんでしたか?」

「たしか禁煙だ。すぐ階下へ移るから、それまではもう少しチーズをつまみながら、ボルサーバーの事件について教えてくれ。新聞には載ったのか?」

「きょうの朝刊に小さく出ましたが、詳細まではとてもとても。ゆうべ起きたばかりの事件です。彼の遺産相続人のうちのひとりが、ボルサーバーにアトロピン入りのビールを飲ませて殺したのです」

「積極的だな」フェンが場違いな称賛をした。「どんな顚末だったんだ?」

「最初から話しますよ」いつものハンブルビー警部なら、こんなふうになにも考えていないような言い方はしないのだから、フェンはすっかり驚いて警部の顔をしげしげと見た。どうやら警部はいつにも増して、ボルサーバー事件とやらに苦しめられているらしい。「初めに、ボルサーバーという男がいました」ハンブルビーが聖書の冒頭をまねて語りはじめた。「バーミンガムの実業家です――いや、でした、ですな。フレーク石鹼だかなんだか――つまり、その――洗剤を扱っていた。実業家がなるべくしてなるように、かなりの富を築きました。ところが結婚した相手は――妻の意見によればですが――彼より財力があった。妻が尻に敷くタイプの夫婦だったようで、夫はすっかり妻の言いなり、数少ない自分の親せきとのつきあいも禁じられ、その理由が夫の親せきたちが妻よりも当然地位が劣っているからというものでした。ところが、ひと月ほど前にその妻が亡くなった――たしか肺炎でした――すると結婚が早かったボルサーバーは、五十にして初めて、自分の好きなように人生を生きられることになった。彼はこの新たな状況に、かなりのぼせあがってしまったんですな。どうやら、親族の絆というやつを非常に重んじるタイプだったようで、滞りなく妻を埋葬したとたん、可能なかぎりの親類縁者と連絡をとりはじめた。とはいえ、相手はそんなにたくさんはいませんでした。そのへんは端折《はしょ》りますが、たったの三人で、その三人はボルサーバーに会ったことがないばかりか、互いに顔を合わせたことがないとわかった。ボルサーバーはそのことにひどくショックを受け、異常なことだと思った。そして、こんな事態は一刻も早く改善すべきだと決意するや、手はじめに、いずれ全財産はこの親族三人に等しく残す、という遺言書を作成することにしたのです」

「子どもはいなかったのか?」

「ええ……。こんな熟慮に欠けた行動をとったボルサーバーですから、こんどはその遺言書を引き合いに出して遺産相続人のそれぞれに手紙を書き、みなには明るい未来があるのだから、ここは一族で集まろうじゃないかと呼びかける愚行まで重ねたんですよ。こうした懇親会をバーミンガムの自宅で開くのはむずかしかったので、けっきょくのところボルサーバーがロンドンまで出向いて、一族の忠義と——ま、酒盛りとを組み合わせた会をやることにした。昨日の朝の列車でロンドンに到着し、モスクホテルに宿をとると、ディナーのあとで——招いた親族のひとりが食事の時間には間に合わなかったので——親族の懇親会を開きました。

さて、わたしがゆうべ夜半過ぎまで尋問しつづけたボルサーバーの三人の相続人とは、まずジョージ・ローリー、ボルサーバーの妹の夫の弟です。覇気がなくうつろで、顔に挫折感をにじませた男、ウェストミンスターにある目薬工場に勤めています」

「工場への照会はまだ——」

「ええ、まだです。ただ、たいていの目薬にはアトロピンが含まれていて、ローリーの勤務先で製造していた目薬も例外ではありません。入手可能ということです」ハンブルビーが親切にも解説した。「ローリーは血の気のない、五十歳くらいの独身で競馬好き。目下、私設馬券屋《ブックメーカー》に二百ポンド近くの借金があります」

「動機ありだな」フェンが頭の回転よろしく答えた。

「全員が動機ありだと、いずれわかりますよ。それに全員が入手可能なことも……さて二番目の相続人はジリアン・ボルサーバー、殺されたボルサーバーの姪で、あばずれです」するとハンブルビーはこっそり周囲を見まわして、自分がいまいる洗練された場でそんなことばを使ってよかったものか不安になったようだ。「歳は二十七、美人で未婚、ウィンポール・ストリートの医師のための薬剤師をしています。第三の相続人がボルサーバーの甥であり、ジリアンのいとこにあたるフレッド・ボルサーバーという若者です。ウォットフォード近くにある薬の卸問屋で見習店員みたいなことをしています。くそまじめで科学に夢中な若者です。あの手の若者は」ハンブルビーは、追いつめられて逃げ場のない人文主義者が攻撃に転じたかのような物言いをした。「空き時間に読む本はオートバイの専門誌で、額の生え際はV字型、めがねの奥でちっこい目をのぞかせて、生意気で無作法な態度をとりたがる。あの若造ならやりかねないとは思いますが、あいにくどうやったかがわからない——もっとも、あの三人のうちのだれなのか、わかる方法を教えてほしいくらいです」

「先を急いでくれ」フェンがいらいらして言った。「なかなか殺されないじゃないか」

「まもなくですからご辛抱を。さて、昨夜八時半、この三人がモスクホテルにそろうと礼儀正しく自己紹介をしあった——それはそうと、モスクホテルはご存じで？」

「初めて聞いたよ」

「だだっ広いだけの建物のひとつですよ。ホテルの一階にある侘しいラウンジをたくさんのテーブル席で半個室ふうに仕切ってあり、ボルサーバーはそのラウンジで飲もうと親族を誘ったのです。三人が到着したころには、かなりできあがっていたというから、とっくに何杯か飲んでいたんでしょうな——ただし、ボルサーバーが毒を盛られたのが懇親会の前だなんて考えないでください。そこまで範囲を広げるのは問題外だと断言しときますよ。

では、想像してみてください」——フェンは言われたとおりに、想像しているという顔つきをしてみせた——「このひどいホテルの中央にある、無味乾燥なラウンジは、室内の調度品のわりには値段が高すぎ、高価さのわりには狭すぎ、その陰気さときたら途方もない。装飾をほどこした天井蛇腹《コーニス》に暗すぎる照明、階段の吹き抜けに面して黒く塗られた窓があり、もう何年も開かずのまま。からっぽの暖炉の右手には」ハンブルビーの声が芝居がかってきた。「若きフレッド・ボルサーバーだけが別のテーブルに着席。暖炉の左手のテーブルに残る三人——ジリアン（暖炉のすぐそばで、室内が見渡せる席）、ボルサーバー（ジリアンの真向かいの席）、そしてローリー（暖炉からいちばん遠く、ジリアンとボルサーバーにはさまれた席）——が着席しています」

フェンが落ちつかなげに座りなおして尋ねた。「それぞれの座席は重要事項かい？　覚えていないとまずいのかね」

「わかっているかぎりでは」ハンブルビーが迷惑そうに答える。「少しも重要ではありません。平面図を提示しようとしたまでです……ジリアンはジンライムを（そんなものを平然と飲む娘なんですよ）、ボルサーバーは白目《ピューター》の取っ手付きジョッキでビターを、ローリーはギネススタウトを、そして小しゃくなフレッドはアルコールを断りグレープフルーツスカッシュを腹に流し込んでいた。この部屋には客がもうひとりいて、この人物が鍵を握っています――ルーシー・ギャンブルという年配の独身女性で、別のテーブルでコーヒーを飲んでいましたが、根っからの詮索好きで、事の顚末を最初から最後まで、一切合財を見聞きして覚えていました。わたしが思うに、実に信頼できる女性でして、あらゆる可能性から見てその証言はボルサーバー家の相続人たちの証言と一致します。彼女はどの相続人とも無関係なので、我々は事件の一部始終を掛け値なしに把握することができます――こんなことはめったにありませんよ。

さて、ボルサーバー一族は、あれこれおしゃべりをしたり、ジリアンが踊ったり、絶対禁酒主義のフレッドがおじさんのビールを飲むよう囃したてられたり、ローリーがものまねをしたりして――」

「ものまねだって？」

「そうなんです。ローリーは、自分がものまね上手だとうぬぼれているんです。きょうの午前二時半過ぎにやってみせたのはチャーチルでした」ハンブルビーが頭を振りながら言った。「まるで似てなかった。もっとも、ボルサーバーには受けたようです――見当がつくと思いますが、ボルサーバーはかなりのお人好しで、どのみち酩酊していたのでしょうな。一族が集って三十分も経たぬうちに、すっかり酔っ払ってしまったようで、三人の相続人のなかに飲み残しのビールを使って悪事を働こうとするやつがいるなんて、夢にも思わなかったことでしょう。実は、ボルサーバーが酔っているように見えたのも、アトロピンが効いていたせいなのは言うまでもありません。ついには昏睡状態に陥っても、はた目には眠り込んだと勘違いされたまま。その段階で胃洗浄していれば救命できたでしょうに、椅子にぐったり座らされっぱなしで、その間ずっと三人のおしゃべりや飲酒が一時間以上つづきました。やがてジリアンがそろそろ帰ると言いだした。そこで、ボルサーバーを起こそうとしたら死んでいるのに気づいた、というわけです。

深夜、担当管区の警視がロンドン警視庁に電話をよこしたことで、わたしがこの事件にかかわることになった次第です。わたしが現場に到着したころには、目ぼしい現場検証は済んでいました――事の顚末の概略がわかり、毒物による死という見立てがなされ、ボルサーバーのビールの飲み残しが押収された。わたしは死体を見るなりアトロピンだとぴんときて、警視庁の鑑識研究所の夜間スタッフにそれを伝えると、三十分も経たずにビールが分析されて、多量のアトロピンが検出されたのです。液状のものが使われたとか――粉末を酒に入れてかき混ぜられたとしても、すっかり溶けきる前に飲むひとが気づくおそれはまずないそうです。

いえね、液体なら容器に入れておく必要がある。でなければ、持ち運ぶ際に無造作にポケットに入れたり、手のなかに隠しもつのは無理です。こりゃ、幸先がいい情報だと思えたのは、なにしろ細かいことでいちいちあなたを混乱させるまでもなく、さまざまな状況から、あの部屋にいただれもが――ルーシー・ギャンブルでさえ――取り調べを受けるまで、そんな容器を捨てる機会はどこにもなかった。では、警察はなにか発見できたのか？　間違いなく、なにも発見できなかったのです。わたしとしては、ライターか香水瓶あたりだろうと見当をつけていたのに、どちらもなかった。実際、液体のアトロピンを入れておけそうな容器を持つものはひとりもいなかったうえ、警察は彼らが身につけていた服も所持品も徹底的に調べたのです。

この段階でしくじった我々は、室内の捜索にとりかかりました——てっとり早い話が、どう説明しようにも、室内にアトロピンを保管しておけそうなものはなにひとつなかったことはいつでも断言しますし、部屋にたったひとつの窓から捨てられたものもなければ、酒を出したウェイターに押しつけたのでもない。それらすべては、まがりなりにも確認がとれています」

「グラスは?」フェンが尋ねた。「余分なグラスが持ち込まれて、そこに入っていたアトロピンが空になったあとで、当然ながらホテルの備品と思ったウェイターが片づけてしまったんじゃないのか?」

だが、ハンブルビーは頭を振るばかり。「それも考えました——が、その可能性はゼロです。ウェイターは昨晩、客に出したグラスがどれだったかを正確に覚えていてくれました——ルーシー・ギャンブルと同様、このウェイターも信頼できる無実の証人ですよ。それはそうと、一連の捜査を始めてすぐに、これは大発見だと思ったものがありました。最初に捜査に着手したのは、暖炉のなかにある火格子です。ごみだらけでした——パイプタバコの燃えかすに、吸いつぶした短いタバコとその空き箱が大半で——どう見ても数週間は掃除をしていない。そんなごみのなかに薄いガラスの破片がたくさんあって、これは薬の小瓶に違いないと我々は小躍りして早とちりしてしまった。ええ、勘違いでした。破片をつなぎあわせてみたら、腕時計の文字盤を覆うガラスが割れたものでした。容疑者の腕時計で文字盤のガラスが壊れていたものはなく、アトロピンを運ぶために使われたものもない――で、そこで終わり。おそらく、ガラスの破片は数日前からこの火格子に捨てられたままだったんですな。

となると次は、容疑者三人のうちだれに、ボルサーバーの取っ手付きジョッキにアトロピンを垂らす機会があったかを突きとめねばなりません。すると、なんの因果でしょうかねぇ、三人とも機会があったんです。ひとりずつ、みていきましょう……。

ジリアンは昨夜、ビールに毒を盛ろうと思えばいつでもできたでしょう。ボルサーバーがビールを飲んでいないときは、そのジョッキは同じテーブルにあったジリアンのグラスの隣に置かれていたのですから。周囲の関心がよそに反れた隙に、彼女ならやりおおせたはずです。

同様の考え方がローリーにもあてはまります――ただしローリーの席は、おじさんのジョッキがある位置からはジリアンの席よりもはるか遠くにありました。その一方で、あの低級なものまねをやるために立ち上がったり大股で歩いたり、両手を振りまわしていたようですから――ボルサーバーのビールの上から、じかに手を振りまわす場面が何度かあったはずです。

若いフレッドにもチャンスが一回、たった一回ですが、試しにビールを飲んでみろとテーブルをはさんだ向かいの席から押しつけられたときに巡ってきています。けれどももちろん、フレッドのことはみんな間近で見ていたし――どんな反応をするか待ちかまえられていました――おまけにローリーもジリアンも、そしてルーシーまでも口をそろえて証言していますが、フレッドがジョッキを受けとる前からジョッキを押し返すまで、左手を一度もコートのポケットから出すことはなかったそうで、それはつまり、右手がずっとふさがっていたということです。となるとフレッドも除外か――彼がジョッキに近寄れる機会はこのときかぎりだったと、残る全員が認めています。フレッドもほんのちょっとビールに口をつけたようですから、もしアトロピンがビールに入っていたら彼も被害に遭っていたかもしれない。ほら、もうお手上げですよ」

フェンは考え込んでから言った。「フレッドがアトロピンを口のなかに隠しつづけていた可能性はないか？　で、ビールを飲むふりをしてジョッキのなかに薬剤を吐きだすこともできるぞ」

「無理です。フレッドはジョッキに口をつける寸前までしゃべりつづけていました。パイプもくわえっぱなしで――そんなことをしながら、同時に舌の裏に隠しておいたアトロピンを吐きだすなんてまったく不可能です。残念ながらフレッドは除外しますか。

というわけで、話はこれですべてです。容疑者は三人、全員に動機があり――遺言の存在です――アトロピンの入手も可能（しかもジリアンかフレッドが犯人なら、間違いなくアトロピンを使うはず。というのも、その毒物を入手可能なのはローリーだけだから、自分には嫌疑がかからない）、さらに毒殺の機会も多かれ少なかれ全員にあった。ただし、だれもアトロピンを入れた容器を所持していなかったし、室内のどこにも見つからない。処分できた可能性もまるでない――もっとも、飲み込んでしまえば話は別ですが、いくらなんでも危険すぎて問題外です。共謀もあり得ない――そのことも自信をもって言えます……となると、いったいどうやって殺人が行なわれたのか？」

「質問が三つあるんだが」フェンが考え込むように言った。「というよりも、言いたいことが三つあるから、それぞれについて認否してくれ。まず、発見された時計の文字盤は婦人用のもの

――つまり小型のものだった」

「そうでした。でも、どうして――」

「しかも、その文字盤は円形だった――楕円でも八角形でも長方形でもなく、丸以外のいかなる形でもない」

「そのとおり。で、三つ目は？」

「フレッド・ボルサーバーが吸っていたパイプは、下ろしたてだった」

ハンブルビーはうなずいた。「そうです。でも、どうしておわかりなのか――」

「おい、おい……きみが話してくれたんだよ、フレッド・ボルサーバーはおじさんのジョッキを受けとるまで、パイプをくわえたまま話していたと。そりゃ、わかった。だけど、パイプをくわえたままでビールが飲めるわけがない。だったら問題は、はずしたパイプをどうしたかだ。左手に持ちかえてはいない――ポケットに突っ込んだままだから。どこかに置いたのかもしれない――それは調べておくべきだな。だが、おれが思うに、フレッドはジョッキとパイプを両方とも右手で持ったまま、ビールに口をつけたに違いないんだ。どこのパブでもいい、いつだっていいからのぞいてみれば、ひとがどうやって酒を飲んでいるかわかるはずだ。パイプの火皿を右手の親指と人差し指で押さえると、パイプの柄が左側を向く。そして親指以外の四本の指でジョッキの取っ手をつかむ。そうなると当然、パイプの吹き口はジョッキの縁に突き出して、格好のスポイト代わりになり、ジョッキを傾けるたびに吹き口をビールに浸せるから……。

そう。パイプは新品でないとまずいんだよ。さもないと、パイプ内の残りかすで無色のアトロピンが濁ってしまいビールに混入したことがばれてしまう——それから、そのパイプの火皿の直径が上から下にいくにつれて小さくなっているかを確かめておく。火皿のなかほどの直径に合う、円形の文字盤をもつ腕時計を買う。液状のゴムを一、二滴垂らして文字盤のガラスで火皿を封印してしまう。パイプの吹き口をはずす。パイプの柄から、火皿のガラスで蓋をした真下にまで液体のアトロピンを注ぐ。火皿のほうを下げたまま吸い口をもとにもどし、火皿は文字盤ガラスの上まで、少し燃やした刻みタバコを詰めてごまかしておく。火皿のほうを低くしたパイプをチョッキのポケットに入れて持ち運ぶ。パイプを使うだんになったら、ここまで説明してきたように、どこからでも自然に見えるかたちでビールに毒を入れ（絶対禁酒の人間がおじさんからビールを飲んでみろと言わせる機会を引きだせる力がなければ、どだいできない話だが）、パイプ愛用者が使う金属棒で火皿のなかの薄いガラスを突き破り、ガラスと刻みタバコを暖炉のなかに叩き落として、空になった火皿にタバコを詰めなおして煙を吹かし、警察の到着を堂々と待てばいい。もちろん、液体のアトロピンが保管できそうなものを身につけてはいけないし（科学好きの見習い店員であれば、アトロピンが液体か固体かは分析によっていずれ判明してしまうことぐらい気がつくはず）、ひょっとしてジリアンかローリーがそんな容器を所持してくれていれば、二人をいっそう不利な立場に追いやれることになる」

「胸糞の悪い若造ですな、まったく」ハンブルビーが立ち上がった。「おそらくおっしゃるとおりでしょうが、決着をつけねばなりませんので、すぐにもどって鑑識にパイプを届けますよ。アトロピンが入っていたのなら、その痕跡が検出されることでしょう」

フェンがうなずいた。「あとで電話をくれないか。結果が知りたいんだ」

それから四十五分余りして、電話がかかってきた。

「みごと図星でした」ロンドン警視庁のハンブルビーからだった。「まったくおっしゃるとおりでしたよ。フレッドはとっくに逮捕しました」

「ところで、やつの歳は?」

「残念なことに十七です」

「つまり、絞首刑にはならないと。遺憾だよ。彼は四十までには自由の身となり、また同じことができるってわけだ。しょせん、理性を重んじた啓蒙運動の勝利の結果がこれだ。ただ、頼むから、この手法を教えたのがおれだってことはやつには黙っていてくれよ。二十年もすりゃ風貌もすっかり変わって、やつのことが見破れないだろうし——どんなに耄碌《もうろく》しても、おれはずっとビールを飲んでいたいんでね……」

小さな部屋

「それから、あそこのドアの向こうは、どうなってますか?」フェンが尋ねた。

地下室から屋根裏部屋に至るまで、屋敷じゅうをくまなく見てまわり、広くて風通しのいい玄関ホールに二人はもどってきたところだった。ミセス・ダンヴァーズがぎょっとして、あたりを見まわす。「え、どのドアですって?」声がうろたえていた。

「あのドアですよ」フェンが指し示す。「もちろん、立ち入り禁止でしたら――」

「いえ、ぜんぜん」ミセス・ダンヴァーズは我に返って、先ほどまでと同様てきぱきと対応した。

「とっくにご案内したつもりでおりましたわ。いえね、正直言って部屋があまりにたくさんあるものですから……」突風にあおられた小さなヨットみたいに、夫人はくるっと向きをかえると、指し示されたほうに向かってずんずん歩いていった。「そりゃあもう、多すぎましてね」夫人はひとり悦に入った口調で言い添えた。「必ずやあなたがたの――ええっと――」

「少年たちに」ことばに詰まった夫人に、フェンが助け舟を出した。

「あなたがたの少年たちに、ここほどぴったりな場所はないと自信をもっておりますの」さらにミセス・ダンヴァーズは力説する意味で小さくうなずきながら、閂《かんぬき》をはずして、勢いよくドアを開けた。「そうですとも」夫人は明るく言ったものの、そのあとなにをどう言えばいいか、まったく考えていなかったようだ。「そうです……ささ、どうぞ。この部屋は、その――そうですねぇ――物置なんかによろしいかと」

「なるほど」フェンは答えたものの、この部屋がそれまで披露してもらった部屋とはかすかに違うことが感じとれた。「ひょっとして、明かりはつきますか?」

「もちろんです」夫人が明かりをつけると、あらわれたのは真四角でかび臭い、箱みたいな室内で、床は板張り、窓はすべて煉瓦でふさがれていた。家具と呼べるようなものはひとつもない。

「書棚を取りつければ」ミセス・ダンヴァーズがつづけた。「まだじゅうぶんに使えますわ――」

「まったくです」フェンはとっくにあとずさりしていた。「いや、実にすばらしい部屋ですね」

「あるいは、小さな博物館なんてどうかしら」暗闇博物館かよ、とフェンは思った。非行少年の更生を目的とした福祉団体の委員のひとりであるフェンは、団体が新たな保護観察収容施設を探すことになって、このひどい設計の大邸宅を視察するために派遣されたのだ。「なるほど」芸もなく同じ返事を繰り返す。もっとも、ミセス・ダンヴァーズは相変わらずしゃべりつづけていて、返事が同じだろうがおかまいなしだ。夫人はほっそりした年配の女性で、コルセットで腰をきゅっと締めあげ、白髪まじりの髪にかなり頑固そうな目鼻だち、おまけにセールスマンの専売特許であるはずの、相手に口をはさませない話術ときたら、あっぱれとしか言いようがない。

「おじなんですの」夫人の話はまだつづいている。「この窓をふさいでしまったのは――盗難防止だそうですわ――当時のおじは、とても高価な磁器のコレクションをこの部屋に保管しておけば、屋敷内のあちこちに分散しておくよりもましだと考えまして、でも実際にそうはしなかったわけで、どういうことかと申しますと、税務署員がおじに法外な所得税を払うよう迫りましてね、もうだいぶ昔のこととはいえ、おじは税金を支払うためにコレクションの大半を売却せざるを得なくなり、常々あれを売るしかなかったのだとはたしかに申しておりましたが、実を言いますとね、あんなことをしたのはいくらかは腹いせだったに違いないと、わたくしが踏んでおりますのは、なにしろ、おじの娘にあたるベティがおじの死後に投資物件を相続しましたが、かなりの額になるものでしたから、こうしてあなたがこの屋敷にいらしているとはいえ、たいていの学校なら博物館はあるものですわね、蝶やら岩石のかけらやなんだとかが、であれば、本来この部屋は……」

「ご提案、心に留めておきましょう」フェンがきっぱりと夫人の話をさえぎった。「では、そろそろ失礼します。近日中に委員会が開かれますので、協会の事務局長から検討結果は文書でお伝えいたします」フェンはからだを横向きにしたまま、玄関にじりじりと近づいていった。「このたびは、たいへんなご親切に感謝いたします」

「では、委員会には必ずご報告くださいませね、この屋敷が新しいという点を」器用に壁側を迂回したミセス・ダンヴァーズに立ちはだかれて、フェンの退路がいっとき断たれてしまった。「その、こうした大邸宅がひどく古すぎたりいまにも倒壊寸前なものが多いばっかりに、大きい屋敷というだけであやまった印象を与えかねないんですけれど、この屋敷が建てられたのは戦争の直前で、ええ、もちろん一九三九年に始まった戦争のことですし、それにこんなにたくさんの部屋を閉めきったままにせざるを得なかったとはいえ、状態は実にすばらしいですし、一族以外は住んだことがないどころか、賃貸に出したこともないというのは、小さな子どもや小動物って非常に有害ですからね、これまで屋敷のなかに入れたことなど一度たりともないわけでして、この屋敷の管理がみごとなことはおわかりいただけたはずですわ」

フェンは賛同のことばをもごもごつぶやきながら、屋敷からの脱出めざして戸口の踏み段にまでたどりつく。「たいへんご親切に」フェンは言った。「ひどくご迷惑をおかけしました……ほかの家も拝見せねばならず……はて、委員会がどう決定するかは……ご連絡は早急にしますので」そんな気休めや辞去のことばを立てつづけに言いながら、屋敷からほうほうの体《てい》で出ていった。

だれがこんな家に決めるものか、とフェンは思いながら、門番小屋つきの門をくぐって往来に出た。ふさわしい用途なんて思いつかないほど、異様な屋敷だった。ところが、あの屋敷にはひとつだけ、フェンの好奇心をくすぐるものがあったので、あれこれ仮説を立てては比較検討したり却下したり、ずっと考えにふけりながらふらふら歩きつづけて小さな町へ入ったのだった……。ほどなく、市場《マーケット・スクエア》の開かれる広場に着いたが、どうにも考えが決まらなかった。六時十三分のバスに乗ってオックスフォードまで帰れば、大学ホールでのディナーに間に合うぞ。食事のことを考えたら、バスに乗り遅れるのはこまる。その反面、生まれながらの飽くなき詮索好きな性分ゆえ、先ほど目についた奇妙なことが、どうせ取るに足らないことだとしてもこのまま調べることなく帰ってしまえば、この先もずっと気になり落ち着かないことがフェンにはわかっていた。とうとう、好奇心が打ち勝った。来た道をもどる途中、さっき視察した屋敷のすぐそばにパブがあった。

パブの主人は愛想がよかった。ご近所を訪ねたフェンの使命《ミッション》を知るや、進んで情報提供してくれたほどだ。「あんな屋敷、買う気にゃならんね」と打ち明けた主人は、その巨漢にたっぷり酸素を供給しつづけるのに必死なあまり、息づかいが荒かった。「ま、学校にすんならいいが、せいぜいそこどまりだ。なんだってあのリジョン《オールド》は、あんなどでかい家を建てたかったんだか、おれにはさっぱり……」

「リジョンというと？」

「うん。陶磁器やらなんやらを集めていたじいさんのことさ。屋敷の大きさだけ見たら、じいさんには子どもが二十七人いたっておかしかないが、娘がたったひとりしかいなかった。ところが、じいさんはおれによく言ったもんだ。『ヒグスよ』あ、おれの名前だよ。『わしは小さな鼠捕りみたいな家に我慢できんだけだ。紳士《ジェントルマン》たるもの、あちこち動きまわれるだけの広さがある家を持たねばならん』とね。でもよ、だんな、そんなことを言ってられるのは使用人が置けてこそだろ。それなら、まあ、ひどいことにはならねえ。実際、最初のうちは三、四人の使用人でうまくいってた。だが、それから戦争になって、戦争が半ば過ぎたころには使用人がひとりしか残っていなくて、部屋の半数は閉めきらざるを得なくなった。おれに言わせりゃ愚かな話だ。傲慢なんだよ。しかも、ただひとり残ったお手伝いだってリジョンが亡くなると辞めちまって、それが二、三年前のことだけど、姪のミセス・ダンヴァーズが屋敷の維持管理のためにやってきてからは、なにもかもひとりでやるしないから、閉めきった部屋がさらに増えたんだが、ちっと腑に落ちないのは、あの姪が屋敷を出ていこうとしなかったことだね」

「だけど、娘さんはどうしたんです？」

「ああ、もちろんベティは手伝ってたさ。だが実際には、あんまり働きものってふうじゃなかったし、やがてあの悲劇が起こって――」

フェンがかすかにからだをこわばらせた。「あの悲劇とは？」

「聞いてないのかい？　もっとも、よそもののあんたは聞かないほうがいいかもな。実に悲惨な話さ」そう言うと、主人はカウンターにひとり残っていた客に語りかけた。身なりのよいもの静かな中年男で、カウンターの隅でウィスキーのダブルをやっている。「このへんのもんで、あんな悲劇を忘れるやつなんているもんか。な、センセ《ドクター》？」

「残酷だった」ドクターの声は低かったが、口調は思いのほか激しかった。「しかも、いまだに、子どもたちに性教育など無用だなどと触れまわる口うるさい大バカものがうじゃうじゃいて……」ドクターはそこでぐっと自分を抑えると、肩をすくめて微笑んだ。グラスを空けて二杯目を頼む。「もっとも、もうこれ以上、この話をわたしに語らせないでくれたまえ」

「なにがあったんです？」フェンが尋ねた。

ドクターはフェンをしげしげと見ると、なんらかの直感が働いたのか、目の前にいる男がただの野次馬というより、もう少しましな動機で尋ねているのだという結論を下したようだ。

「いま話に出た乙女《ガール》だが」ドクターが言った。「名はベティ――リジョンの娘で、ミセス・ダンヴァーズのいとこにあたる。いい娘《こ》でね。とても淡い赤毛に黒い瞳をしていた。ただし神経過敏な娘で――いつも神経をぴりぴりさせていた。父親に死なれて一年くらい経ったころ、ヴェナブルズ、モーリス・ヴェナブルズという男に出会うと、とたんに首ったけになってしまった」

「ぞっこんだった」パブの主人も同意した。「あの娘は、やつにぞっこんだったな」

ドクターが顔をしかめた。「本音を言えば、わたしもベティのことが大好きだった。だが、ベティがヴェナブルズと出会ったあとでは、ほかの男に出る幕はなかった。しかも彼はいいやつだったから、そのことはわたしも認めるしかなく……。

さて、二人は婚約し、結婚式は前の年の六月某日と日取りもすっかり決まっていた。ところが結婚式当日の朝に、ベティは姿を消してしまった」

フェンが眉をつりあげた。ドクターが自分の語りに没頭していなかったら、目の前のよそものの顔に浮かんだ、満足感とでも言えそうな奇妙な表情に気づいたかもしれない。「姿を消した?」フェンがドクターのことばを繰り返した。

「いなくなったんだ。どこかへ行ってしまった。その日の朝の、とても早い時間のうちだろうとみんなは考えた。手持ちの金がいくらかはあったようだが、だれもベティの居どころを突きとめられぬまま、二週間が過ぎていった」

「でも、どうして――」

「ふむ、ベティはおびえてしまったんだな――結婚には肉体的な側面がともなうことを知ってしまってね。ミセス・ダンヴァーズはもちろん結婚の意味を知っていたし、ベティの女友だちのなかにも、とっくに結婚していたのがいた。ひとこと付け加えておくが、ベティが女として問題があったとか、そういうことじゃない。ただ驚いただけだ」ドクターが表情をくもらせた。「なぜ、こんな大事なことを若い娘たちに教えてやらんのか……いったいどうして。ああ、話は変わるが、これはけっしてヴェナブルズに非があるわけじゃない。彼はとてもいいやつだ。ただ、あの娘が男女のことに疎かったうえに神経過敏だったことが相まって、取り返しのつかないことになってしまったのだ。ベティはヴェナブルズのことをとても愛していたのに、最後の最後でおじけづいてしまった。かわいそうに……」

フェンが酒のお代わりを自分とパブの店主のために頼んでいるあいだ、ドクターはじっと考え込んでいたが、やがてまた話しだした。

「いずれにせよ、まるまる二週間というものベティは失踪していた。やがてある晩、もどってきたんだ。その姿を見たものはだれひとりなく、自宅にも帰らなかった。その代わり、アビンドン方面にある、町はずれの古い納屋のなかで寝たらしい。だが、彼女がどんな気持ちでいたか、想像にかたくない。ヴェナブルズに二度と顔向けできないと思ったに違いない――ああ、彼なら絶対にベティを許したはずなのに。ヴェナブルズはおろか、なにもかも自分は失ってしまった。ベティはそう思い込み、古いナイフをどこかで――どこでなのか、だれにもわからないが――手に入れると、自ら喉元をかっ切ってしまった。それが、ベティが発見されるまでの経緯だ」

一同しばし黙り込んでいたが、パブの主人の、喘息のような息づかいが沈黙を破った。すると、ドクターが思いを振り払うかのように話をつづけた。

「もちろん、ベティのことはみなで捜した。はっきり言って、かなりの騒動だった。支度《したく》が万事――ウエディングケーキに受付に牧師、その他なにもかも――整ったのに、ミセス・ダンヴァーズはヴェナブルズと警察に電話をいれ、門の前で落ちあい、事態を伝えなければならなかったのだから、そのときの一同の思いはいかばかりか想像できるはずだ。もっとも、遺体が発見されたときの思いとは比べものにならないが……」

「どなたが」フェンが唐突に尋ねた。「結婚式で、新婦を新郎に引き渡す役を務めることになってましたか？」

ドクターは驚いてフェンを見た。「そんなことが知りたいのかね？　たしか、ベティの父親の古くからの友人だ。ベティの身内で存命中なのはミセス・ダンヴァーズだけだったからね」

「すると、その旧友はあの屋敷に泊まったのですか？」

ドクターがますます当惑しているのが見て取れた。その質問にはパブの主人が答えた。

「いや。ここに泊まったんだよ……。ミセス・ダンヴァーズはね」やや満足げにあとをつづけた。「こう言ったんだ。わたしたちと一緒よりも、こちらのほうがずっと快適にすごせるはずですわ、と。だから、ベティが失踪したときにあの屋敷にいたのは、ミセス・ダンヴァーズだけだよ」

「それこそ、確かめておきたかったことなんですよ」フェンは言った。「実に興味ぶかい。あの屋敷が賃貸に出されたことはあったんでしょうか？」

パブの主人は首を振った。「おれが知るかぎりじゃ、ないね。でも、なんで――」

「それから、あとひとつだけ」フェンはにこっと微笑み、相手の話の腰を折るというまったくの無礼をやってのけた。「ミセス・ダンヴァーズは、幼い子どもや犬を毛嫌いされているようですが」

「そのとおりさ。ほらセンセ、覚えてるだろ？　センセがアルザス犬を連れてあの屋敷を訪ねたら、犬は外につなげと言われたっけ。つめてえなって思ったが、ひとの好みはそれぞれだしな。

むろん、リジョンじいさんがまだ生きていて、コレクションを売っちまう前のことだったら、犬やガキを走りまわらせるなんてバカなことをすりゃ、貴重品をひっくり返されたり粉々にされたりしちまっただろう。もっとも、じいさんがあの部屋に壺なんかをぜんぶしまいこんどきゃ、なんの心配もいらねえのによ。けっきょく、しまいこむことはなかったな——まあ、どのみち、子どもも動物も好きじゃなかったし、ミセス・ダンヴァーズも子どもと動物が好きじゃないしな」

　みごとなまでに打ち消し表現がつづくことにフェンは満足そうだった。「となると」フェンが言った。「ミセス・ダンヴァーズは車を持っているか、買物が大好きかどうか、ご存じでしたら……」それからほどなく、フェンはビールを飲み干し店を出た。情報もたんまりせしめて。

　フェンが立ち去ったあとの店内に沈黙が流れた。やがてドクターが口を開く。

「妙に印象に残る男だな。なんだかわからんが、手ごわい相手だ。あの男はなにを確かめようとしたんだろうか」

　パブの主人がうなるように言った。「ああ、て・ご・わ・い」一文字ずつ、念には念を入れて発音しながら、ドクターのことばに同意してみせた。「まったく、あの手の男は敵にまわしたくないもんだ。やつがなにを追い求めてるのか、知ったこっちゃないし。どうでもいいが、警察のもんじゃなさそうだな。ちと、おつむがいかれてるのかも」そう言うと、この話題は脇に押しやった。「さ、センセ、もう一杯どうです？　こんな天気だ、飲んだってからだに悪かないでしょ——ひとがどう言おうがかまうもんか」

　ところで、言い方は違えど二人が敬意を表した相手が、翌朝この地に再びあらわれたことは気づかれずに済んだ――というのもフェンは、二度目の訪問をだれにも知られずに果たそうとしたからだ。フェンにも苦手はいろいろあれど、とりわけ家宅侵入の術には長けていない。ところが今回の場合に限っては、フェンにもたいした専門技術は不要だった。ミセス・ダンヴァーズが、一階の窓を何箇所か開けっ放しのまま買物に出かけてくれたからだ。おかげでフェンは自分がやるべき仕事を果たせて、痕跡を残すことなく脱出できた。携帯したのは薄刃のナイフと数枚の紙と封筒のみ。けれどもオックスフォードに無事にもどると、薬局でさまざまなものを買い足して、家に帰るなり、家族からは愛想づかしと不安の種となっている仮の実験室とする部屋にまっしぐら、鍵をかけて閉じこもってしまったのだ。しばらくのあいだ濾過紙と過酸化水素、それに氷酢酸に硫酸ベンジジン溶液を加えた実験に心ゆくまで没頭した。やがて電話をかけにいった……。

思いがけない巡りあわせで、ロンドン警視庁から派遣され、この事件の処理を担当することになったのはハンブルビー警部だった。

「ええ、そうでした。あれは間違いなく血です」ハンブルビーが言った。「そのうえ重要なことに、人間の血でした。さらに幸いにと言うべきか、ベティ・リジョンの血液型と同じか、それに準じたグループに該当します（ところで、ベティに献血の経験があって助かりました。なんといっても、遺体を掘り起こさずに済みますから）。つまりは、ベティが実際に喉をかっ切った場所はあの小さな部屋であり、発見された納屋ではないという仮説が立つのです」

「ずいぶんたくさんのことがわかるもんだ」フェンが言った。「あんな床板の割れ目を調べただけでねえ」

「あなたがあの部屋に滞在したあとでも、かなりのことがわかるものですよ。その哀れな娘さんは、そうとう出血したに違いない……納屋からもどうにか回収できました――ほとんどが猫の血で、ミセス・ダンヴァーズが仕立てた独創的な事件現場の一部ですな。事件発生当時は、だれもこのことを調べようとは思いつかなかったらしい。さて、ここまではまあ順調にきてますな。ベティが自殺したのは――」

「あるいは、殺されたか」

だが、ハンブルビーは首を振った。「そんな証拠はありません。残っていたのは、とどめを刺す前の小さなためらい傷が数箇所など、いずれも自殺に特有のものばかりです……ああ、そうそう、たしかにミセス・ダンヴァーズにはじゅうぶんな動機がありました。ベティは遺言状を残していなかったのです。だから結婚後に亡くなれば、彼女が父親から相続したあの屋敷はヴェナブルズのものとなり、結婚前に亡くなればミセス・ダンヴァーズのものになる――現に、そうなったわけです。だが、殺人罪での起訴は無理ですな。個人的な意見ですが、この事件でもっとも描きやすい筋書きはこうです。ミセス・ダンヴァーズは亡きリジョンの財産を引き継ぐ見込みがなくなると思ってパニックに陥っただけで、ベティを結婚式の朝にあの小さな部屋に幽閉すると、花嫁がこわがって逃げだしたとか、もっともらしい話をでっちあげた。次に――」

「だが、いいか」フェンがいらついて口をはさんだ。「あのダンヴァーズ家の女が、監禁したベティをどうするつもりでいたか、わからないわけがないだろう？　いずれ解放するなら責任をとるしかないし、さもなくば永久に黙らせておくしかない。ゆえにそのこと自体が、推定できるだけのじゅうぶんな理由にな――」

「なりませんよ、おわかりでしょうが」ハンブルビーは意外なほどそっけなかった。「わたしが思うに、ミセス・ダンヴァーズの行動が思慮に欠けていただけなんですよ。彼女は食事とともに切れ味鋭いキッチンナイフをわざわざベティに差し入れてしまった、ということじゃないでしょうか。しかも、あの娘は監禁されていたうえに、ミセス・ダンヴァーズが姪を支配下に置こうとして、ヴェナブルズのことや結婚のことを話題にした。話の中身がどうあれ、娘は精神的に追いつめられて錯乱した挙句に、ついには自らナイフを使ってしまった。ナイフにあった指紋がベティのだけだったことはご存じのはず……それからのちは、夜になってミセス・ダンヴァーズが遺体とナイフをあの納屋まで車で運び、納屋のなかへ死体を遺棄したうえに猫の血で細工したに違いありません」

「指紋か」フェンがぶつぶつ言った。「指紋だけですべて解決するわけがない……もっとも、きみの意見が正しいなら、道徳的には殺人も同然じゃないか」

「いや、まったくです。残念ながらわが国には、道徳的な殺人を罰する法律はありません」

「ふん、でも、監禁はしてるぞ――脅迫に暴行、不法接触、不法監禁……言い方なんてどうでもいいが」

「親愛なるジャーヴァス、どう言おうとも証拠がないのですよ。唯一証明できるのは、ベティ・リジョンが亡くなったのはあの小さな部屋であって、遺体発見現場の納屋ではないということだけ。そして、あの言語道断な女を懲らしめるために警察に残された手として、どんな告発があると思います？　死体隠匿による検死妨害。厳格な下級判事でも勾留七日です。そんなことをしたって、かわいそうなベティのために、満足のいく実り多き復讐を果たしたことにはならないでしょう？」

フェンはハンブルビーのことばにじっくり耳を傾けてふさぎこんだ。「父親は」思い切って口に出した。「つまり、リジョンの死因だが――」

「自然死です。昨日、彼の遺体を掘り起こした直後に死後検死を行ないまして、遺体を掘り起こしたのに警察はなにも発見できなかったのかと、内務省がちょっとご機嫌ななめですが、これは賭けだとあらかじめ断っておきましたから……。それはそうと、ミセス・ダンヴァーズは黙秘です――ええ、まったくひとことも話しません。告発されるまでは、申し立てもしようとしないし、質問にも答えません」

しばらく二人とも黙り込んだまま、法律の無力さに腹を立てていた。やがて、ハンブルビーが口を開いた。

「わからないこと、いいことがひとつありましてね。そもそも、なにがあなたをひらめかせたんですか？　ベティの悲劇などまだ知らないうちから」

「ああ、そのことか……そうしたほうが役に立つと思いたかったんだ」フェンは言った。「だが、そうでもなかったな。いいかい、あの小さな部屋は窓がすべてふさがれていた。ならば、強盗が外から侵入してあの部屋を通り抜け、屋敷のほかの場所に入り込む可能性はない。しかもあの屋敷は、過去に一度も他人に貸したことがなく、調度品を壊しそうな幼児《おさなご》や犬がいたこともなかった。なのに、あの小さな部屋は立ち入り禁止だった……。

だったら、ほかにどんな理由が――つまり、監禁以外の理由が――考えられるっていうんだい？　部屋の外側、玄関ホール側のドアに閂をつける必要なんて、あるわけがないだろう？」

高速発射

ウェストミンスター上空で稲妻がちらちら光り、ホワイトホールでバス待ちの列をつくる勤め人たちが、夕暮れ間近のどんよりした曇り空を不安そうに見あげている。この日の朝は暑かったので、大半のひとがコートを着ていなかったし、傘を持たないひとも少なくないが、雨が降りだす前に彼らが家までたどりつくのはむずかしそうだ。夕方のラッシュアワーが放つ騒音をしのぐように、遠方で雷鳴がとどろいた。ロンドン警視庁の上層階にある捜査部の角部屋では、ハンブルビー警部が窓辺に近寄り外を見下ろしている。

「おでましだな」ハンブルビーが言った。「二人が有罪か無罪かは、神のみぞ知るか」短く縮んで見える二つの小さな人影が、制服警官に護衛されて階下の出入口に消えていくのを目で追う。「もしあの二人が有罪だとしたら、並外れた度胸の持ち主に違いない。もっとも、度胸なんてものは猛獣狩りの経験を積むうちに身につくのでしょうが……」ハンブルビーは、肩をすくめて発言を締めくくった。

「二人とも有罪か？」ジャーヴァス・フェンこと、オックスフォード大学の英語英文学教授がたちこめる紫煙のなかから大声で聞いた。「夫ばかりか妻も？」

「ええ、間違いなく——もっとも、女のほうは男ほど射撃は得意ではないようですが……」ハンブルビーは机の上の山をかきわけてタトラー誌の古い号を見つけだした。「これに」雑誌を手渡しながら言った。「二人の風采《ルック》が出てますよ」

ちょっとキリンに似てるな。当該の二人の写真をしげしげとながめて、フェンはそう結論づけた。しかもこの二人、夫と妻というよりも姉と弟みたいだ。女のほうが男よりも年上か——少なくとも四十はいっている。痩せて日焼けしているらしい女の顔は、大きな歯をむきだし不自然な笑みを浮かべているし、短く切った髪にかけたパーマは、労力が惜しみなくつぎこまれたに違いない。あの長い鼻なんか夫の鼻とほぼ瓜二つだし、二人の目の小ささときたら腹立たしいほどだ。そうはいっても、夫のほうが妻に比べて年若く、かつ人間らしく見えるよう工夫はしていて、大きなパイプを男らしくくわえて、蠟マッチでパイプに火をつけようと眉をひそめて必死な模様。写真の説明文によれば、タンガニーカでの猛獣狩りツアーから帰国したばかりのフィリップ・ボウヤー夫妻も（慈善のためのガーデンパーティーに）出席したと書いてあるが、「ミセス・ボウヤーとは」と、タトラー誌が慌てて説明を追加しているのは、社交欄にただの庶民がまぎれこんだと誤解されてはこまると思ったからなのか、「エジャトン卿とダービーシャー州のウィルモット・ホール出身である故ジョーン・ウィルモット夫人とのあいだに生まれた二番目の令嬢」とあった。

フェンがまだ記事を読んでいる最中にデスクの電話が鳴って、ハンブルビーが出た。

「はい。ああ、二人が入るのは見たよ。もう少し下で引きとめておいてくれ。準備ができたら、こっちから連絡する」顔をしかめて受話器を置く。「弱腰か、時間稼ぎととられるかな。それでも、あなたにこの事件のあらましを知ってもらって、ご意見をうかがっておきたいんですよ」

フェンはうなずいた。「もちろんだ。きみの話はこれまでのところかなり断片的なものなんで、おれにはまだ事態があまりよく飲み込めていないんだよ」

　またしても稲妻がぴかぴかっと光って狭い室内を照らすと、こんどはその直後に雷鳴がとどろいたので、雷は南西の方角から駆け足で近づいてきて、それにつれて風が強まり、雨粒がバラバラと窓ガラスにあたりはじめた。ハンブルビーは片手を伸ばして窓を閉めきるとデスクに向きなおった。暑さのせいで、いつもはきちんとしている身なりも乱れたまま、額の汗をぬぐいながら、回転椅子にどさっと腰かけた。

「では、ここに登場する若い娘は」ハンブルビーが語りだした。「イヴ・クランダル、二十四歳、髪は黒で、ファッションモデルとはかくありなんと思うほどの美貌と気品をそなえ、ノッティンガム・プレイス（ロンドンのウェストミンスターにある街区）で女ともだちと小さなフラットをシェアして暮らしている。イヴにはモーリス・クランダルという金持ちの年老いたおじがいて、彼女を自分の相続人に指定している。いとこに狩猟家のフィリップ・ボウヤーがいて、それがいままさに、妻のヒラリーとともに階下にいます。さらにイヴには、学問好きなジェームズ・クランダルといういとこもいて、トゥエルフォードにある公立小学校で教師をしている」

「ジェームズ・クランダルだって？」フェンは眉をひそめた。「おれが学部学生だったころ、ジェームズ・クランダルという男が同じモードリン学寮にいたことがあるぞ。不器用で実直で、救いようがないほど頭が鈍くて、ビン底めがねをかけて吃音があった。本人がどんなに一生懸命にやっても結果が出せない不幸な星の下に生まれたやつで、だから二十年経っても小学校で――」

「ええ、同一人物かもしれません。不器用でめがねをかけている点は当たってますが、それ以外のことは」ハンブルビーはかすかに顔をしかめてつづけた。「どうでしょう――直接には、わかりかねますが。ともかく……。

まあ、それはさておき、ここでイヴのおじといとこ連中をすべて挙げたことの肝心要は、こういうことです。もしイヴがモーリスより先に死んだなら、モーリスの死後その財産はフィリップ・ボウヤーとジェームズ・クランダルに等分されることになり、イヴとジェームズ・クランダルがともにモーリスより先に死んだなら、財産はそっくりフィリップ・ボウヤーのものになる。言い方を変えて、単刀直入に言ってしまえば、教師のジェームズにはイヴを殺す動機があり、狩猟家のボウヤーには（妻ともども）イブとジェームズの二人を殺す動機がある。ここまでは、おわかりですね？

さて、このモーリスが肺がんを患っている。余命はあと二か月か二週間、あるいは二日か、いずれにしても死にかけているのはたしかで、我々の大半と同様、彼も病院で見知らぬ人に囲まれて死ぬのをことさらに望まない。そこで、身内でもっとも裕福なフィリップとヒラリーの夫婦に頼みごとをした。オックスフォードシャー州のヘンリー（ヘンリー・オン・テムズのこと）近くにあるボウヤー家においてくれ、と」

「また、能天気な頼みごとだな。夫婦には財産を譲る気がないくせに」

「いや、いくらかは残すつもりのようです。財産の大半はイヴにいくが、ボウヤー夫妻にもちょっとは残すつもり――しかも、頼みを断られようものなら、その遺言も取り消せばいいだけのこと。実は、ボウヤー夫妻は見かけほど暮らしが楽ではなく——ともかく、少なくとも千ポンドは見込める金を鼻であしらえるほど裕福ではなかった。猛獣狩りなんて道楽は金食いですからね。そんなわけで、夫妻はおじを迎え入れることにしたのです。

夫妻の同意後、いまから一週間余り前、モーリスの到着予定日に、イヴはおじが新たな環境になじめるかを見届けるためヘンリーへ向かった。そうしたほうがいいと期待されてのことだったが、ジェームズ・クランダルまでもが教え子たちをほっぽり出して来ることなどは期待されてはいなかった。それなのに、彼は姿をあらわした——モーリスから五百ポンドを相続することになってはいたが、うまくとりいってそれよりはるかに上まわる金を巻きあげたいという魂胆だったのかもしれません——そして、午後早くには全員そろって、病院から救急車でやってくるモーリスを待ち構えることになったのです。

ボウヤー家は高台にあり、一マイルほど先にある町並みと川が見下ろせた。大きな屋敷で——寝室が十もある——このごろの大邸宅にありがちなように、この屋敷もすっかり人手不足のせいで寂れつつありました。ところがフィリップとヒラリーは住みごこちよりも見ばえを重視したがるたちで、がたつきかけた屋敷に住みつづけていた——ひょっとすると、夫妻があの屋敷を気に入っていたのは、かなり広大な土地が付いていて、そこには射撃の的が生息していたせいかもしれません。もっとも、ライオン狩りのあとのウサギ狩りでは落ちぶれた気分になりそうですな。屋敷にただひとり残る使用人は、気の毒なくらい働きすぎの小柄な女で、戦争後に急に出現した、いやならやめてやると騒いで交渉の余地すらない連中にすれば、この女が屋敷に残るのは、そこに残るだけのなにがしかの価値があるからだと思わせてしまうでしょうな。そしてまさにそのミセス・ジョーダンが、駅からタクシーに乗って午後三時ごろに到着したイヴ・クランダルを玄関で出迎えたのです。

イヴが到着したとき、ヒラリーは町へ買物に出かけ、ジェームズは散歩中で、フィリップはちょうど――どうせ救急車はお茶の時間までは来ないとふんでいたので――荷物を抱えてもどってくる妻と落ちあい手を貸すために外出してしまっていた。だから、使用人を別とすれば、イヴはこの屋敷での最初の一時間をひとりきりですごすことになり、荷をほどいたあとにのんびり庭を散歩すると、一本のブナの木の下にあるデッキチェアに腰を落ち着けた。正面には、庭の垣根から三百ヤードほど先にブナ林が広がっていた。イヴが目を閉じ椅子にじっと座っている姿を見たひとがいれば、眠っていると思い込んだでしょうな。ところが彼女は、わけもなく神経がぴりぴりしていたので、銃声を耳にするなりとっさに脇に飛びのいた。あれほどの反射運動ができるかというほど、瞬間的な動きでした。速射猟銃《エクスプレスライフル》から弾丸が放たれ、イヴの頭皮をそいで頭蓋骨をかすめたものの、弾道があと数分の一インチずれていたら確実にイヴは死んでいたはず。医者の話では、イヴは銃弾がかすめた瞬間には失神していて、その直後につづく二発目の銃声は、聞いていないということです。

だが、ミセス・ジョーダンと郵便配達人が銃声を二発とも耳にしていて、聞いた三十秒後には二人は玄関前で鉢合わせし、イヴがデッキチェアのそばでうずくまって倒れていたことと、ヒラリーが顔面蒼白になってがたがた震えながらブナ林から飛びだしてきたのを目撃しています。二分後にフィリップが帰宅。妻は買物の荷物を運んでくれる夫を残し、先に家路を急いだそうです。やがて明らかになったのは、ブナ林のなかでジェームズ・クランダルがヒラリーに頭部を撃ち抜かれて倒れていて、その手にはイヴを狙撃したライフルが握られていた、ということでした。さて、地元警察が捜査にのりだし、やがてわたしが呼ばれて捜査に加わり、関係者全員の供述をとりました」ハンブルビーはサーモンピンク色した厚紙のフォルダーから、タイプ打ちされた調書を一枚ひっぱりだした。「たとえばこれは、ヒラリーの供述ですが、よくまとまっています

――

私のほうが先に帰宅したのは、主人には買物が残っていたので、二人そろって万が一、救急車を迎える時間までにもどれないのはまずいと思ったからです。野原を横切っていくのが一番の近道で、家には裏口から入りました。帰宅時にイヴは表の庭にいたので姿は見ていません。帽子をぬぎに寝室に行きかけたら、銃器室の開け放たれたドア越しにマンリカー速射猟銃（オーストリアのステアー社製で狩猟・競技用ライフル）がないことに気づいて、へんだなと思いました。主人は銃を携帯していませんでしたし、主人以外があの銃に触るのは禁じられていましたから。ふと、いとこのジェームズ・クランダルが銃のことをあれこれ尋ねていたのを思い出しました。わたしは小さな自動拳銃《オートマチックピストル》をポケットにいれて、ジェームズを探しに外へ出ました。ピストルを持って出たのは、ジェームズがイヴを傷つけるつもりかもしれないと思ったからで、イヴが死ねばジェームズは得をしますからね。もともとあのひとの態度は気に入らなかったし、なにかしでかしそ

うでぞっとしたんです。表の庭にまわるとイヴがデッキチェアで寝ていて、林のなかでだれかが動くのが見えたような気がしました。大急ぎで裏庭にもどって野原を横切り、その先にある林へ庭の反対側から入りました。林のなかでジェームズがマンリカー銃でイヴを狙っているのを見つけたので、ピストルを向けて声をかけようとした瞬間、ジェームズが発砲してイヴが倒れました。すぐにわたしもジェームズを撃ちました。正当防衛ですよね。イヴを撃ったのを目撃してしまった以上、次に殺されるのはわたしですから。彼を殺す気などありませんでした。ライフルなら腕に覚えがありますが、ピストルではそうはいきません。同じ射撃とはいえ、二つはまるで勝手が違いますから」

ハンブルビーは供述書を脇に押しのけて言った。「あらましは、こんなところです。フィリップ・ボウヤーも銃声は二発聞いたものの、本人の供述によれば、駆けつけるのが遅すぎてなにも見ていないそうです。そして実のところ、それだけなんです。ジェームズ・クランダルの指紋がマンリカー銃にあったのは確かですし、死体の位置から判断して、イヴを狙撃したことへの矛盾はない。その一方で、ボウヤー夫妻にジェームズとイヴの死を願う、非常に強い動機があることも疑問の余地がないわけで、この事態は前もって計画されたものだと解釈するのだってたやすい。つまり、まず夫妻がライフルでイブを撃ち（フィリップとヒラリーが別々に買物から帰ったとしても、夫が妻に追いついていない証拠がない以上、当然ながら〝夫妻〟と言わせてもらいます）、次に、あらかじめジェームズをなんらかの口実で、どんな口実か好きに考えてもらってかまいませんが、現場に誘い出すと、夫妻はジェームズが口を開く暇さえ与えないうちにピストルで射殺した。そしてヒラリーがブナ林から飛びだし、あとに残ったフィリップが現場の細工をして、ジェームズの指紋をライフルに押しつけると二分ほどして、さも一週間ぶんの買物を抱えてたったいま町から帰ってきたかのように、びっくりした様子をよそおい姿をあらわす……重ねて言いますが、これは不可能ではありません。だが、かようにしてやりおおせたのでしょうか？　それともヒラリーは、まったくの真実を語っているのでしょうか？」

ハンブルビーが締めくくった二つの疑問文が誇張表現でしかなかったら、フェンはそんな問いかけに気づくふりすらしなかっただろう。「大事なことなんだが」フェンは言った。「ヒラリーの供述は、法廷で説得力があるだろうか？」

「かなりあるでしょうね。つまるところ、ジェームズ・クランダルにはイヴを殺す動機が十二ぶんにあったわけですし、彼が本当にイヴを殺そうとしたのだと陪審に信じさせることができれば、ヒラリーがジェームズを撃ったことは、けっしてとがめられません。ああ、間違いなく無罪ですよ。わたしにはとうてい納得できませんが」

「で、イヴは」フェンが尋ねた。「どうなったんだ？」

「病院に運び込まれていまだ入院中ですが、だいぶ快復してきています。けさは、ライフルの弾丸で気絶する寸前までの顛末を聞き取ることができましたし……」ハンブルビーは期待を込めてしばしことばを切った。「さてと、どう思います？」

だがこんどばかりは、フェンは首を振るしかなかった。雨脚がすっかり強まり窓に激しく打ちつけてくるうえ、あたりがだいぶ暗くなっていたので、ハンブルビーは前かがみになって卓上スタンドの明かりをつけた。稲光が室内をぱっと照らし、ハンブルビーが声に出して四つ数えると雷鳴がとどろいた。

「遠ざかったようです」ハンブルビーがぼんやり言った。「やれやれ、雷さえ落ちなければ――」

そのとき、フェンが日光に目が慣れずにまぶたを半ば閉じかけたような目つきで自分をじっと見ていたので、ハンブルビーはぎくっとして、どこかおかしいところがあるだろうかと思わずわが身を見まわした。「なんなんです、いったい――?」

それ以上ことばがつづかないでいると、フェンが唐突に「その娘の供述だ」と言った。「供述の写しを見せてくれ」

「イヴの供述ですね」ハンブルビーはフォルダーのなかをまさぐって、向かいに座る相手に供述書を手渡した。「はい、どうぞ。でも、どうして――」

「ここにあるんだよ、知りたかったことが」フェンはすぐに最後のページをめくった。「いいか、聞いてくれ。『たしか銃声を聞いて、脇によけたのを覚えています。そのとたん目の前が真っ暗になりました』」

「はて? それがなにか」

フェンは長い人差し指で、供述書をとんとんと叩きながら言った。「この娘の供述は信頼できるものかい?」

「ええ、太鼓判を押しますよ。でなけりゃこまります。この、この娘はジェームズ・クランダルを殺していません。確かめたいのはそのことですね？　動機がないのはさることながら、物理的にも不可能です」

「よし、よし。だが肝心なのは、この娘がどちらかというと空想好きなのかってことだ」

「いや、そういうタイプではないと思いますよ」

「けっこう。じゃあ、これから質問が二つ――いや、三つある。まず、発射音が二回より多かったということは、絶対にないか？」

「ありません。フィリップとヒラリー、郵便配達人とミセス・ジョーダンの四人ともが、その点では一致しています」

「よーし。では、第二の質問。ライフルの弾丸がかすった瞬間にイヴが気絶したのは確かか？」

「おお、もちろんですよ！　おそらく小さなハンマーで超人的な一撃を受けたも同然でしょう。こうした事例は過去にもありまして――」

「頼むから、その学者ぶった言い方はよしてくれ……。それじゃ、最後の質問だ。ヒラリーの撃った一発で、ジェームズ・クランダルが即死したのは間違いなしだね？」

「いいですか、彼の脳みそはパルプみたいにぐしゃぐしゃでした。もちろん即死です」

フェンは気が楽になり、小さなため息をついた。「じゃあ、イヴが立派な証人であることが示されれば、フィリップとヒラリーを絞首台に送る見込みはかなりあるな。連中はイヴとジェームズの死を望む動機をあまりに歴然ともっているから、最初から不利な立場に立たされることになるだろうし、ささいな証拠ひとつで夫妻は決定的に不利になる」

ハンブルビーはうめいた。「神よ、わたしに忍耐を与えたまえ」辛抱づよくこうつづけた。「どんなささいな証拠なんです？　つまり、やっぱりやつらは、さっきわたしが話したような計略を立てていたのですか？」

「まさに。夫妻は前々から、そんな陰謀を練っていたに違いないが、実際にやった企みはもちろん即興のものだった。イヴがあのデッキチェアで休んでいるのを見て決めたんだろう。連中のうちのどちらかが――たぶんヒラリーが――家から銃を持ってくるあいだに、もうひとりがジェームズを呼びとめて、見せたいものがあるとか――そうだな、たぶんウサギの罠かなんかを見せたい――なんて口実で林のなかにひっぱりこんだんだろう。それなら、ライフルを持っている言い訳も立つだろうし、ジェームズが銃器に関して知識豊富だとはとても思えないから、ウサギ狩りにマンリカー速射猟銃が不釣合だってことには気づかなかったはずだ。その一方で――」

「名推理ですな」ハンブルビーが遠慮がちに言った。「ですが、いましがた証拠の話をしていたはずですよ。たいへん申しわけないのですが――」

「証拠《エヴィデンス》だったな！」フェンが愛想よくこたえた。「そうそう、あやうく忘れるところだった。あの雷の兆候《エヴィデンス》だよ――もっと正確に言うと、雷ときみとの組み合わせだ。多くのひとがやるように、きみも稲光がしてから雷が鳴るまでの間隔を数えた。それはなぜか？　光が音よりも高速で伝わるからであり、間隔を測ることで雷がどのくらい離れているかがわかるからだ。ところが、ほかにも光と同様、音速よりも速く伝わるものがある。それがご存じ、速射ライフルの弾丸だ。暑い日なら、音は秒速約千百五十フィートの速さで伝わる。もっとも、どんな日でもマンリカー速射ライフルから発射された弾丸は、三百ヤード以上の距離なら三倍近い速度、つまり平均で秒速約三千フィートで飛んでいく。つまり、イヴが耳にした銃声はライフルから発射されたものじゃない――銃声を耳にするはずがないんだよ。弾丸にかすって意識を失ってから銃声を聞けるはずはないしね。ところがイヴは、銃声を一回は聞いたという――しかも、二発しか発射されていないのも疑いの余地がないのだから、イヴが耳にした銃声とは、ジェームズを殺したピストルの銃声でしかありえない。言い換えれば、ピストルの銃声のほうがライフルのより先だった。ということは、ジェームズが殺されたのはライフルの発射前。つまり、ジェームズは絶対にライフルを撃ってはいない、ということなんだ」

「いやはや、参りました！」ハンブルビーが言った。「となると、ボウヤー夫妻は二挺の銃を逆の順番で撃ったのか。計略どおりイヴが死ねば、順番なんてどうでもよくなりますからね。ところが、現実はそううまくはいかないわけで――」ハンブルビーは受話器に手を伸ばした。

「どうだい」フェンが尋ねた。「そんな証拠で、有罪にできそうか？」

「ええ、たぶん。うまくいけば、連中を絞首台に送れます」ハンブルビーは受話器を耳にあてた。「取調室を頼む……もっとも、連中には気の毒ですが、そんな面倒をかけたところで骨折り損だったんですよ」

「骨折り損とは、どういうことだい？」

「ええ。ミセス・ジョーダンが電話で伝言を受けたのですが、伝えようにもだれもいなくてできなかった。むろん病院からです……お察しのとおり、モーリス・クランダルは亡くなったのです

──全財産をイヴに遺して。彼の遺言は明らかにボウヤー夫妻には不利な内容のままでした──彼が救急車で運ばれているあいだ、つまり少なくとも一発目を撃つ二時間前までは有頂天だったでしょうが──よし、ベッツ。お二人さんを上に連れてきてくれ──かわいそうだが、どうあがいても勝ち目なしだったのです」

ペンキ缶

家そのものに注目すべきところはなかった——手入れの行き届いたレンガづくりの小さな家で、二つの大戦のあいだに建てられたものだ。気になる点といえば、わりと孤立して建っていること。ふつうなら家のどちら側かに似たような家がずらっと建ち並んでいそうなものだが、あるのは畑とか小さな森とか、もはや廃屋さながらの荒れ果てた納屋だけだ。「事件なんてまず起きませんし、しかもですよ」ブレッドルー警部が退屈そうに言った。「真っ昼間にあり得ませんよ」警部が門を押し開け小ぎれいな前庭に入っていき、フェンがすぐあとにつづいた。「ここです」指でさし示すのも大儀そうに警部は言い添えた。「事件現場は」

フェンは、自分に見てもらいたがっていそうな場所を注意深く観察した。柵《フェンス》あり、灌木の茂みあり、敷石を円陣に並べてこしらえた日時計あり。そして、この家を維持管理する不運な住民が殴りたおされる直前まで使っていた、ハケ類やテレビン油、防水性ペンキの入ったさほど大きくないよごれたブリキ缶などが、あちこち障害物のように転がっている。それなのに、二時間前に暴行か強盗らしきものがあったという痕跡は硬い地面の上にはまったくないし、ましてや血痕など見あたらない。チャーチは洋鋤《スペード》の平たい側で殴られたか、とフェンは思った。刃先でなくて運がよかったってわけだ。

「お察しのとおり、彼はろくにペンキを塗る間《ま》もなかったわけでして」ブレッドルーが指し示したフェンスは、たしかにペンキ塗りたての部分はわずかで、ペンキは缶の縁《ふち》あたりまでたっぷり残っていた。フェンが編み上げ靴のつま先で缶を軽く押してみると、缶の下の敷石には点々とこぼれたペンキの緑色で楕円形が描かれていた。「で、これまでにわかっているのは、被害者が食器室からこのペンキの缶を持って出たのが三時二十分過ぎで――」

「それは家政婦の証言だな？」

「家政婦ばかりかおしゃべり相手の女友だちも証言しています。それはつまり――ペンキの使用量からも判断できますが――チャーチは三時半を過ぎたころに襲われたに違いありません。ええ、実際に発見されたのは、四時過ぎですが」

フェンはうなずいた。「そうだ、それを聞きたかったんだ。見つけたのは家政婦かい？」

「いいえ。ちょうど散歩中の家族でした」ブレッドルーが顔をしかめた。「五人家族で、子どもが数人います。ですから、その家族を疑うのは骨折り損ですな。子どものひとりが、灌木の茂みの裏から靴が突き出ているのに気づいて、発見されたという次第です。それから、甥については――」

「甥だって？」フェンの声がかなりいらだっていた。「甥がいたなんて話、いま初めて聞いたぞ。チャーチの甥ってことか？」

「そうです。話してませんでしたっけ？　名前はメリック――ジョージ・メリックです。昼食を終えた直後のチャーチを訪ねてきて――」

「で、いつ帰ったんだ？」

「ああ。まだ確認がとれてないんです。ええっと、家政婦とその女友だちは裏庭に三時十五分まで いまして、メリックが立ち去った物音などは聞いていない、と。ただひとつ言えるのは、チャーチが食器室からペンキを持って外に出ていった三時二十分を過ぎた直後に女たちがちょうどお茶を入れに家のなかにもどってきていて、そのころにはメリックもとっくに帰ったものと思い込んでいたようです」

「なるほど。なら、ご婦人がたはチャーチがひとと話しているのも聞いていないというわけだな?」

「ええ。二人が耳にしたのは、チャーチがペンキを持って食器室から出ていったあとに、玄関のドアを開け閉めする音だけだったそうです」

「メリックを疑う理由はあるのか?」

ブレッドルーはためらっていた。「しいて理由は、ありません」ことばを選んで答えている。「そうはいうものの、やつならやりかねんとも思ってます。言ってはなんですが、あの男は身内にいないほうがましというたぐいでして——金遣いが荒いうえに素行不良ときている。だが、やったのが本当にメリックだとしたら、チャーチはひどくうろたえるでしょうな。メリックは数年前に死んだ姉さんのひとり息子でして、姉さんのいまわの際に、自分が死んだら息子の面倒をみてくれと頼まれたそうです。だからチャーチは面倒をみたものの、それを本人に感謝されるどころか、まるで逆だ……さて、ここでこれ以上お調べになりたいことがなければ、チャーチが話をできるまでに回復したかどうか、確かめに参りましょうか」

フェンは同意した。「それに、これもわかると助かるんだが」玄関へとつづく小道を進みながら言った。「実際に、金品が盗まれたのかどうか」

「それを疑う余地はまずありません」ブレッドルーはいくぶん憂鬱そうな声で言った。「チャーチはたいてい週末には、ロンドンにある自分の店からダイヤモンドなどを点検のために家に持ち帰るんです……もちろん、危険なことですが、彼は宝石の取り扱いに細心の注意を払っています――宝石を運ぶのは昼間のうちに済ませますし、この家の夜間の戸締りときたらかなり厳重ですよ。玄関のドアはいま――スライド錠が三つあるうえにドアチェーンをひとつ、おまけにシリンダー錠も二つつけ、そのどれにも、ドアを開けておける掛け金はつけていない。チャーチに言わせれば、あんなものがあるから鍵をかけ忘れるんだとか……というわけで、彼の防犯対策ぶりはおわかりかと思います」

この情報がいかに正しいか、いま話題に出た玄関のドアを警備番の巡査に開けてもらったことでフェンは了解した。巡査の背後には、かなり狼狽して疲れきった痩せた年配の女――家政婦のミセス・ライアンがいた。さらに階段の昇り口のところでじっと身を潜めている太めの女は、やはり年配だが根っからの人間嫌いといった雰囲気を漂わせていて、こちらはいまのところは氏名不詳のミセス・ライアンの客人らしい。女たちがいる玄関ホールはぱっと見たところ、どこにでもよくありそうな場所だったが、ブレッドルー警部が巡査と話をつづけているあいだに、フェンは入念に歩きまわり、徹底的に調査したことによって、明らかに不愉快ではあるが興味深い発見につながった。チャーチがだいぶ回復して、短時間の面会なら医者が許したことをだらだらと報告する巡査をさえぎり、フェンは玄関脇のテーブルに置かれた新聞をとりあげ、ブレッドルー警部に手渡しながら言った。

「この新聞、どこかへんだと思わないか」

ブレッドルーはあいだに割って入られた理由を尋ねる隙を与えられぬまま、フェンの問いかけにしっかり応えてしまっていた。「さあ」警部は答えながらも少々困惑し、渡された新聞をしげしげと見た。「数日前の新聞ではありますが、どことい って変わったところはありませんね。どうしてです?」

フェンはミセス・ライアンのほうを向いて尋ねた。「ミスター・チャーチは、特別な理由があってこの新聞をとっておいたのかい?」

「いいえ、違いますよ」ミセス・ライアンは力強く首を振った。「わたしがけさ、そこに置いたんです。火起こしのためにね」

「なるほど。では、置いたのはこの新聞だけかい? ほかには?」

「いいえ、それだけです。でも、それがなにか――」

「ありがとう」フェンはそう言って周囲をざっと見まわした。「この家はとても手入れが行き届いていますね、ミセス・ライアン」

「そうしないといけませんから」ミセス・ライアンは率直に答えた。「たいへんに家自慢なお方でね、だんなさまは。家のことにかけちゃ、女以上ですよ」

「あんな小うるさいだんながいたら」太りぎみの女の、悪意に満ちたこの突然の発言が今回の事件で唯一、彼女が貢献できた箇所といえた。「奥さんが気の毒だね。わたしがそう言ってることを知られたってかまやしませんよ」女の発言が的を射ているのかよくわからないブレッドルーだったが、いまやすっかりフェンに不信なまなざしを向けたまま、そろそろ二階へ上がったほうがよさそうだと肚をくくった。

傷を負った家主は頭に包帯を巻き、枕にもたれて休んでいた。歳はおそらく五十歳——小柄で痩せていて、びっくり仰天したのか目を大きく見開いて、いまは不自然なほど青ざめている。「よくぞ命拾いをしたものだ」と言った医者の口調は、めったに起きない災難で死者が出なかったことを、かすかに苛立っているようにも聞こえた。「いやはや、実に幸運だね。脳震盪も起こしてなければ、記憶喪失もない。ただし、くれぐれもけが人を疲れさせてはなりませんぞ。十分間だけです——よろしいですね。階下で待機しています」医者はそう言って部屋を出ていった。

チャーチはどうやら痛みでかなりつらそうだが、精神的なダメージはなく、すっかり正気をとりもどしていた。とはいえ話を聞くと、甥のジョージ・メリックは午後三時十分か十五分ごろに帰ったから事件には無関係だという。甥が訪ねてきた理由を問われると、金の無心だとあっさり認めた。「これが初めてじゃないんです」と顔をしかめて言い添える始末。「ジョージは、宝石商たるもの高価なものを扱うだけに、金持ちに決まっている、という妄想にとりつかれているんです。だとしても、この件とは無関係ですよ！　いずれにしろ、今回はあの子を助けてやれなかった。あの子の母親のために助けてやりたくても、きょうの頼みは話にならなかった。わたしが示した金額はあの子が望むよりはるかに低く、閣下はお気に召さずお帰りになった。甥が帰ったので、ペンキ缶を持って庭に出てフェンスのペンキ塗りにとりかかったが、数インチも塗りおえないうちに――」

「あ、ちょっと、ミスター・チャーチ」フェンが口をはさんだ。すると山場にさしかかった被害者の話を妨害されたブレッドルーが、きっとにらんだ。「いま、ペンキ缶をとりにいったと話されたが、ほかのもの、たとえば刷毛などはペンキより先に庭に出しておいたんですか？」

チャーチはびっくりした。「そうです。刷毛は昼食のあとすぐに庭に出し、同時にペンキも取りにいくつもりでしたが、ジョージの訪問で中断させられたんです。でも、それがなにか――」

「それから、強盗に襲われたのは本当ですか？」

「もちろんだ」チャーチは眉をひそめた。「つまり、なんだね、きみはわたしが――いや、すまない。まだ頭がぼうっとしてて。ご理解いただけないかもしれないが。とにかく強盗に遭ったんですよ、わたしは。襲われた際、しめて約二千ポンド相当のダイヤを入れた袋をチョッキのポケットにしまいこんでいた！　それが行方不明なんだ」

ブレッドルーが咳払いをした。「ただし、問題はですな、襲った相手を目撃されましたか？」

「ああ、ほんの一瞬だが。背後でひとの気配がしたので振り向くと、男の姿が一瞬だけ見えた」

「で、それは甥ごさんではなかった、と？」

「ジョージが？」チャーチは軽蔑の意味でふんと鼻を鳴らした。「こりゃ、驚いた。とんでもないですよ！　あの子は素行があまりいいとは言えないが、ひとを殴りたおすなんて度胸はありません。違うんです、その男は――」

それから語られた被害者の曖昧な供述は、フェンにはもちろん、ブレッドルーにもわかりにくいものだった。「では、お話しいただけることはそれですべてですな?」ブレッドルーが失望を隠さずに言った。

「そうです。あやふやな話で申しわけありませんが、いかんせん、顔をしっかり見る機会がなくて」

「それで、ミスター・チャーチ」――フェンは部屋を横切り、見るとはなしに窓の外をながめていた――「盗まれた宝石にかけた保険金は請求するつもりですか?」

チャーチはフェンの顔をじっと見た。「あんたね!」一瞬、間《ま》があいた。「いったい何者だ?だいたい、見覚えが――」

「同僚です」ブレッドルーがよどみなく答えた。「質問に答えたくなければ……」

「ふん、なんなんだ! むろん請求するつもりだ。あれほど高額なものをなかったことにするほどの余裕なんて、わたしにはないんだ」チャーチの顔がこわばっていた。「わたしがダイヤを意図的に隠したうえに、襲われたふりをしたとでも言いたいんなら――」

「とんでもない!」フェンが力強く言った。「証言のなかに矛盾点がひとつあれば、そんな解釈では通らない。ところが別の解釈なら間違いなく筋が通るから、真実を語ってもらったほうがいいと思ったまでさ。強盗に襲われたかなんて(いまの段階では)こっちにはどうでもいいことだし、強盗事件に巻き込まれたというだけなら、おれは口出しするつもりもない。だが保険金を請求するばかりか、嘘をついてまで宝石の奪還を阻止しようとするんなら、知らんぷりはできないね。もうお見通しなんだよ、あんたを襲ったのがメリックだってことくらい――あんたならきっとこうするはずだと確信をもってあんたを襲った――はっきり言うが、あんたがメリックをかばうのは彼の母親のためであって、甥に国外逃亡できる時間を与えたんだ。つまり、盗まれたというダイヤは――」

「なんと、嘘だと言うのか？」チャーチはフェンを好奇の目で見たが、その目にことさら取り乱した気配は感じられない。「いったいどうして、そんなでっちあげを？」

「これから説明しよう」フェンはそう言って説明した。

フェンが話しおえると一同静まりかえった。と、ふいにチャーチがうなずいて言った。「ああ、わたしは自分にできることをやったまでだ。まったくそのとおりだよ。ジョージが出ていったのは三時十分過ぎじゃない――もう助けてやれないと言ったのに。庭まで追いかけてきたんだ。ずっと悪態をつきながらね。で、わたしが背を向けると――」チャーチは肩をすくめた。「まここから先のことは、もうおわかりのようだ」

のちに〈三つの大樽亭《ザ・スリー・タンズ》〉にある特別休憩室でビールを飲みながら、ブレッドルーが尊大なため息をついて言った。「これで事件は解決か。だが、まだわからん。どうして、あなたが確信できたのかが」

フェンがうなった。「チャーチがペンキ塗りのために庭へ出るには、だれかが玄関のドアを開けてやるしかなかった」と解説を始めた。「それなのに、そんな大事なことをチャーチが言わなかった以上、だれかとは、どう考えてもメリック以外にあり得ない。いいかい、ご婦人がた二人はドアの開く音は聞いたと言ったね――ならドアは最初から開いていたわけじゃない。チャーチが自分でドアを開けられなかった理由は、説明するまでもなく、ペンキが入った缶を持っていたからだ。しかもドアを開けるために缶を下ろそうともしなかった。それを物語るのがあの古新聞だ。家自慢の男がよごれたペンキの缶を床に置くとしたら、あの古新聞の上しかありえない。それなのに、新聞紙にはシミひとつなかった」

「でも、いいですか、ペンキを運ぶなら片手でじゅうぶんなはず。なのにどうして、反対側の手でドアを開けられなかったんですか?」

フェンはほくそ笑んで、ビールをぐいっと飲んだ。「ひねるべきドアノブは二つ、なのに――どちらも掛け金で固定できないとしたら? さあて、チャーチは自分の歯かつま先でも使ったんだろうか。ところがブレッドルー、実際はだね……」

すばしこい茶色の狐

ポートワインが客たちのあいだを何周かすると、酒の勢いでウェイクフィールドの独断論はますます燃えあがった。

「それでもやはり」とウェイクフィールドは、だれがなんのために始めたのか、だれも思い出せない議論に割り込んでいく。「推理小説とは、反社会的なものだ。どれだけ詭弁を弄したところで、その事実はごまかせん。犯罪者たちが推理小説から役に立つ情報を得ていない、とは言えんだろう。どんなに空想的かつ現実ばなれした内容がお決まりとはいってもね。おそらく」――ここで、ウェイクフィールドは同席の客人たちを好戦的な目でねめつける――「この件に異議を唱えんとする御仁は、いないと思うが。それにだ――」

「異議あり」ジャーヴァス・フェンがそう唱えると、ウェイクフィールドは憂鬱そうなうめき声をあげた。「犯罪者が推理小説を役立てようなんて、わが〈探求クラブ〉の会員が荒野でむなしく吠えているようなものだ。推理小説が存在しても、実際に犯罪者連中がなにをやってんだか、新聞を広げてその目でしかと見たまえよ。薬局で砒素を買うのに〈毒物購入者名簿〉に本名を記し、被害者の紅茶に驚くほど大量の砒素を入れてしまう。死体のまわりの、ありとあらゆるものに自分の指紋を残す。紙を燃やしても、すっかり粉々にしないと復元して解読されてしまうことをいつだって忘れてしまう。盗んだ紙幣の製造番号は警察が控えていることを知っておくべきなのに、好き放題に使ってしまう……。

そうさ、犯罪者が推理小説からおおいなる恩恵など受けているものか。それに万が一、犯罪者が推理小説ファンだったら、そのことだけで身の破滅はまぬがれないね。連中は想像の世界でのみ犯罪に通じているもんだから――概して想像上の犯罪は厄介きわまりないときてる――実際に犯罪を企てようとすると、凝りに凝りまくったことをやりたがる。だからかえって、すぐばれる……そのいい例がマンシー事件だ」

「常々、思うんだが」ウェイクフィールドが天井をにらみながら言った。「ディナーのあとの会話は、個別の事例よりも一般的な話題を選ぶべきだね。もっと言うなら――」

「マンシー家とは多少の面識があったんでね」フェンはおかまいなしに話をつづけた。「つきあいは長かったが、家族のなかでもっとも親しくしていたのは家長のジョージ・マンシーだった。一九二八年に偶然ミラノで知り合ったんだ。おれはちょうどミラノの大学で講義の予定があり、ジョージは自動車関連の財務処理に追われて滞在期間を延ばしていたところだった。のちに会ったジョージの家族も感じのいいひとたちばかりだったが、一人ひとりのことがよくわかるほどのつきあいじゃなかった――いわば、ジョージの添えものみたいにとらえていた程度だった。ジョージ本人は小柄で丸々と太った、いつも笑みを浮かべている男で、株取引でぼろ儲けをした。とはいえ多少は偶然の所産に違いないと思うね。というのも、あの男には金が金を生むことに没頭する連中によくある、ひどい偏屈さなんてこれっぽっちもなかったんだよ。それどころか、かなりの趣味人だった――怪談話を収集したり、人形劇の芝居小屋を自ら立ち上げて芝居の脚本を書いたり、バードウォッチングや彩色写本にまで手を染めたり、それ以外にもどんな趣味があったのか知りつくしていたものなどいなかっただろうな——その多趣味ぶりゆえに、実業家以外のものが——たとえば小説家が——必要に迫られて関心を広げるのに比べたら、彼のほうがずっと生き生きとして聡明で、人間らしい人生を送っていたよ。初対面のときの彼は三十七歳だったから、これから語る事件が起きた一九四七年の時点では六十に近かった——あのふくよかで愛らしい容貌はとても年相応には見えず、禿げあがった頭だけが、かろうじてジョージが歳をとったことを物語っていた。

あれは、オックスフォードからロンドンまで、おれがささいな雑用を片づけるためと新品のポータブルタイプライターを買うために（けっきょくはホールボーンで中古を買ったんだが）出かけたときのことだった。翌朝は教育省での会議に出席することになっていたから、アセニアム・クラブで一泊するつもりだった。ところが昼どきに、著述家《オーサーズ》クラブのバーでジョージ・マンシーとばったり再会し、おれが宿に落ち着くまでを話してきかせると、だったらわが家に滞在しろとすすめてくれた。数年ぶりに会えたのに、きみをわが家に招待せぬままオックスフォードにみすみす帰したと知ったら家族は許しちゃくれないよ、と言ってくれてね。だから言ったんだよ。滞在中もやるべき仕事が残っていてね、教育省の会議で報告するための長々とした原稿をタイプしたりしなくちゃいけないんだ、と。それでもいいと言ってくれたもんだから、おれはその日の午後二時半ごろには、彼の家の玄関前にちゃっかり立っていた。タイプライターとほかの荷物いっさいを抱えてね。

マンシー家があるのはセント・ジョンズ・ウッド。灰色火山岩でできた、背が高くて細長い家で、裏にはかなり細長くて狭い庭があった。いまはもう、一家はそこには住んでいない。たったひとりを除けば、あの家族が最近はどこに住んでいるのかも知らないし、それなりにわけがあって知りたくもないんだ。だが一九四七年当時、その地で長年暮らしてきた家族は二つの戦争を生きのび、近所のひとたちとも顔なじみで評判もよかった。おれは玄関のベルを鳴らしながら、漠然とした罪悪感や懐かしさを覚えていた。もっともな理由もないまま疎遠にしてしまった相手に対して湧きあがる思いとでも言えようか。

ベルを鳴らすと、ドアを開けてくれたのはジュディス、妹のほうだった。

ジョージ・マンシーには娘が二人いて、いずれも美人だ。ただ、どちらか選べと迫られたら、エレアノールよりジュディスだろうか。エレアノールのほうが目がくらむほどスタイル抜群だが、それは二人を比べてみたかぎりのこと。姉のように堂々とした、相手を威圧するほどの輝きはないにしても、ジュディスのみごとなスタイルの前では、並みの娘の体型など大型ミルク缶を叩いて形づくったかと思わせてしまうほどだし、目鼻だちはエレアノールより美しい。外見のことばかり言ってすまないが、やっかいなことにあの当時もいまも、姉妹の性格がよくわからないんだ——はっきりしていることと言えば、エレアノールは静かだがジュディスはにぎやかで、エレアノールは活気がないがジュディスは活気に満ちていた。歳は三つ違い——ジュディスのほうが年下で二十二歳だった。エレアノールの髪は黒いがジュディスは金髪。エレアノールのほうがジュディスより服装に気を遣っていた。ただ、どちらも派手じゃない——ま、健康で魅力的な若い女性というのは、直接会ってみると、そんなに派手とは言えないね。

『まあ！』ジュディスが戸口で声をあげた。『〝あのひとはいま〟かと思ったくらい、ほんとお久しぶりだけど、前にここにいらして以来、あたしそんなに太って《アンボンプワン》ないと思ってて、それっていいことだと思うけど、はい、お荷物はこちらにとか言いつつ、うちじゅうが大騒ぎでね、レーシングデーモン（カードゲームの一種）に興じているまっ最中なんだけど、ここにはいつまでいられるのかしら、さあ、入って！』

　そう言われたもんだから、なかに入った。

　この段階で説明しておくべきだろうが、マンシー家のミセス・マンシーにジュディス、そしてエレアノールは、製粉所の所有者だったミセス・マンシーの父親からかなりの遺産を相続して裕福だった。それなのにあの家は使用人を雇うことなく、おおむねボヘミアン的で控えめな生活をしていて、自分たちの面倒は自分たちでみてきた。どういうわけかあの家族は、家事全般に関しては経済学者が実証してきた分業というルールが好都合だってことがぜんぜんわかってなくて、やらねばならない家事があると全員でいっせいにやりたがり、それが散々な結果をまねくことがたびたびあった。それでも、あの家の雰囲気はとても気さくだし、客間から響いてくる大きな笑い声はいかにもこの家族らしかったから、一瞬で時が圧縮されてしまい、この前おれがこの家を訪ねたのが数年前というよりも数時間前だったように思えたよ。

　ジュディスの話はつづいてた。『あたしね、〝キッチンでなにかしてたところ〟なんだけど、なんなのかは聞かないほうが身のためだっていうのは、あとでそれを召し上がることになるからで、さあさあ、荷物なんかさっさと下ろして、あらあらタイプライターね、ほら、みんなに会いにいってあげてね、エレンおばさんがずっと滞在中だってことはご存じだと思うけど、もう、ほんとにうんざりなの』——偽りのない感情を突然ほとばしらせて飛びだした彼女のことばには、かなり仰天したね——『でも、あたし以外はいやがってないみたいだから、追いだそうったって無理な話で、おばがここに居座ってあたしたちを食いものにしないで、お金だけ持って出てってくれたらいいんだけど、だいたい、おばなんて二階の部屋でくだらない刺繍をひたすらやりつづけているだけで、あんなもの数シリングの価値もないっていうのに、ああもう、うちを出てってさえくれたら、あたしが資金を出してあげたっていいんだけど、で、おばのことは覚えていたかしら?』

覚えていたとも。ジョージ・マンシーの姉にあたるエレンは、さる婦人奉仕団体の一員によくいる、やたらとひとの世話をやきたがるくせに、どうしようもなく役立たずな中年女性で、ひとを困惑させてしまう雰囲気があり、近視で白髪まじりの髪はまばら、足の不自由なひとが急ぐような歩き方をしていた。ジュディスの言うように、エレンが一文無しなことに嘘偽りはないとしても、援助を受けるのをかたくなに拒みさえしなければ、一族の財力で問題はたやすく改善できたはず。だが現実には、それをしないでただでマンシー家に居候を決め込み、しかもジュディスを除く家族はそろって、この状況をひたすらじっと我慢しつづけている。ジュディスのおば嫌いに合理的な根拠などまったくないが、さしずめ性格が正反対なもの同士が衝突しあって生じる、気まぐれで激しい嫌悪感に近いかと。おばのエレンは、そんなジュディスの感情など意に介するどころか、あえて言えば、この姪をほかの家族より気に入っていたくらいだった。
　もちろん、こうしたことすべてを即座に把握したわけじゃない。大半のことはトランプをやりながらの会話でわかっていったことだ――おれが荷物を下ろすと、ジュディスに真っ先に案内されたのがトランプ遊びの場だったんだ。興じていたのは四人。ジョージ・マンシーと妻のドロシー、ジョージの長女エレアノール、それからおれの知らない若い男がいて、彼がもうひとつの客用寝室を使っていたようだ。若者の容貌は、俗に『ハンサムすぎる』と言われてしまうたぐいのもの。ふさふさした漆黒の巻き毛にヘアオイルをたっぷりなでつけ、ガムを噛みっぱなし。あの姿を見るなり、うぬぼれの強い男だとぴんときた――そのうぬぼれぶりときたら、あまりに無邪気すぎて本気でむかつく気も失せるほどだったし、ときおりのぞかせる妙にくそまじめで犬のように忠実なところや、かなり感動的な謙遜ぶりには救いがあった。体格も申しぶんない。『こちら、フィリップよ』ジュディスがその若者を紹介してくれた。『フィリップ・オーデル、彼のお得意はね』――ここで、ジュディスの瞳にちらっと悪意が浮かんだ――『お得意は〝川中で馬を乗りかえる〟（「途中で計画などを変更する」意の諺でリンカーンの演説に由来）こと、ひょっとしたら雌馬と言ったほうが妥当かもね』
『ジュディスったら』ミセス・マンシーがたしなめた。『そんな言い方ひどいわ――ひどすぎてよ――』とはいえ、たしなめていた声はしだいに思いやりのあるものに変わっていった。ドロシー・マンシーはつかみどころがなくて厳かで、そしてやさしく、一九二〇年代初めには女流詩人として多少の名声を得たものの、その後はかすんでしまっていたが、ひとを非難することができない性分だったから、娘たちが甘やかされることなく育ったのが不思議なくらいだ。『フェン教授、ジュディスが言いたかったのはね――』

『ぼくのせいです』オーデルが言った。『紳士のなかの紳士らしくふるまえなかったというわけです』やさしそうな口調だが、不快に思っているのはだれが聞いてもわかった。『本当を言いますとね』彼はつづけた。『ぼくはジュディスと婚約していた時期がありました。ところが、やはりと言いますか、ジュディスがぼくに我慢がならなくなりましてね』――白すぎる歯を見せて笑う彼の声に説得力はなかった――『とにかく、婚約は長つづきしませんでした。その結果、自分なら我慢できると心を決めてくれたエレアノールと婚約したのです。というわけで、言うならば、問題は残ったままなんですよ』

『彼は』こんどはエレアノールだ。『この問題は一族内でおさめておくべきだと思ったのよ。だから、エレンおばさんを別にすれば、残る独身はわたしだけ――』

『ねえ、ダーリン。きみはよくわかっているはずだよ、ぼくがどんなにきみを愛して――』オーデルははっと自分を押しとどめた。『まったく、どうしてこう場をわきまえないのか』顔をしかめながら言った。『ぼくの内にあるジゴロの一面が、人前でも平気でことばをほとばしらせてしまうんだ。失礼いたしました』

そんなことを言う彼のことがなんとなく、おれは気に入ったね。

のちにわかったことだが、オーデルはウェストエンドにあるアイスクリームのチェーン店のオーナーで、マンシー家と強い利害関係があることは明らかだったにせよ、婚約問題でマンシー家のひとたちからやんわりいじめられても愛想よく受けとめていた。同時におれは、オーデルがああは言うものの、そもそも最初の婚約破棄を言い出したのは、ジュディスではなくオーデル自身からだったことを遠まわしに伝えていると思ったね。それなのに、オーデルどころかジュディスもエレアノールも、婚約相手の取り替えっこにさほど困惑していないふうに見えたから、翌日になるまで、この家で不都合なことが起こっていることには、まるで気づかなかったんだ。

というこことでさしあたっては、みんなでトランプ遊びに興じたんだ。

やりかけの仕事は残っていたが、レーシングデーモンが大好きなものでね。ジュディスがキッチンに引っこむとおれがゲームに加わり、それから五人で二時間ぶっとおしでやりつづけた——ジョージ・マンシーが自らの無能さに途方に暮れてどっと笑いだせば、エレアノールはぐずぐずやるし、オーデルはくそまじめだし、ミセス・マンシーはいつものように、厳かなつかみどころのなさを発揮しつづけた結果、たいていはミセス・マンシーが勝ってしまうんだから驚いたよ。四時半、マンシー家のひとたちがいっせいにお茶を入れに席を立ったところで、おれは買ったばかりのタイプライターを抱えて書斎に引っこみ、仕事にとりかかった。そしてそのまま書斎に——ときおり一家が差し入れてくれた食事や飲みもので元気をつけながら——深夜零時近くまでこもっていた。書斎を出る機会がまったくなかったので、ほかのひとたちがなにをしていたのか知らないし、この日は記憶に残るような変わったこともべつだんなくて、せいぜいタイプライターのリボンを取り替えたことくらいだ。仕事が片づいたころにはもう家じゅう寝しずまっていたので、おれもなんの気がねもなく、みなと同様、寝室に引っこむことにしたんだ。

ところが翌朝、オーデル以外はみな起きだして、そろって朝食づくりに追われている最中に、ジュディスがおれをみんなから離れた場所まで引っぱっていき、ある事態を打ち明けたもんだから、正直言ってかなり当惑させられたよ」

フェンは上体を後ろにそらし、ディナーテーブルの中央に飾られたバラの花をばかにぼんやりと見つめてから再び口を開いた。「ひとに話を聞かれないよう庭へ出ていった。庭には荒れはてた道具小屋があり、穂のように伸びきったキャベツがまばらに生え、芝生一面には砂埃がふり、キッチンから皿のカチャカチャ触れあう音が響いていた。ジュディスはセーターにスラックス姿で妙に元気がない。なにしろこのときばかりは、彼女の会話には終止符《ピリオド》が打てたからな。その理由はやがて明らかになっていった。

『あ、あたし、このことを話すべきか迷っているの』ジュディスは言った。『でも、これは神意みたいなものね。現にあなたがここにいるんですもの……ね、あなたは警察と公式には関係がないんでしょ』

『ないよ』

『あの、なにが言いたいかっていうと、あなたには警察への報告義務があるの？』

『まさか』答えながらもおれは落ち着かなかった。『だがね――』

『えっと、フィリップのことなの。そう、フィリップ・オーデルよ。ときどき、それってほんとに彼の――いいえ、いまのは忘れて。大事なことはね、ゆうべ起こったことなのよ』

『どんなことだ？』

『その――あの、ぜったいに内緒よ。ひどくおそろしいことだから、あたし――ああ、もうっ。

あたしったら、くだらないことをべらべらと――まあ、とにかく聞いて』

やがて、なにもかもがどっと彼女の口をついて出てきた。かいつまんで――簡潔かつ、ウェイクフィールドにもわかるように――話せば、こういう内容だった。

ジュディスは深夜零時、本を読み終えてしまっても寝つけないでいたから、寝室に向かうおれの足音に耳を澄ませていた。おれの寝室のドアが閉まった音がして、これで顔を合わさずに済むと知るや（ジュディスはあんな物言いをするものの、実に慎み深い娘だから、おそらくひとに見られたくない格好だったんだな）、玄関ホールまで雑誌をとりにいこうとした。ところが階段の上から一階を見下ろすと、オーデルが客間から忍び足で抜けだし――彼だけ客間に残って、ガムを噛みながらサイコロでひとり遊びをしていたんだ――書斎に入っていくのを見かけると、ほどなく書斎から、おれが置きっぱなしにしたタイプライターをいじくる音が聞こえてきたという。いつもなら、そんなこと別に気にも留めないが、オーデルの挙動が明らかに不審だったので、なにをしているのかジュディスは知りたくなった。で、玄関ホールにあるクローゼットに隠れていると、十分ほどしてオーデルが、またも人目をはばかりながら書斎を出て、こそこそと寝室にもどっていった。そこで彼女は書斎に入り、オーデルがなにをしていたのか確かめようとした。するど、あるものを見つけてしまったので、翌日になっておれに見せてくれた――」

フェンはふと話すのをやめたが、少しして、またこんな話をつづけた……。

「ところで、薄いタイプ用紙に文字を打つ場合、その用紙の下にもう一枚重ねることがよくあるが、それはご存じかね？」

ホールデインがうなずいた。「ああ、そうだね」

「それなんだよ、オーデルがやっていたのは。そして彼は、下敷きにした紙をくずかごに捨てていた。その紙にはタイプした痕《あと》が残っていて、どんな文面だったかわかった。そしてその内容は、ちっとも笑えないものだった」

フェンはことばを切るとグラスにワインをついだ。「思い起こせば」ワインを飲んで、フェンはつづけた。「こんな文面だった。〝一九四五年十二月四日、マンチェスターでの一件は覚えているか？　こっちもだ。だが一千ポンド出せば忘れてやってもいい。次の手紙で金の置き場を指定する。こちらの正体を突きとめようとすれば、おたくはもっとまずいことになるぞ。〟」

ホールデインがまたうなずいた。「ゆすりだな」考え込むようにつぶやいた。

「そのとおり。オーデルがあんな悪だくみをする破廉恥な男だったとは信じられなかった。おまけにマンシー家のひとたちは――おばのエレンは除外するとして――そうした富を引き出そうとすれば、相当に豊富な金脈ではあるが、だからといってあの家族にやましい過去があるはずもなく、それどころか一族のめいめいが、ほかの家族を頼らずとも金にはこまっていない。そんなことはじゅうぶんに明らかなことで――ともかくも、あまりに明らかすぎたことなのに、目の前で思い悩んでいるジュディスですら、その事実をはっきり認識していないんじゃないかとおれには思えた。おまけに、脅迫文の下敷きに残っていた文面も妙だったが、手紙の頭書《ヘッディング》も妙だった」

「頭書が？」

「そうなんだ。脅迫状のいちばん上に文字がいくつか打たれた痕があった。〝すばしこい茶色の狐《ザ・クイック・ブラウン・フォックス》〟

とね」

一瞬、座が静まりかえった。だれかが言った「なんだい、そりゃ――」

「ああ。ちょっと狐につままれたみたいだろ？　ともかく、そう打ってあったのさ――そしてより重要なことは、脅迫文を打った痕も残っていたことだ。ジュディスとおれがばくぜんと疑っているにもかかわらず、オーデルがこの家のだれかを脅迫しているのだとしたら、細心の注意を払って事の処理にあたらなければならない。自分はどうしたらいいかと、ジュディスに助言を求められたのもしごく当然だ」（〝ちぇっ〟とウェイクフィールド）「ところが、助言する出番はなかった。というのも、こんなやりとりをしていたさなかに、エレアノールの悲鳴が聞こえたからだ。階下で朝食をとるようフィアンセを呼びに部屋へ行った彼女が、ベッドのなかで殺されていた彼を見つけたんだ。

　さて、警察が到着して、教育省はむなしくおれに待たされるはめになった。やがて警察の型どおりの捜査が終わると、おれはジョランド警視に相談をもちかけられた。正直言って、あの家族から逃れられてほっとしたよ。オーデルが死んだことで、彼があの家族のだれかをゆすっていたという推理、つまりだね、彼が寝室にもどる途中でどこかの部屋のドアの下から脅迫状をすべりこませ、その部屋の主はだれに脅迫されているかを承知していて、金を払うよりそいつを殺してしまおうと肚をくくった、という推理がより強固になった。となると、マンシー家のだれともまともに目を合わせられなくなってしまったんだよ。エレアノールはひどいヒステリーを起こし、ジョージ・マンシーは根っから陽気な男だからこその反動で底知れぬほどの意気消沈ぶりだし、その妻にいたっては、いつものつかみどころのなさがあきれるほどひどくなり、ほとんど心ここにあらずというふうに見えたし、エレンの善意から出た家族の力になろうとする奮闘ぶりが、こんな状況ではむしろひとを疲れさせていた。はた目には、ジュディスだけがいくらか平常を保っているようだ。もっとも、あれ以来、けさ庭で話してくれたことにはまったく触れなくなったとはいえ、一見冷静なようでいて、実はひどい恐怖におそわれているのは明らかだった。

ジョランド警視は、デヴォンシャー出身でロンドンに移り住み、動作はのろいが実に几帳面で、けっして愚鈍ではないことがわかった。とはいえ、警視がのべた事実はなんのヒントももたらさなかった。つまり、オーデルの死因はおそらく就寝中に額を一撃されたことによるもの。凶器は客間にあった重たい真鍮の火かき棒で、たいした力がなくてもとどめをさすのは可能だ。死亡推定時刻は午前五時から六時のあいだで即死。指紋は検出されず、真相解明に役立ちそうな手がかりはまったく残っていない、だと。

当然ながらおれは、ジュディスの告白を警視に伝えるべきだと思った。警視はそのお返しとして、よく見てくれと言って二枚のタイプ用紙を差し出した。オーデルの寝室のたんすの引き出しにしまいこまれていたという。一枚目には、さっき引用したあの脅迫文がかすれぎみの細い印字で打たれていた——ところが、あの妙な頭書はなかった。二枚目はどこをどう見ても一枚目とそっくり同じだが、ジュディスが見つけた下敷きの紙と同様〝すばしこい茶色の狐〟という頭書があった。つまり、どういうことかというと——」

「どういうことかというと」ウェイクフィールドが口をはさんだ。「この謎を解決するのに、無駄に頭をひねる必要はないということだな」

ウェイクフィールドはフェンが話しつづけているあいだ、不自然なほど黙りこくっていた。その不自然さのわけが、食卓にいた客一同にはたちまちぴんときた。ここまで彼がだんまりを決め込んだのは、最後に自分の思考からひねり出した、みごとな推理を客たちに一席ぶつためだったのだ、と。「真相はわかりきっていると言うのかい？」フェンは穏やかに言った。

「お茶の子さいさいだね」ウェイクフィールドの言い方は、ずいぶん悦に入った様子だ。「だいたいだね、〝すばしこい茶色の狐〟という文句からなにを連想する？　そう、〝すばしこい茶色の狐が怠けものの犬の上を飛び越える（The quick brown fox jumps over the lazy dog.）〟というアルファベット二十六文字をすべて含む、あのへんてこな練習文のことじゃないか。早い話、オーデルは脅迫文を書いてなんかいない。脅迫文を打ったタイプライターを特定しようとして、自分で同じ文を打ってみたのさ。

つまりだ、オーデルはゆすっていたのではなく、ゆすられていたのだ。

彼は比較のために〝すばしこい茶色の狐〟とタイプしはじめたものの、脅迫文をそっくり打ったほうがかんたんに判断がつくと思った。だから、受け取った脅迫文と一緒に、比較のために打った用紙も引き出しにしまっていたのは、しごく当然のことだ。彼は脅しにおとなしく屈服するような男ではなく、ゆすった相手を特定しようとしたんだろう。するとそんな彼の決意に、脅していた側がおじけづき、眠っているオーデルの頭に一撃を加えて殺してしまった……ここまでのところ、異議はあるかね？」

だれからも、異議はなかった——フェンからさえも。

「では、脅していたのはだれなのか——」ウェイクフィールドはつづけた。「これまた、かんたんだね。しかも理由も単純だ……

おそらく、どちらの手紙もフェン教授のタイプライターで打たれたものだった」フェンがうなずいてみせる。「当たりだな。では、フェン教授があの家を訪ねてからオーデルが文面をまねて打つまでのあいだ、他人があの家でタイプライターをいじれるチャンスはどれだけあったか？一回、たった一回だけだ——フェン教授が客間でレーシングデーモンに興じていた最中だよ。

そして次にだ、トランプにひたすら没頭することのなかった人物が二人だけいた。すなわち、キッチンにいたジュディスと二階にいたおばのエレンだ。もしジュディスがゆすった当人なら、フェン教授にわざわざ自分から話すはずがないという単純な理由で彼女は除外していいだろう。となると、残るはおばのエレンだ……きみはオーデルとマンチェスターと文中の年月日について、これまでになにかつかんだのか？」

「ああ」フェンが答えた。「オーデルは——これは彼の本名じゃなかった——その日、その地で陸軍から脱走したんだよ。そして同じ時期にエレンが英国女子国防軍にいて、脱走兵に関する調査書類を処理する任務についていた。そうした書類のひとつにあったオーデルの写真を目にしていたから、初めてマンシー家にやってきたオーデルを見たとたん、エレンは彼の正体に気づいたんだ」

「男の正体に気づいたことを、エレンは否定しようとはしなかったんだな？」

「ああ、そうだ。上手に否定できたとは言えなかった。というのも――勘違いかもしれないと、慎重を期して過去にさかのぼって調べたものだから――エレンがジュディスに事実を打ち明けたのは、オーデルとエレアノールの婚約後のことだった。するとジュディスは、なにもしないほうがいいし、なにも言わないほうがいいとおばに言い、その根拠として、オーデルの戦歴は立派なものだったし、終戦後の脱走なら問われるのは倫理上の罪というよりは軍隊内での罪でしかないから、と言ってね」

フェンの発言をみながじっくり理解しようとしているあいだ、静寂が流れた。「さてさて……どうやら、こんどばかりは」だれかの冷ややかなことば。「ウェイクフィールドは合格したようだな」

「初歩的な問題だよ」ウェイクフィールドがとりすまして言った――早くも得意げに語る自信家には、しかし神の定めしどんでん返しが待っている。「ぼくがあらましを語ったこの事件では、たとえ殺人だと強固に確信できたとしても、エレンを殺人のかどで有罪とするには無理があるだろうな。だが、恐喝罪では逮捕されたんだろう?」

「まさか、とんでもない。いいかい、ウェイクフィールドくん」フェンは堪忍袋の緒が切れそうになりながら言った。「この難問に対するきみの答えは、すばらしく説得力があって論理的だったとはいえ、ひとつ重大な欠点がある。だから正解とは言えない」

ウェイクフィールドはひどくむっとした。「正解じゃないとしたら」ふてくされて言い返す。「それは、きみが必要な事実をすっかり提示してくれないからだろう」

「おや、提示したさ。タイプライターのリボンを交換したと言ったのは覚えてるね？」

「ああ」

「それから、文字が打たれた一枚目はタイプの文字が〝かすれて細長かった〟と伝えたのも覚えてるね？」

「だから、午後にタイプが打たれたとするなら、リボンの交換前のはずだ」

「ところが、きみはこれも間違いなく聞いている。二枚目は〝すばしこい茶色の狐〟という文句を除けば、どこをどう見ても一枚目とまったく同じだった、と話したことを」

　こんどばかりは、ウェイクフィールドもことばを失った。そして、鼻息を荒くしながら椅子にどさっと腰をおろした。

「つまりだ」フェンはつづける。「二枚ともタイプの文字がかすれて細長かった。したがって両方とも、タイプされたのはおれがレーシングデーモンをしていた最中だった。ということからして、ジュディスの打ち明けた、オーデルとタイプライターと恐喝にまつわる話が最初から最後まで嘘八百だったたってことだ」

　ホールデインは、フェンの説明を手がかりがないまま必死で理解しようとしていた。「二通とも、オーデルの部屋の引き出しに入っていたのだったね？」

「そのとおり。彼を殺してから入れたのさ」

「ということはつまり、オーデルは脅迫状など送っていないどころか、受けとってもいなかったということか？」

「もちろんだ。オーデルも、ほかのだれもやっていない」

「だとしたら、オーデルが脱走兵だったという話は……」

「それは正真正銘の事実だよ」フェンが答えた。「ただし、そんなことはこの事件では、ジュディスが話をでっちあげるための材料のひとつでしかなかった。そんなでっちあげでも、たまたまおれがタイプライターのリボンを交換さえしなければ成功したも同然だったろう。そんな偶然が起きなければ、恐喝というたくらみが実際にあったかどうかの証拠は、おばのエレンの証言以外になかったんだ。ジュディスが二枚目をタイプしようとしたときに〝すばしこい茶色の狐〟までまねて打つだけの分別があったなら、それも、おれが寝てしまったあとにね……ところが彼女は、そうしなかった」

フェンは手にしたグラスを指でもてあそぶように回してからワインを飲み干すと、紙巻タバコの箱に手を伸ばした。「それに、彼女のことは好きだったから」そうつぶやいて、マッチをすった。「それが問題だったんだ。真相がわかるまでは、彼女のことが大好きだった。あの家族全員のことが好きだったんだ。だが――」

「だが、警察にはリボンを交換したことは話したんだね？」

フェンはさっとうなずいた。

「ああ、話したよ。オーデルのことも好きになれそうだったからね……。

警察の取り調べを受けると、ジュディスはわっと泣き伏して、自分が殺したと告白した。彼女はびくびくしていたんだ――言ったとおりだろう？　彼女はずいぶんと身のほど知らずのことをやろうとしていたんだよ。それに、法廷で無罪を主張したら、彼女の供述とおれの発言とが対立することになっただろうから、彼女が観念したと聞いて心底ほっとした。ジュディスの芝居に騙されてしまったのは事実だからね。おまけに法廷で対決したら、やすやすと負かされていたかもしれないよ。殺人罪に問われた被告が『有罪の答弁』をするなんてたしかに珍しいが、ジュディスの場合はそれが功を奏して、おばのエレンを罪に陥れようとした己の冷酷さをうまいことぼやかし、まんまと赦免の勧告を勝ちとった。というわけで、彼女は死刑を免れた。終身刑に減刑されたのさ」

「で、動機はなんだね？」ホールデインが尋ねた。

「嫉妬だ。ジュディスは、オーデルが自分をふって姉に乗りかえたのを憎んでいた。もし彼女が、オーデルの部屋に脅迫状をしのばせたり、おれに手の込んだ作り話を聞かせたりしたうえに、おばのエレンに罪をなすりつけようとまでしなければ、まんまと殺人をやりとげられたかもしれない。

ところが、あいにくと彼女は推理小説の愛読者だった。で、彼女が思いついたことなんて――ウェイクフィールドがここで展開してくれたような推理をだれもがしてくれたら、それ以上くわしく調べられるはずはないと高《たか》をくくって――しょせんは推理小説に登場するトリックでしかなかったのさ。もっとも、おれが推理小説のトリックをばかにしているなんて、くれぐれも誤解しないでくれ。それどころか、惚れ込んでいるんだから。ただ、それを犯罪者が手本にしようとすれば、警察にとってこれほど仕事が楽なことはない。なぜなら、哀れなジュディス同様、推理小説ファンの殺人者がやっかいきわまりない落とし穴に捜査官を陥れようとすれば、とどのつまり、しかけた穴に本人がまっ逆さまに落ちるしかないんだよ」

喪には黒

一九五一年七月二十四日の夜十時、アルバート・タイラー巡査は自転車にまたがり、ロウ・ノートン村にある小さな地区警察本署を出発した。深夜零時半きっかりに巡回からもどって、巡査部長に報告をしなくては――なにしろ二人とも時間厳守が自慢なのだ。ところで、タイラー巡査の担当地域はずいぶんと広い。とっくに床に就いたはずの妻が待つささやかなわが家《コテッジ》と〈ノートン・アームズ〉――この晩、唯一の宿泊客がオックスフォード大学の教授で、本を書きあげるための静かな環境を求めて訪れたと聞いている――をいつもどおりに巡回し、さらにその先にある、ちっぽけな教会と古ぼけた養老院も通過して、タイラー巡査の自転車は道路を東に向かってこぎつづけ、やがて夜の闇に飲み込まれていった。

かようにして、行方不明の車と黒ネクタイ、そしてしくじった押し込み事件は始まったのだった。

これまでタイラー巡査が広大ではあるが住む人もまばらな田園地帯を巡回中に遭遇したものといえば、必ず次に挙げる三つの範疇《カテゴリー》のいずれかに属した。つまり（a）道迷いの徒歩旅行者、（b）密猟者、（c）燃えている干草の山だ。したがって、ビートン巡査部長が深夜零時一分前に、タイラーから電話で殺人の報告を受けたときには、びっくり仰天したのである。「男が石で頭を強打されています」とまくしたてるタイラーの不運といえば、本人が思っているよりはるかに興奮した声が出てしまうこと。「中年で赤みがかった髪。レインコート姿に黒いネクタイを締めています。現場は、あの〈ムーアリングズ〉です。ここを借りているデリンジャーかもしれませんが、わたしは間近で顔を見たことがないので確信がもてません。門を出てすぐの道ばたに倒れていました……生死ですか？　ああ、はい。間違いなく死んでます」

わが国の警察が抱える問題はといえば、経費削減に走りすぎたことにある。ビートンの管轄区域は広大だというのに、いまだに車の使用が認められていないのだ。その結果、もう三十分以上も前からビートンは自転車を全速力でこぎつづけて丘をいくつも越え、やっとのことで犯行現場に到着したのである。それでも、あとから到着した医者よりは一時間以上も早かった。

「間違いない、デリンジャーだ」ビートンは門柱の陰にうずくまった姿をじっくり観察しながら言った。「気の毒なやつ……」さらに前かがみになってみた。「だがな、バート、服装がおかしかないか。この格好は葬式向きじゃあないよな？」

なにしろこの死体は妙ちきりんなことに、カジュアルな茶のスーツにおかたい黒のネクタイを締めていたのだ。

「しかもだ」次の日の朝、ビートン巡査部長は地区警察本署で少々物知りぶって言った。「この事件には、変わった特徴がひとつもなく……おっと、これは失礼」――ビートンははっと我に返った――「この件で、あなたまで巻き込んでしまうところでした――」

「ぜんぜん、かまいません」オックスフォード大学の英語英文学教授、ジャーヴァス・フェンが穏やかな青い瞳でビートン巡査部長をじっと見た。「こちらこそ、無駄に時間をつぶさせていないかが気がかりです。もっとも、この村に滞在中にあなたを訪ねるよう、ハンブルビーには念を押されていましたから、お邪魔になったとしてもきっと許してただけるだろうと……ロンドン警視庁では、ハンブルビーと一緒だった時期があったそうですね？」

「まさしく。ところが、自分には犯罪捜査課は向いていないことがわかりまして、あらためて制服組にもどしてもらい、この地に配属されたのです。こっちのほうがはるかに自分には合ってますな……仕事の邪魔にならないかを気にしておられるが、いまのところは、この地区の刑事捜査課が来るまでのあいだ、捜査活動を控えるのが仕事みたいなもんでしてね。みごと犯人を縛りあげて殺人犯のレッテルを貼り、担当刑事に引き渡せたならどんなにいいかと思いますが、正直言って、事件のことを考えるとまったく頭がくらくらします。わからないことだらけなんですから」

二人がいるのは地区警察本署内とはいえ、この建物の外観は、本質的には小さな個人住宅も同然だった。本署であるばかりか、ビートンの自宅でもあったのだ。しかも署員はビートンとタイラーの二人だけ――わが国土の人口過密ぶりにもかかわらず、田舎の多くはいまだ隣近所と遠く離れて家々が点在し、警察の巡回区域は都市部の十二倍も広くて、十ないし十五マイル四方に二、三百人程度の住民と、人員削減の宣告や廃線の危険にさらされっぱなしの小さな鉄道支線があったりする。そうした地域では――ロウ・ノートン村もそのひとつだ――治安を維持するうえでひどく骨を折るということもないし、警察の本署がちんけで、そしてもちろん家庭的だとしても、いっこうに差し支えなかったのだ。なるほど、ビートンはくそがつくほどまじめな男なので、オフィスはオフィスらしく見せようと奮闘したことはした。だが、この点でもばっちり成功したとは言えなかった。たとえばマントルピースの上に並んだ仰々しい書物ときたら――『警察法規』にケニーの『刑事法』、ストーンの『治安判事便覧』だ。ところが、そうした書物の荘厳さは、さらにその上にやりかけの編み物がひとつあるだけで、すっかり台無しになっていた。おまけに、起爆するおそれのあるものを隔離する保管庫には危険物も入ってはいるが、一緒にスタウトが数本とビートンの息子の壊れたおもちゃの飛行機まで入っていて、ビートンは数週間前にこのおもちゃを直すことを息子と約束したにもかかわらず、この地区の警察署長の抜き打ち訪問を受けた際に、あわてて掃除をしたせいで見えないところに押し込んでしまい、とうに忘れ去られてしまっていた。こんなことはどれも、心がなごみ微笑ましいことだ。だからフェンだって、重心を変えるたびにきゅっきゅっきゅときしむ籐椅子にからだを沈めながら、満足そうにながめていたのである。

開け放たれた窓の外に見える村は、暑い日差しの下で眠たげだ。ビートンはコートの前をはだけたままでいる。隣接する部屋では、タイラー巡査が報告書を書かなくてはいけないはずなのに（陰惨な事件に遭遇したせいで、感情がひどい抑圧状態に陥ってしまい）、瓶からグラスに液体がそそがれる音が響いてくる。この音に刺激されて、ビートンは訪問客と自分自身のために、例の保管庫へ突進していった。そして、あの液体入りの小瓶を出しながら言った。「そうです。まったく妙なんですよ。興味をもたれるかどうか、わかりませんが……」

「興味はありますよ」フェンが言った。「犯罪のあるところでは、われこそ元祖〝象の子ども〟

（一八六五～一九三六、イギリスの小説家キップリングの作品タイトルより。なんでも好奇心をもつ子どもの象が主人公）ですから」

「ゾウ――ああ、なるほど。〝あくなき好奇心〟の持ち主というわけですな」ビートンがにやっとした。「さて、どこからお話ししましょうか？」

「そもそも、デリンジャーとは何者だったのか？　つまり、どんな仕事をしていたのか」

「少年向けの冒険物語を書いていました」ビートンが心地よさそうに上体をそらせると、その重たげな巨体は回転椅子からあふれ出そうだ。彼は典型的な田舎の人間で、動作はのろいが直感力があり、いまのところその瞳には、動物を罠でつかまえたり銃で仕留めるものがいつの間にか身につけてしまいがちな、わかりやすい狡猾さは浮かんでいない。「少年向けの」ビートンは繰り返した。「冒険《アドベンチャー》物語か――もっとも、少年たちは、あの男が好むような遊び《アドベンチャー》とは無縁であってほしいですな」

「ああ」フェンが言った。「なるほどね」

　するとビートンが茶目っ気のある笑みを浮かべた。

「そうなんです、変わったやつでしたよ。女喰いでね、相手が結婚していようがいまいが見境なく、そりゃあ節操がなかった。それなのに、やつのことを嫌いにはなれないんですな――猫を好きになるのと同じですよ。ただし、かわいがっている金魚をけっして近づけてはなりませんぞ」

　それで、フェンが思い出したのはビートンの妻のことだった。この村に着いたときに、ちらっと見かけたのだ。黒髪で、美人と言っていいだろう。「なかには」フェンが言った。「寛大ではいられなかったひともいたでしょうね」

「たしかに。おっしゃるとおりです。かつて、あの男に妻を寝取られた夫には、監視の目を向けるべきでしょうな……ただ、聞いてください。事件の顚末はこうなんです。

デリンジャーが〈ムーアリングズ〉を借りてから、まだそんなに経っていません。せいぜい半年足らず。しかも、きょうの何時だったかアメリカに出発することになっていた。永住するつもりだったようです。さて、昨晩のこと――バート・タイラー巡査の義母で、デリンジャーの家政婦をしていたミセス・ジェロルドによれば――デリンジャーは豪華なディナーを食べにロンドンへ行く予定でした。その件で、行く相手となにやら仲違《なかたが》いをして最後の最後になって出かけるのをとりやめた。ところがロンドンには出かけたんです、午後の遅い列車でね。ロンドンでなにをしてたのかは、まだわかっていません。ただ、帰りはウィンドヴァー駅《ホルト》午後十一時十分着の列車に乗っていまして、そのときは緑色のネクタイを締めていた。このことは、彼の切符を回収したポーターがいつでも証言してくれるはずです。というわけで、到達せざるを得ない結論は、現段階では不明の理由によって、犯人は殺人をおかしたあとでやつの緑色のネクタイをはずして黒いネクタイを結んだ……おそらく」ビートンはたいした確信もないまま言った。「悪趣味めいた冗談か。ねえ、喪の黒になぞらえて」

フェンがうなずいた。「どうぞ、先をつづけて」

「デリンジャーがロンドンからもどったのが午後十一時十分。それから、このポーターとは仲がいいので、二十分余りウィンドヴァー駅で雑談を交わしている。それは間違いありません。だが、ここに第二の謎がある。バート・タイラーが死体を発見したのが零時五分前。やっかいなことに、ウィンドヴァー駅と〈ムーアリングズ〉まではかなりの距離がありましてね、デリンジャーが二十分かそこらで歩いたり自転車に乗って帰りつくのは無理なんですよ。彼が駅を出たときは徒歩だった——そのこともポーターは断言しています。となると、デリンジャーはどこか帰り道の途中で車に拾ってもらうしかない……残る問題は、その車が発見できないことなのです」

「発見できない？」フェンはすっかり無表情で、ビートンのことばを繰り返した。

ビートンは手を伸ばして地図をとった。「ほら、ここです。ここが〈ムーアリングズ〉。さて、ここから車が行けるルートは二つしかありません。一方はそのまま進めば道はしだいに細くなり、最後は古い採石場の端に行き止まる。そしてもう一方に行けばぶつかるのは——バート巡査を追い越していく車が一台もなかったという事実をすっかり除外したとしても——ここ」ビートンのずんぐりした人差し指が再び地図の上を舞った。「踏切です。これは横断要請があるときだけ通過させる踏切で、遮断機にはしっかりロックがかかるため、勝手に開けることができません……いずれにしても、昨夜は（現場に駆けつけた医者を除けば）十一時四十五分以降は一台の車もバイクも通過していないと、踏切番が進んで宣誓してくれるでしょう。しかも、けさもだれも通過していないそうです」

「じゃあ、十一時四十五分以前となると？」

「そこです。ちょっと事情が違ってくるんです。ウィリスじいさんは——その踏切番のことですが——十一時十五分から十一時四十五分までは遮断機を開けたまま、番小屋を留守にしてしまっています。厳密に言えば禁じられた行為なんですが、十一時五分——そのとき通過した列車にデリンジャーが乗車していたわけで――から午前一時三十分までは、列車は一本も通過しないものですからね」

「ふんふん、なるほどね。要約すると、ウィンドヴァー駅から〈ムーアリングズ〉まで車で移動する場合、踏切を通過しなければならない。通過はぜったいに午後十一時四十五分前のはず。しかしそれでは、もどってくるのは間に合わないと」

「まさにそのとおりです。おまけに、次になにをおっしゃりたいか見当がつきますよ――その車は、まだ踏切から〈ムーアリングズ〉の向こうにある古い採石場までのどこかにあるに違いない、と。ところが、ないのです。我々はあらゆる場所を調べました――森に砂採取場に納屋に倉庫、そしてもちろん採石場も調べました。車のくの字も発見できませんでしたよ」

　フェンはあらためて地図をじっと見ている。やがて「たぶん」と、ゆっくり切り出した。「その車がどうなったか説明できそうだ。だが、それは、最後までうかがってからにしよう」

「了解です。問題が、あとひとつだけ残ってまして――これは黒いネクタイや行方不明の車のことよりも、わけがわからないことでして――それは〈ムーアリングズ〉を狙った押し込みのことなんです。窓を叩き割り、そこから這いあがって家に侵入したものがいるのは間違いない。バート・タイラーがそれに気づいたのは、デリンジャーの家に入って――もちろん、被害者のポケットにあった玄関の鍵を使ってですが――死体を発見したことをわたしに電話で報告してからでした。ところが問題は、我々が調べたかぎりでは、盗まれたものがなにひとつないんです」

　その時点で、二人とも黙り込んでしまった。干草を積んだ荷車が進む低く重々しい音が外から聞こえ、ハエが窓ガラスの上でうたっている。太陽はもはや西に傾きはじめていたが、いままでよりも暑く感じる——すると、フェンはぼそぼそと弁解めいたことを言いながら立ち上がり、ビートンがスタウトの残りを飲み干すあいだに、ドアを半開きにしたのだった。「まだスタウトがあるのなら」フェンが言った。「飲んじゃいませんか」するとビートンがうなずいた。「それから二、三質問したいんで、ご辛抱願えれば」ビートンがまたうなずいた。「まず、デリンジャーがウィンドヴァー駅を午後十一時十分に出て家まで歩くとしたら、帰り着くのは何時になるだろうか？」

「ええっと、やつはかなりの速歩きですが、午前零時は過ぎてしまいますね。でもどうして——」

「次の質問。医者は午後十一時半から午前零時半までのあいだどこに？　検死した医者のことですが」

　ビートンがにっこりした。「なにをお考えかと思えば。でも、そんなこと考えても無駄ですよ。分娩に立ちあっていました——間違いありません」

「では、三番目の質問。ウィンドヴァー駅のポーターの証言と踏切番の証言は、どこまで信頼できるものか？」

「実はですね、ポーターの証言に関しては裏がとれています——帰宅が遅くなった二人の男が、デリンジャーが午後十一時半に駅から歩いて立ち去ったのを実際に見ているんですよ。ウィリスじいさんのほうは、たしかに本人のことばを信じるしかありません。でも、あのじいさんもばかじゃないどころか、頭が切れる男ですからね、本当のことを言っているとわたしが誓ってもいいくらいです」

「では、最後の質問。タイラー巡査は巡回終了後、何時までに署にもどって報告することになっていたのか？」

「零時半です。つまり〈ムーアリングズ〉を零時に出て、相当必死に自転車をこがないことには――」ビートンははっとして、答えるのをやめてしまった。目をかっと見開いた。「なんてことを！　あなた、まさかバートが――」

「いいですか」フェンが言った。「車の所在が突きとめられないとしたら、それは車が存在しないからだ。それはつまり、デリンジャーが歩いて零時二十分ごろに帰りついたということだ。それは同時に、タイラーが電話で伝えたことが、まったくの嘘だったということなんです」

「だが、なぜ？　なぜなんです？」

「デリンジャーの帰りが遅かったからだ。殺人は、昨夜のうちに実行しなければならなかった。デリンジャーはきょうアメリカに発つ予定だったからね。ひるがえって、タイラー巡査がデリンジャーの帰りを待ってぐずぐずしていたら、巡回からもどるのがひどく遅れた理由を報告しなければいけない――もっとも、言いわけなんてどっさりひねりだせたはずなのに、殺人をしでかした晩に自分の行動に不都合な点があってはまずいと思ったんでしょう。さて、タイラーはあなたが〈ムーアリングズ〉まで来るのに、ゆうに三十分はかかることがわかっていた。だから一か八か、殺人を既成事実《フェタコンプリ》として報告してしまった、犠牲者が帰宅する前にね……。『黒いネクタイ』

とタイラーは報告した。そう聞けば、すぐに夜会服姿を連想するだろう、と。タイラーも、デリンジャーは豪華なディナーを食べにロンドンに出かけたものと思っていた――予定が変更されたことは知らなかった。だから、デリンジャーを殺してから、締めていたネクタイが黒じゃないとわかったとたん、これはなんとかしないとまずいと思った。電話の報告内容と、現場到着後にあなたが見た被害者の服装とに矛盾があって疑念を抱かれてはこまるから」

「じゃあ、押し込みがあったというのは――」

「そんなもの、ありもしなかった。タイラーは〈ムーアリングズ〉から電話をかけるために家に入るしかなかったが、鍵を持っているデリンジャーの帰宅前だったから……タイラーは結婚してますね？」

「ええ。奥さんは美人でちょっと移り気で、タイラーよりかなり若いんです。だから――うわっ、なんだ！」

ピストルの発射音が、隣の部屋で響いた。やがて、コルダイト発射薬のにおいが二人の鼻をかすめた。悪態をついて、ビートンが立ち上がった。

「くそっ、ドアが半開きじゃないか！」ビートンは怒りのあまり取り乱していた。「こんな結末だとわかってたら――」すると、怒りにふるえてフェンのほうを向いた。「いったい、どういうつもりだ！　もっと声を落としてくれてたら、こんな――」ビートンははっと自分を抑え込んだ。ようやく合点がいくと、その怒りは爆発したときと同様、またたく間に消えていった。「おお、そうか。ああ、たしかに――」

「ずっと警官とはうまくやってきた」フェンが言った。「それだけのことです。だから、もし避けられるものなら、警官の名声が地に堕ちるようなさまは見たくない。正真正銘、受けるに値する名声だからね。そうでしょう？　ならば巡査たるもの、たまに銃器を使わねばならず、事故に巻き込まれることもある。それはしごく当然のことではないか？」

フェンは立ち上がり、ドアをめざした。「さあ、ビートン巡査部長、事故だったことを確かめにいきましょう」

窓の名前

ボクシング・デイ（クリスマスの翌平日で「クリスマスの贈物の日」ともいう。英国では法定休日）。一日じゅう雪と氷に閉ざされ、冷たい霧がたちこめた路面は鏡面のように見える。夜の七時三分過ぎ、大学の英語英文学教授が住むノース・オックスフォードの自宅玄関のベルが鳴った。

　この祝祭の季節に、フェンはほとほと精根尽きてしまっていた。とりわけこの日の午後に開かれた、子どもたちのパーティにすっかり振りまわされて疲れはピークに達し、お開きになって荒れ果てた会場で、ひとりぽつねんと残って気付けのウィスキーをやっていたのだ。そこにベルの音が聞こえたものだから、三十分前にもう帰れと追い立てた子どもたちのうちのだれかが、おもちゃの付け鼻かビスケットか、別になくたってどうでもいいようなものを忘れたとかなんとかでもどってきたなと、フェンが早合点するのも無理はなかった。ところが、うめき声をあげて玄関口に向かってみれば、その推理ははずれだった。戸口の上がり段に立っていたのは、不機嫌そうに顔をまっかにして意味不明な質問をぶつけてくる子どもではなく、鼻のてっぺんを赤くし、憂いに満ちた目をした白髪まじりの身なりのきちんとした大人の男だったのだ。

「帰れそうになくて」幽霊みたいにあらわれた男が訴えた。「今夜はロンドンに帰れそうにありません。道路は通行止め、列車の運行も遅れているときた。申し訳ないが、ひと晩泊めてもらえませんか」

あの声にあの口調、聞き覚えがあるぞ。そこでフェンがいっそう目をこらすと、顔にも見覚えがあった。「おや、これはこれは、ハンブルビーじゃないか」フェンは心を込めて言った。「さあ、入って。もちろん泊まっていってくれ。それはそうと、こんなところでなにをしているんだ？」「幽霊狩り《ゴーストハンティング》ですよ」ロンドン警視庁のハンブルビー警部はコートと帽子を脱ぎすて、ドア内側のフックにかけた。「季節柄ふさわしいかもしれませんが、まったく迷惑な話です」そう言って、激しく足踏みしながら靴の雪を落とす彼の表情は、暖かくなるというより、むしろ痛いという感覚が生まれているみたいだ。やがて彼はあたりを見まわして言った。「ああ、子どもたちですね」急に沈み込んだ声になった。「オックスフォードのホテルなら、空室もあるでしょうし――」

「帰ったところだよ」フェンが説明した。「もうもどってこないさ」

「え？　ああ、でしたら――」そう言ってハンブルビーがフェンのあとについて客間に入ると、部屋のなかでは大きな暖炉の火が燃え、贈り物を持ち去られたあとでやや傾《かし》いでいるクリスマスツリーにはきらきら光るミニチュアのウィッチボールが飾られ、その上に安っぽそうな妖精がいた。「おお、これは立派だ。ひょっとして、一杯いただけますかな？　おまけにアドバイスもいただけたら、なおありがたい」

とっくにフェンはウィスキーをついでいた。「ま、座ってくつろいでくれ。好奇心から聞くが、きみは幽霊の存在を信じているのかい」

「ポルターガイストなら」ハンブルビーは暖炉の火に両手をかざしながら慎重に答えた。「なるほど根拠がありそうな現象だ……ウェズリー家やハリー・プライスなんかの研究は有名ですな。

それ以外の幽霊は、どうにも——もっとも、本音を言えばいてほしいと願ったことはあります。新聞紙面からひとをバカにしたような薄笑いを消し去るために出てくれたらいいと」ハンブルビーは、腰かけたソファーの脇に転がっていたへこんだブリキの機関車を手に取った。「おや、ジャーヴァス、きみの子どもたちは、こんなおもちゃで遊ぶほど小さかったか——」

「親のない子どもたちのものだよ」フェンはウィスキーソーダをつくるために、炭酸水の入ったサイフォン瓶に管を突き刺しながら言った。「近所にある孤児院《ホーム》の子どもたちを招いていたのさ……それはさておき、きみがいま話していた幽霊のことだけど——」

「ああ、あんなもの信じちゃいませんよ」ハンブルビーが首を振った。「幽霊が出るという場所あたりがなんというか、いやな感じが漂ってましてね——まるで干《ひ》からびたケーキから腐ったにおいがするみたいな——しかもそこは、かつてある男が殺された場所。犯人は若い女で、この男に密会を強引に迫られ、それがいやで殺《や》ってしまった。ところが、幽霊が出るというそんな場所も、いまでは訪れる客たちのくだらないおしゃべりの種にしかなっていなかった」フェンがさしだしたグラスを受け取ると、ハンブルビーはしばらくじっと考え込むようにグラスをのぞき込んでから口をつけた。「……まったく、主任警部のせいで……」苦虫を嚙みつぶしたような顔でつぶやいた。「せっかくのクリスマスランチの最中に、呼び出された理由がこれじゃ——」

「おい、どうした、ハンブルビー」——フェンは容赦なくさえぎった——「今夜のきみは、ずいぶん支離滅裂だぞ。さっきから話に登場する場所って、どこなんだ?」

「ライダルズです」

「ライダルズって?」

「ライダルズという、大邸宅のことで」ハンブルビーは説明に手間どっていた。「サー・チャールズ・モウバリーという建築家の住まいです。ここから、アビンドン方面に十五マイルほど行ったところで」

「ああ、思い出したよ。復元された屋敷のことだな」

「かもしれません。とにかく古い屋敷です。しかも敷地が広大で、屋敷から四分の一マイルほど離れたところにある庭園には、十八世紀の東屋《パビリオン》がある。そこが現場です——つまり、殺人の」

「若い女に強引に言い寄った男のか——」

「違います。いや、そうでした。その殺人も、たしかあの東屋で起きたのです。ところが、もうひとつ殺人がありまして——つまり、おとといも殺人が起きたんですよ」

フェンは目をみはった。「サー・チャールズ・モウバリーが殺されたのか?」

「いやいや、違います。彼ではなく、もうひとりの建築家であり勲爵士《ナイト》である——サー・ルーカス・ウェルシュです。ライダルズで実に盛大なハウスパーティが催され、娘のジェーンとともに招かれたサー・ルーカス・ウェルシュが、降臨祭前夜《クリスマス・イヴ》に幽霊の正体を見極めてやると言いだした」

「この話、きみはすっかりわかっている内容だろうけどね——」

「まあ、聞いてください……サー・ルーカスはどうやら、幽霊を信じやすいタイプのようで——もとい、だったので——クリスマス・イヴの日に東屋でひとり夜を明かそうと決めたが——」

「殺されてしまい、だれが犯人なのかわからない」

「いや、わかっています。なにしろサー・ルーカスはしばらく息があり、犯人の名を埃で曇った窓ガラスになんとか書けたので、殺したのがオットー・メーリケという若いドイツ人とわかり、とっくに逮捕済みです。ところが、メーリケがどうやって東屋を出入りしたのか、見当がつかんのです」

「密室ミステリーだな」

「広い意味で言えばそう。でも実を言うと、東屋に鍵はかかっていなくて――」

フェンはマントルピースに向かい、さっき玄関のベルに応えるために置いたままだった自分のグラスを手に取った。「最初から、くわしく話してくれよ」

「もちろん」ハンブルビーは再びソファに身をしずめて、ありがたそうにウィスキーを一口飲んだ。「では、始めます。ライダルズで、クリスマスのハウスパーティが開かれた。ホストは著名な建築家であるサー・チャールズ・モウバリー……会ったことは？」

フェンは首を振った。

「大柄で白髪まじり、見ようによっては、ずいぶんとばか陽気で分別がなく、まるで、卒業したがらないラグビー好きの医学生みたいな男ですよ。独身で金に不自由のない暮らし――それも、あの歓待ぶりから察するに相当な資産家で、建築家としての代表作にはウォンズワース発電所とベックフォード大修道院《アベイ》があり、おまけにスポーツマン。それに単純で、気前のいいところもあるが、それは思うに、ひとの嫉妬を買いそうな気前のよさとみました。ある意味、狡猾さもありそうで——すっかり心許せる相手とは、わたしにはとても思えません。

とはいえ、名士《セレブ》です。それは間違いない。そしてパーティの招待客のうち、サー・ルーカス・ウェルシュもサー・チャールズと同業で名士でした。生前の彼に会ったことがないので、どんな男だったかはよく知りませんが——」

「たぶん」フェンが口をはさんだ。「彼には一度会っている。うちのカレッジの第四号中庭を設計してくれたときに。小柄で憂鬱そうな顔をした男じゃないか？」

「ええ、そのとおり」

「それに、押しが強くて頑固そうでもあった」

「たしかに、頑固だったのは明らかですな。しかもサー・ルーカスは、流行りものに弱いタイプだったらしく——ほら、ヨーガやらベーコン哲学やら、ほかにもたくさんの知的な——えぇっと——似たり寄ったりの退屈でキザなたぐいの知的断片をかじりまくっている。そんな面もあって、幽霊の不寝番なんてやる気になったのでしょう。サー・ルーカスの娘であり（サー・チャールズよりかなり裕福な父親の遺産を相続する）相続人であるジェーンは、かわいらしい十八歳という以外に特筆すべきことはありません。それから、とっくに逮捕済みのメーリケも客のひとりでした。三十がらみの痩せた男で、第二次大戦中はドイツ空軍《ルフトヴァーフェ》のパイロットを務め、いまやほうぼうの大学で実施している交換留学生制度を利用して、こちらで建築を勉強中——サー・チャールズが彼のことを知っていたのでパーティに招いたというしだい。重要な——今回の事件では重要な——招待客のトリが、（ロンドン警視庁ではなくサセックス州警察の）刑事犯罪課所属のジェームズ・ウィルバーンです。どれだけ重要かといえば、彼が提供してくれた証拠なら間違いなく信頼できるものであり——こういった事件には必ずよりどころ《ブワンダピュイ》が必要であり、今回はそれがウィルバーンというわけで、彼の発言に関してあれこれ疑問をいだいて消耗するには及びませんよ」

「わかった」フェンが答えた。「彼のことは信じるとしよう」

「けっこう。さて、クリスマス前夜のディナーの席で、ライダルズに出没する幽霊のことが話題にのぼった——あとで確認したところ、この話題を持ち出したのはオットー・メーリケでした。ここまではまあ、順調に説明できましたかな。ライダルズの幽霊なんて、サー・ルーカスが食いつきそうな餌だし、現に彼はこの餌に食いついてしまい、気乗りがしないホストにこう切り出したのです。ディナーのあとで東屋に行って幽霊が出没しないか一、二時間ほど見張りたい、と。いざそのときになると、サー・ルーカスは肝だめしの場にサー・チャールズとウィルバーンを伴った——この二人はどちらも東屋のなかには入っていません。ウィルバーンは、建築の話題で盛り上がるサー・チャールズとサー・ルーカスをあとに残し、ぶらぶらと庭園をひとりで散歩しながら屋敷に引き返した。やがてサー・チャールズも、サー・ルーカスが東屋に入ったのを見届けると、来た道をもどって屋敷に帰りました。ちょうどそのとき、警報装置のベルが鳴り響いた」

「警報装置だって？」

「過去にも、幽霊が出ないか見張ろうとしたものがいて、なんらかの理由で助けが必要な際に鳴らせるよう、東屋内に警報装置が取り付けられていたのです……で、ベルの音が鳴り響いたのが午後十時直後、サー・チャールズ、ジェーン・ウェルシュ、ウィルバーンを含めパーティの出席者はこぞって東屋へ助けに向かいました。
ところで、この東屋がかなり小さいということを頭に入れておいてください。円形の部屋がひとつあるだけで、室内には窓が二つ、どちらの窓にも釘がしっかり打ちつけられていた。部屋に入るには、外へ張りだしたように伸びる細長い廊下を進むしかない。外に突きだしたようにある廊下の先に、外との出入り口であるドアがひとつだけ」

「まるで鍵穴だ」フェンが言った。「東屋を俯瞰できたなら、鍵穴そっくりだ。つまり、円形の部屋が鍵を差しこむ穴で、入口の廊下が鍵の刻み目《ワード》、出入り口が鍵穴のいちばん下に相当する」

「そのとおり。東屋があるのは庭園内の森林に囲まれた空き地で、ほんのわずかだが高台になっている――片蓋付柱《ピラスター》とやらがあるパラディオ様式もどきの建築で、さながら崩れかけた古代ギリシアの神殿ですよ。数十年間、かえりみるものはだれひとりなく、先ほど話した過去の殺人事件によって、代々の地方の名士が男女の密会の場にしていたという東屋の経歴《キャリア》に終止符が打たれたわけでもなく。ほら、エリオットの詩にありませんでしたっけ?――欲望と死せる手足がどうしたこうしたって（T・S・エリオットの詩「不死の囁き」より）。まあ、ともかく、この東屋から受ける印象はそんなものです。家というのは用途がいろいろと――食べたり本を読んだり、あるいはひとの誕生や死といった、もろもろの目的のためにある場だからこそ申しぶんのないもの。ところがこの東屋ときたら、建てた目的はただひとつ、本当にたったひとつの目的のためにしか使われてこなかった。それだけに気が滅入りますな……。

ちなみに、この東屋には家具がひとつもありません。哀れサー・ルーカスがドアの錠をあけるまでの二、三年ほどは、だれもなかに入ったことがなかったのです。

さて、事件の話にもどりましょう。

この日、天気はすばらしくよかった。クリスマス・イヴはまだ、きょうみたいに雪が降ったりの悪天候になる前だったことは覚えていますね。東屋に向かった〝救援隊〟の一行も、道中はちょっとした遠足気分でいたらしい。つまり、警報ベルが鳴ったことを真に受けていなかったのですが、ジェーンだけは別で、さすがに父親のことがよくわかっているだけに、始めて間もない不寝番をこんなくだらないいたずらで中断させるはずがないと思っていた。それでも、ほかのひとたちから大丈夫だと言われて、半ば自分を納得させていたらしい。一行が東屋に到着すると、ドアは閉まっていたが鍵はかかっていなかった。そこでドアを開けて内部を懐中電灯で照らしてみると、埃が積もった廊下の床の上には、ただ一組の足跡があり、その足跡が円形の部屋の入口につづいていた。直感か訓練の賜物か、はたまたその両方によってか、ウィルバーンは一行に、廊下の足跡に近づくなと釘をさした。だから一行は足跡を踏まないようにして――この段階でオットー・メーリケが加わったものの、逮捕後の彼の供述によれば、駆けつけるまでは庭園をひとりで散歩していたとのこと――犯行現場に入っていった。

暖炉と二つの窓、そして中途半端な――制作も絵の主題も中途半端なままの――天井画にキャンバス張りの椅子と消灯していた懐中電灯、花綱飾りのごとく垂れ下がった蜘蛛の巣があり、椅子と懐中電灯を除くあらゆるものの上には何層もの埃が積もっていた。サー・ルーカスは一方の窓辺の下、警報装置のスイッチにすぐ手が届くところで倒れていたのです。彼の左肩甲骨の下には古い短剣が突き刺さっていて、この短剣はあとになって屋敷から盗まれたものと判明しました（ちなみに短剣には、有罪を証明する指紋は検出されず、彼が倒れていた周囲からも指紋は採取できませんでした）。サー・ルーカスはまだ息をしていて、意識はあった。ウィルバーンがかがみこみ、だれにやられたかを尋ねると、サー・ルーカスは奇妙な笑みを浮かべ、やっとのことで囁いた」――ここでハンブルビーはノートを取り出し内容をあらためながら――「こう囁きました。『書いた――窓に。ここに逃げ、まっ先に。ベルより、なにより、早く来てほしくて――犯人の名を――』

しだいにか細くなっていく声。だが最後の力をふりしぼって頭をぐいと上げ、彼は窓のほうへちらっと目をやり、うなずくと再び笑みを浮かべた。それが彼の最期でした。

居合わせた一同がサー・ルーカスの今際《いまわ》のことばを耳にし、そして見たのです。外から月明かりが差し込んでいて、煤《すす》けた窓ガラスに書かれた文字はくっきり読めました。

OTTO《オットー》、と。

その瞬間、オットーがあとずさりして逃げようとしたらしく、サー・チャールズが彼の腕をぱっとつかむや、取っ組み合いとなった。やがてサー・チャールズから強打を食らったオットーのからだが、犯行のすべてを物語るあの窓を突き破ってしまった。サー・チャールズは彼を追いかけ、取っ組み合いはそのままつづいてガラスが粉々に踏みつぶされたころ、ウィルバーンとほかのものたちが仲裁に割って入り、やっとのことで止めた。ちなみにウィルバーンによれば、自分の目にはオットーがわざと窓を突き破ったように――意図的に証拠を隠滅しようとしたように見えたとか。とはいえ、何人もが窓に書かれた名前を見ている以上、ガラスが粉々になろうがなるまいが、証拠としてはまったく問題ありません」

「動機は？」フェンが尋ねた。

「じゅうぶんです。ジェーン・ウェルシュはオットーとの結婚を望んでいた――実は彼女、彼にぞっこんだったのです――だが、父親は許さなかった。ひとつは、オットーがドイツ人だから。もうひとつには、オットーという若造が、娘本人よりもやがて娘が得るはずの遺産目当てではないか、と疑っていたからです。そしてとどめは、オットーがドイツ空軍に在籍していたという過去と、ジェーンの母親が一九四一年のドイツ軍による空爆で命を落としていたという事実。ジェーンはまだ十八で、親の反対があるかぎり結婚できないし、こうした問題の多い状況では、たとえ許可申請を裁判所に求めたとしても結婚は無理でしょう。となれば、オットー・メーリケの立場からすれば、サー・ルーカスを殺せば二重の利益が転がり込む。つまり、遺産相続によってジェーンは金持ちになり、しかも結婚への障害が取りのぞかれることになるのです」

「ジェーンの後見人が、結婚に反対しないならね」

「ジェーンの後見人はおじで、彼女が意のままに操れる相手です……さて、ここで問題が発生しました」ハンブルビーは真剣な顔で、前のめりに座りなおした。「さて問題です。東屋の二つの窓は釘を打ちつけ閉められていた。隠しドアもなし――間違いありません。煙突は赤ん坊ですら通れないほど細く、しかも廊下の床には埃が積もり、ただ一組の足跡しかなく、それをつけたのは紛れもなくサー・ルーカス本人である……もしオットーが、ウェンセスラス王に仕えたあの小姓のように、先についていた足跡に自分の足を置き、その足跡からはみ出さないように歩いたと考えたなら（「ウェンセスラスはよい王様」というクリスマスキャロルの詞にちなむ）、それは誤りです。理由その一、オットーの足のほうが大きい。理由その二、最初についた足跡の形がまったく崩れていなかった。だから、そんなことはあり得ない。ならばオットーは、いったいどうやって出入りできたのか？ 廊下には家具と呼べるものはなにもなく――這って進むのに役立ちそうなものも、ぶら下がって移動するのに便利なものも置かれていない。細長くて四角い筒状の空間でしかないのです。しかも、東屋へ入るドアから円形の部屋までは離れていて、とてもひとっ跳びできるような距離ではない（ちなみに、室内の床に積もった埃の層は救援隊の突入によりすっかり踏み散らされてしまいました）。それに凶器が短剣です。弓や空気銃や吹き矢で飛ばせるわけもなく、それができるような荒唐無稽な装置もない。百歩譲って飛ばせたとしても、あんなに深く突き刺さるほどの重さも鋭さもない短剣だ。となれば、幽霊の存在以外にいったいどんな解釈が成り立つのか？ どう考えられますか？」

フェンは即答を避けた。いまこうして話に耳を傾けるあいだ、じっとマントルピースにもたれかかっていた。やがて、ハンブルビーの飲み干したグラスと自分のグラスを持って部屋を横切り、ウィスキーのデカンタ瓶のあるところまで行く。そして二つのグラスにウィスキーをついでから、ようやく口を開いた。

「もし、オットーが三輪車で東屋の廊下を渡ったとしたら……」

「三輪車！」ハンブルビーは二の句がつげなかった。「さ、さん――」

「そう、三輪車だ」フェンはきっぱりと繰り返した。「さもなくば絨緞を床に敷き、なかに入るときは自分の前に広げ、立ち去るときは後方にあるぶんを巻き取りながら出ていったとしたら……」

「だが、埃だらけでした！」泣きごとめいてきたハンブルビーの声。「たしか、はっきり説明したはずです。足跡を除けば、廊下の床に積もった埃はまったくいじられていなかった、と。三輪車に絨緞だなんて……」

「少なくとも廊下の床の一部は、救助隊の連中が踏みつけていったはずだ」

「ああ、それは……たしかに。でも、踏みつけたのはウィルバーンが床を調べたあとのことです」

「つぶさに調べたのか？」

「ええ。その段階では救助隊はまだ異変に気づいてなかったので、ウィルバーンに入っていいと言われても、彼が名探偵を気どって廊下の床の隅々まで懐中電灯の光を照らして血痕を探すふりをしてみせるのを、残りのものたちは後ろからくすくす笑いながら見ていたそうです」

「その手のパフォーマンスは」フェンが厳格ぶって言った。「面白がって見るもんじゃないね」

「ごもっとも。ともかく、ここで大事なことは、最初の足跡を除けば廊下の床面の埃についた痕は一点もなく、だれかが踏み込んだ気配すらなかったことをウィルバーンがいつでも宣誓証言する気でいることです……そんな証言、しないでくれたほうが助かるんですが」ハンブルビーが憂鬱そうに言い添えた。「なにしろ、その証言によって捜査が行き詰まっているわけですし。とはいえ、彼に証言を覆せとは働きかけられない」

「どんな事情であれ、証言を覆そうなんて気は起こさないことだ」切り返すフェンには、自分こそ正しいという思いがだんだんと盛り上がってきたようだ。「そんなことは倫理に背くぞ。で、血痕はあったのか？」

「血痕？　実はほとんど落ちていませんでした。ああいう細長い傷は、とりたてて騒ぐほど出血しないものですからね」

「なるほど。じゃあ、もうひとつだけ質問だ。その答えがおれの予想どおりだったら、オットーの役割を解説しよう」

「まさか……」ハンブルビーが疑わしげに言った。「竹馬を使っただなんて言うんじゃ――」

「おいおい、ハンブルビー、そんな子どもじみたことを言うなよ」

ハンブルビーは自分を抑えるので必死だった。「で、質問とは？」

「窓にあった名前だが」フェンは空想にふけっているかのように問いかけた。「大文字だったかい？」

なにを聞かれるかと構えていたが、はっきり言ってこんな質問がくるなんて、ハンブルビーは思ってもいなかった。「ええ。でも――」

「ちょっと」フェンはウィスキーを飲み干して言った。「ちょっと待っててくれ。電話をかけてくるよ」

フェンは部屋を出ていった。ハンブルビーはぱっと立ちあがり、落ち着かなげに両切り葉巻に火をつけ、室内を行ったり来たりしはじめた。やがて、肘かけ椅子の後ろにゴム巻き式のおもちゃの飛行機が打ち捨てられていたのを見つけると、ゴムを巻き上げ飛ばしてみた。飛行機は、ちょうど戸口に姿をあらわしたフェンのこめかみに当たって斜めにはね返り、部屋から玄関ホールへ飛んでいって、ホールにあった花瓶にぶつかり、花瓶を粉々に割ってしまったのだった。「ああ、とんだことを！　すみません」ハンブルビーがか細い声であやまったが、フェンは無言だった。

もっとも、彼の怒りはすぐにおさまった。「密室か」気むずかしそうにフェンが話しだす。「密室ね……どういうことかわかったよ、ハンブルビー。きみは小説の読みすぎだ。だから密室のことが頭から離れなかった」

ハンブルビーは、ここはおとなしくしていたほうが得策と考えた。「なるほど」

「ギデオン・フェル博士はかつて、『三つの棺』事件に関係した、〈密室の謎〉についての実にすばらしい講義をされた。だがひとつだけ、博士が勘定に入れなかった項目《カテゴリー》があったんだ」

「して、それは？」

フェンはいらだたしげに額を揉みほぐした。「博士が勘定に入れなかった項目とは、密室ではない謎だ。つまり、今回のような事件だよ。というわけで、オットーがどうやって円形の部屋を出入りしたか解説するのはかんたんだ。彼は入ってもいなければ、出てもいないんだから」

ハンブルビーが口をぽかんと開けた。「だが、サー・ルーカスが刺されたのは円形の部屋に入ってからのはず。サー・チャールズの証言では――」

「そう、それだよ。サー・チャールズは彼が東屋に入るのを見たと、自分ではそう言い張っている。そして――」

「ちょっと待った」ハンブルビーはひどくうろたえていた。「言わんとすることはわかりましたが、その意見にはおおいに異議ありです」

「というと?」

「ええっと、まずサー・ルーカスは、犯人を名指ししました」

「彼が襲われたのは背後からだ……そう、たしかにサー・ルーカスは自分に正直に行動したんだ。いいかい、あのパーティの出席者では、オットーだけが自分を殺す動機があることをサー・ルーカスは知っていた。ところが、実はサー・チャールズにも動機があったのさ――たったいま、それがわかったところだ。ところがサー・ルーカスはそれに気づいていなかった。それにどのみち、オットーと愛娘の結婚は自分が死んだあとだろうが絶対に許す気はない。だから、元ドイツ空軍のパイロットを陥れてやろうという賭けに思い切って出る覚悟ができていたんだ……お次の反論は?」

「窓にあった名前です。もしサー・ルーカスが言ったように、意識がもどって真っ先にやったのが襲った犯人を暴くことだとしたら、刺されたあとで東屋に逃げ込むだけの余力があったわけで、だったら窓の外側から名前を書きそうなもの。そのほうがすぐに書けるし、ガラスは内側と同様、埃だらけだったのですから。もちろんこの反論は、サー・ルーカスが襲われたのが東屋に逃げ込む前という、あなたの推理に基づいてのものですが」

「まさに、おそらくそのとおりに彼はやったんだ——名前は窓の外側に書いたんだよ」

「でも、客たちは室内から見ています。たとえば、銀行のなかにいるひとに、窓ガラスに書かれた銀行名がどう見えるか、おわかり——」

「オットー（ＯＴＴＯ）という名前は」フェンが口をはさんだ。「回文じゃないか。左から読もうが右から読もうが同じだ。もっと言えば、書かれた大文字は左右対称だ——ＢやＰやＲやＳと違い、ＡやＨやＭと同じ。となれば、この名前を窓の外側に書いてみてくれ。内側からでもそっくりそのまま読めるぞ」

「おお、まさに！」ハンブルビーはいっきに酔いがさめた。「迂闊だった。しかも、名前が外側から書かれていたという事実は、サー・ルーカスが東屋に入ったときに無傷だったと言い切ったサー・チャールズにとっては致命的だ。ということは、オットーと格闘してウィルバーンの注意をそらそうと〝もくろんだ〟のは、オットーではなくサー・チャールズだったのか。名前が窓の外側から書かれたことをウィルバーンに気づかれてはまずい——真っ先に名前を書いたとサー・ルーカスが言い残した以上——サー・チャールズにすれば、くわしく調べられる前に窓ガラスを割ってしまおうと考えたか……でも、ちょっと待ってくださいよ。サー・チャールズが言っていたように、サー・ルーカスが東屋に入ってから、また出てきたとしたら——」

「廊下にあった足跡は、一方向だけだ。一往復半はしていない」

ハンブルビーがうなずいた。「こんなことも気づかないとは、情けない。指摘されたように、てっきり密室だと思い込んでしまってました。ところで、サー・チャールズの動機とは、いったいなんですか――サー・ルーカスが気づいていなかった動機、と言いましたよね」

「ベルチェスターだよ」フェンが言った。「ベルチェスター大聖堂だ。ご承知のように、あの大聖堂は戦争中に爆撃を受けて新たに建て直す予定だ。で、おれはその大聖堂主と知り合いでね、電話をかけて建築家の選考がどうなったのか問い合わせたよ。すると、サー・チャールズとサー・ルーカス、それぞれの設計図が最終選考まで残り、結果としてサー・ルーカスの設計図が採用されたそうだ。二人には郵送で結果が通知され、おそらくサー・チャールズのもとへはクリスマス・イヴ当日の朝に結果が届いたんだろう。サー・ルーカス宛の通知も十中八九、同じ時間帯に届いたはず。ところが、サー・ルーカスの自宅宛に郵送されたものだから、クリスマス郵便が殺到する時期だけに転送してもらうとしても、ライダルズ滞在中の彼のもとに届くのは殺されてしまったあとになる。まさに、結果を知っていたのはサー・チャールズのみ。サー・ルーカスが死ねば、サー・チャールズの設計図が繰り上がるはずだから……」フェンは肩をすくめた。「大金が動くせいなのか。それとも、彼の建築家としてのプライドが打ち砕かれただけのことだったのかねえ。やれやれだな。さてと、電話をかける前にもう一杯どうだい。どのみち、絞首刑場での結末は、同じことになるんだから」

金の純度

あれは、シグフォールドという村でのことだった。デヴォン州の荒野のはてにぽつんとあるその村で、出会ったとたん、ここまで不義な男はいないと、ジャーヴァス・フェンは確信したのだ。「不義」といったことばは（いずれフェンが教えてくれるが）やたらには使わない。ひとが己の人生を歩む途中で――あるいはその人生を見守るひとのために――この先を行くと地獄《アヴェルヌス》に堕ちるぞ、と教えてくれる里程標《マイルストーン》などはない。とはいえ、地獄に堕ちようとする途中には、もう後戻りできないと警告するポイントが必ずあるはずだ。「不道徳」という名の地図にそのポイントが記されていないのは、なにが道義にはずれた行ないかはひとそれぞれで異なるからだ。ましてや、転がり落ちるがままに一線を踏み越えようとすれば、これ以上行ってはだめだと、内なる心の声が切羽詰まって訴えるだろうし、踏み越えたら最後、自制心だけではとても持ちこたえられないほど堕落しきってしまうわけだから、ひとはどうにか踏み越えないでいられる。だが、あのセント・ジョン・リーヴィスなる若者が、とっくにその一線を踏み越えてしまっていたのをフェンは微塵も疑わなかった。この揺るぎない確信がうまれたのは、親殺し未遂事件のせいではない。それはそれでひどくおそろしい事件ではあるが、フェンにすれば、そんなことはとっくに締結された条約を批准するようなもの。もっとおそろしいのは、あの若者の人格なのだ。心身ともに健全な人格をそっくり反転したのがあの若者の人格だ。出会ったひとはそれを瞬時に感じ取り、なまくら頭の並みの悪人どもには、とうてい太刀打ちできないほどの人格なのだ。

とはいえ、〝これが獣《けだもの》の刻印だ〟（新約聖書「ヨハネの黙示録」13：14―18）と、的確に指摘できるものはなにもない。外見だけなら、セント・ジョン・リーヴィスは魅力的な男だ。それに、堪え性のない面がたまに顔をのぞかせても、その堪え性のなさは子どもによくある癇癪にそっくりなので、不意をつかれたとしても、あの不機嫌さの背後には子どもらしい無邪気さが隠れているのだと、不本意ながら思わざるを得なくなる。フェンがシグフォールド村で出会ったとき、若者はほんの二十五歳――快活な美青年で、巻き毛の金髪に大きな瞳はライトブルー。怠惰なうえに放埒三昧の生活で首まわりは太くなり、頬と顎はむくみ、もとは薄織りのようだった繊細さは薄汚れてしまったものの、それでも並はずれて人好きだった。文学青年で、会話は軽妙洒脱、作法《マナー》も非の打ちどころがない。だからこそフェンは、知りあった最初の五分で、彼のことがたまらなく嫌いになったのだ。

もちろん、そんな話は筋がとおらない――まったく不合理だし不当な言いがかりだ。この点をもっと突っ込もうとしても、フェンは（妙なことに話したがらないのだが）ただ事実を述べるにとどめ、弁明はいっさいしないだろう。彼はこう言うはずだ。いずれにせよ、顛末だけが知りたければ、精神面に論点を置こうとするのは見当違いだ、と。あの暴力行為が利己心から出た行為なのは間違いない。そんな答えでは納得できないならご自由に――これだけでじゅうぶん説明したがね――もっと深く掘り下げたいなら勝手にどうぞ、と。とはいえ、実際に事件にかかわったものにすれば、事件の中身そのものよりも、事件の奥に隠された意味のほうがよほど印象に残ったわけだ。それなのに、ただひとり、恐怖のあまり己の耳栓を抜いてしまうまで、そうした含意にまるで気づこうとしなかったのが、セント・ジョン・リーヴィスの餌食《えじき》となった、彼の父親だったのである。

こうなることは——フェンに言わせれば——覚悟しておくべきだったのだ。父と息子の気性が激しく異なれば、そのこと自体、互いを理解しあううえでの障害になる。たとえ血縁関係や過度の馴れ合いのせいで相手のことが見えなくなるとしても、だ。というのも、ジョージ・シーモア・リーヴィスは、肝心な点ではことごとく息子セント・ジョンとは異なっていたからだ。ジョージは四十七歳にして、にぎやかで野外活動を好む〝スポーティな〟男。血色のよい顔に行動的で、食にも流行を追いかけ、考え方のわかりやすさは筋金入り。鉄鋼業で財をなした。これに反して、セント・ジョンは金儲けとは無縁、儲ける気もないと公言していた。こんな息子の態度は叩き上げで成功した父親にはどうにも受け入れがたかったから、セント・ジョンはわずかな小遣いしかもらえず、内陸部《ミッドランド》にあるヴィクトリア・ゴシック風の、立派だが煤けた屋敷を出て気分一新したくても、休暇を取るには——今回のように——父のリーヴィスに同行するしかないのだった。こうした事情は、殺人未遂の表面的な原因にはなっている。ミセス・リーヴィスは数年前に亡くなっていて、父親の唯一の相続人はセント・ジョンだけだったのだから。

シグフォールド村のその宿屋に客室は三つ。あの一九四九年四月最後の一週間は満室で、三部屋のうちの二つにリーヴィス親子、残る一室にフェンが投宿して、大学の第三学期《トリニティ》開始でオックスフォードにもどる前のひとときをすごしていたのだった。セント・ジョンは酒をたしなみ本を読み、退屈だとこぼしつつも、まんざらでもなさそうにしている。リーヴィス父《ペル》とフェンは散歩をした——たいがいは連れだって歩き、散歩中は二人とも会話するより、気心が知れあった同士の沈黙を守るほうを好んだ。かくして休暇の最初の期間は無事平穏に過ぎていった。ところがある日、フェンはひとりで散歩にいくはめになる。リーヴィス父がこの荒野を十二マイルほど横断した先にあるトートンまでバスに乗ってロータリークラブの昼食会に出かけ、シグフォールドへは歩いてもどるつもりなので、帰るのは日暮れ過ぎになりそうとのことだった。セント・ジョンは、仮にフェンがつきあってくれたらとかすかに思ったとしても、まったく散歩をしない男だったし、どのみちその日の午後は、車でバーンステイプルまで出かけ、夕方まで映画を見る予定だという。というわけで、フェンはいつもより早くお茶の時間を終えると、レインコートを着込み、夜盗から宿屋を守ることを任されて元気があり余っているウルフハウンドがくわえて放さない杖を奪い返し、身支度を整えると宿をひとりで出発した。一歩出るなり、はたと迷った。石造りの小さな村を貫く道路が、どっちでも好きに進めと言っているようだ。だがフェンは、バーンステイプルのほうに背を向けて、ナグズトゥとトートンの方向に向かった。リーヴィス父はもっぱら、バーンステイプル方面を散歩したがったものだから、フェンがひとり放り出されたとたん、自分のなかで自然に湧き起こった反応に従ったことが、リーヴィス父の命を救うことになるのだった。

　シグフォールドからナグズトゥまでは、ひとけのない吹きさらしの荒野地帯が約七マイルほどつづく。もちろん道はある——山裾に沿ってぴんとテープを張ったみたいに伸びる道を行けば、上り下りを繰り返す未舗装の道に出る。ただし夏場を除けば、この道を行く歩行者は車と同じくらいめったにないから、フェンは夕暮れ近くにめざす目的地に到着するまで、ひとっ子ひとり出くわさなかった。途中で立ち止まり、隆起した場所――泥炭とヒースに覆われ、岩が薄くはがれたように露出した場所――をじっと見ていた。想像力たくましい人間がそれなりのアングルから見れば、隆起したさまがなんとなく馬みたいに見えるとも言われる場所だ。そこでフェンはよじ登ることにした。道から見るよりも傾斜は長くきつかった。ごつごつした岩溝《ガリー》を実際に上がってみると、深さはまああだが危なっかしい。それでも、どうにかてっぺんまで無事に登りきった。やがて、来た道を下りはじめたところで――道から離れた斜面にいた――リーヴィス父をたまたま発見したのだ。

彼のからだは、岩をうず高く積み上げてできた山のふもとに横たわり、手足を投げ出し微動だにしない――両手を握りしめ、左足がねじ曲がっている。斜面がかなり急だったので、フェンは遠まわりに這うようにして下りながら、リーヴィス父が生きているという望みをとっくに捨てていた。脈はとれなかったが、持っていたシガレット・ケースを袖で磨き、青ざめてだらりとゆがんだリーヴィス父の口元にあてると、ケースがごくかすかに曇った。道を疾走する車の単調な音が遠くから聞こえてきたので、フェンは振り向いてナグズトゥ側の低い斜面をよろめきながら駆けおり、車の前に立ちはだかって停車させると、パン屋の小型トラックだった。トラックの運転手に緊急の指示を与えて、リーヴィス父のもとへ引き返す。彼を動かしたり応急処置をほどこそうとするのは危険だ、そのまま横たわらせておいたほうがいいと考えて、救援を待つあいだに現場の徹底的な調査に専念した。

とは言うものの、満足のいく成果は得られなかった。岩を積み上げた山のてっぺんからリーヴィス父が落ちたのは間違いない――が、それが偶発的なことか、故意によるものかの証拠はない。地面が乾燥しすぎて足跡が消えていたのだ。ちらっと金色に輝く光がフェンの目に入り、リーヴィス父が倒れていたすぐそばの芝生に懐中時計が落ちているのを見つけた。落下した拍子に着ていたチョッキのポケットからこぼれ落ちたとしても無理はない。時計に触れようとした手をフェンは引っ込めた。指紋を消してしまうかもしれないと思ったのだ（やがて、そんな懸念すらまるで抱こうとしなかったトートン警察の警部が、この気遣いを無駄にしてくれたが）。そこで、この時計がリーヴィス父のものなのかじっくり考えてみたが、そういえば知り合って間もないとはいえ、時計のことや時刻のことなどが話題にのぼったことはまるでなかった……。やがて日もかなり暮れ、作業には不向きなほど暗くなってきたので現場の調査は断念し、フェンは岩のひとつに腰かけてタバコに火をつけた。ささいな動機だけでは殺人未遂の証拠にならないことくらい、よくよく承知している。それでも、フェンのなかで湧き上がったセント・ジョンに対する感情は、これが事故である可能性をまっ先に打ち消すほど強烈なものだった。問題は証拠だ――証拠がなくては。ひたすら考えつづけたフェンだったが、警察と救急車が到着したときですら、なんにも思いつかないのだった。

それから三日経ち、けが人は見舞い客と話ができるまでの快復をみせた。けがの程度はかなりひどいものだった――足一本と手指一本、それに肋骨二本を骨折していた。もし、あの荒野でひと晩じゅう放置されていたら、間違いなくショック状態で命を落としていただろう。だが、ひとたびショックが癒えると、頭蓋骨や内臓には損傷がなかったので、医者が危機は脱したと太鼓判を押してくれた。それだけに、フェンがトートン・コテージ病院へ見舞った際に、けが人が相変らず具合が悪そうで、顔面蒼白、口数も少ないように思えたとするならば——ふむ、それはおそらく、ほかに理由があるせいだ。フェンは病室の入口で、部屋を出ようとしたセント・ジョンとすれ違いざまに、あのふっくらした若々しい顔に、激しい怒りと恐怖の色がちらっと浮かび、そのすぐにあとに鎧戸が落ちて、二人のあいだで当たりさわりのない挨拶が交わされたことにぞっとした。ウェイコット警部にしつこく食い下がり、患者の病室に昼夜を問わず見張りをつけてもらってよかったと、フェンは思ったのだった。

患者本人はといえば、ふつうに見えるよう虚勢を張っていた。「なんとも、まぬけだよ」彼はしわがれた声で囁いた。「あんなふうにバランスを失うとはね。ひとりで外出するたびに、自らの過失で死にそうな目に遭ってはたまらんな。もう、やたらに出歩くのはやめろということか……それはそうと、早くお会いしたかったですよ。第一発見者はあなただとか。偶然通りかかってもらえて、わたしは運がいい……とにかく感謝します。本当にありがとうございます」

しばし二人の会話はぎこちなかった。やがてフェンは、ベッド脇のテーブルに、リーヴィス父の倒れていたそばで見つけた懐中時計があるのに気づいた。手にとり、蓋をぱちっと開けて内部をぼんやり見ると、時計はイギリス製でケースは14金だった。華美ではないが高価なものだ。

「よかった。無傷で」フェンが言った。「いい時計だ」

リーヴィス父は一見さりげないふうにうなずいたが、この見舞い客のことを油断なくじっと見ていた。「ええ、ほっとしましたよ」彼は答えた。「二十一歳になった祝いに父から譲られたもので、絶対に傷つけたくなかったですからね」

「なるほど」フェンは時計をもとの位置にもどした。「さて、そろそろおいとましないと。看護婦に文句を言われてしまう」ところが、病室を出ようと背を向けたとたん、入ったときから半ば無意識のうちにわかっていたものの、この小さな部屋にひとつ足りないものがあることに、いきなり気づいてしまったのだ。「たしか、病室に警備をつけたはずだが」フェンはとがめるように言った。「警官はどうしました？」

リーヴィス父が弱々しい笑みを浮かべて言った。「まったく無意味ですよ。さっき警部さんが来たときに、警備をはずしてくれと頼んだのです。わたしを殺そうとしたものがいるなんて、だれが思いますか」

「いや、思ってますよ。殺されそうになったことは、おわかりのはずです」フェンが言い返した。

「こちらとしては、次はないという確信がもてないんですよ。あなたが快復されるまではね」

「ばかばかしい」リーヴィス父のしわがれた声の激しさは、怒声に近かった。「ばかばかしいったらないな」そう言われては、フェンもおとなしく引き下がるしかなかった。

病院を出たところでフェンは立ち止まり、次にどうすべきか決めあぐねていた。セント・ジョンがナグズトゥの岩場で父親を突き落としたのは、まず間違いない。だが、たとえリーヴィス父に息子を訴える覚悟ができたとしても――そんなことをする気がないのは明らかだし、しかも見張りの警官を病室から追っ払ったとなれば、さっき父子のあいだで急いで口裏をあわせる機会もあったはず——あの忌まわしい若者が罪をおかした証拠はない。再び罪をおかす可能性は？　絶対にあり得ないとは、フェンには思えないのだ。たとえ、どこに危険があるか承知していたとしても、四六時中、警戒を怠らずにいるなんて無理だ。ましてリーヴィス父が、息子がとても危険だということにもはや気づいてしまった以上、たとえ息子から即刻、相続権を奪うだけの分別があったとしても、己の危機を自分の胸にだけしまっておけば、絶えず命の危険にさらされることになる。ひるがえって、警察がナグズトゥでの一件がセント・ジョンのしわざだと明確に示せる証拠を見つけることができて、しかも、警察に把握されていることを本人が知ったなら、父親の身の安全はかなり保証されるだろうし、そんななかでまたも疑惑の事故を起こしたら、あまりに危険が大きすぎるから、そうまでする価値は見出さないはずだ。明確に示せるもの……なにか、ないのか？

いつものフェンなら、偶然が作用してもたいして感動したりしない。ところが今回ばかりは、こうしたことを考えながら、あてもなく歩いているうちに、自分がトートンの小さな町に入り込んでいたことにちょっとばかり驚いたのだ。しかも、先に挙げたきわめて重大な疑問を自らに問いかけながら、はっと我に返ってみると、宝石店のショーウィンドーに陳列された懐中時計をぽかんと見つめている自分に気づいた。「14金、新品同様」と、その時計のラベルには記されていた。表示を目で追ううちに、かつて読んだ本のなかの、とある記述を思い出した。記述を思い出しつつ、フェンは頭のなかでかんたんな計算をしてみた。暗算を終えると、トートンの警察署まで足どりも軽く歩いていき、ウェイコット警部に面会を求めたのだった。

ウェイコットはフェンを大歓迎した、とは言いがたかった。警部は敵意をかなりむきだしにした癇癪持ちで、フェンに対して常によそよそしい態度をとりつづけていたのだ。こんなことくらいでフェンは動じたりしない。警部の軽率さのせいで、あの時計の所有者を特定できたかもしれない指紋が消されてしまったときのほうが、はるかに動揺したものだ。フェンは、リーヴィス父の病室に見張りをつけることだけは、しつこく頼み込んでいた。ところが、そんなことを実現させるのですら、自分が内務省に影響があるなどという（実際にはありもしないのに）露骨な脅しをかけるしかなかったのだから、いまこうして警部から非友好的に出迎えられたからといって、とうてい驚くわけがないのだ。

「無理だね」ウェイコットの口調はいらだっていた。「いいかい、もう済んだことなんだよ。一件落着だ。ミスター・リーヴィスはあれを事故だと主張しているし、わたしの考えるところ、事故以外を考える理由がないんだ。たしかにあの日の午後、息子がバーンステイプルに行ったという証拠はないが、かといって、行かなかったという証拠もない。というわけで、いくらあんたの時間は貴重でなくとも、わたしの時間は貴重なんでね。すまないが、わたしに仕事をさせてくれないかねえ……」

「帰れと言うわけだね？」フェンは穏やかに言った。「おれが伝えるべき話を聞く気はないってことかな？」

ウェイコットが握ったこぶしをデスクに叩きつけた瞬間、インク壺が音を立てて揺れた。「出てってくれと言っているのがわからないか？　それから、その高慢なくちばしを余計なことに突っ込むなと言ってるんだ」

「ふん、ふん」フェンは警部をしげしげながめた。「署長にここに来てもらったら、その目の前でそっくり同じせりふを吐く気か？」フェンの口調が変わった。「よく聞け、ウェイコット。それから、これ以上愚かなまねはやめるんだ。懐中時計がひとつある——よく覚えておくといい——おれがリーヴィス父を発見した際、そばに落ちていたものだ。その時計はいまリーヴィス父の病室にあって、彼はきっぱりこう言った——うるさい、黙って聞け——二十一歳の誕生日に父親からもらったのだ、とね。

だが、いいか、ウェイコット。時計はイギリス製でケースは14金だ。そして14金という純度がこの国で導入されたのは、一九三二年以降のことだ。この年に12金と15金から、いわゆる二つの純度の折衷案、つまりあいだをとった14金に取って代わったんだ。それがなにを意味するね？　さて、いまは一九四九年でリーヴィス父は四十七歳だ。となると、あんたの事件簿を開いてちょっとした計算をすれば、二十一歳の誕生日を祝ってもらった年は一九二三年か一九二四年のはずだ。言い換えれば、あの時計のことで嘘をついてるんだよ。あれは彼のものじゃない。となれば、ウェイコット、なぜ嘘をついているかわかるだろう？」

最初のうちこそウェイコット警部は、フェンの講義にはなにがあろうがそっぽを向くか、もみ消そうという態度でいたが、講義がすすむにつれてしだいに静まりかえり、ついには傍目にも動揺を見せて、すっかり意気消沈してしまった。敗北を示すかのように、椅子の背にどさっと上体をあずけて言った。「つまり、あの懐中時計は、間違いなくあの息子のもので、息子のポケットから落ちたということか？」

「ああ、そういうことだ」

ウェイコットは、このやりとりがなにを暗示するのか、しばし考えていた。「ふうむ。息子のものかどうか、証明するのはたいしてむずかしくもないか……」彼は眉をしかめた。「だが、あれは事故だと父親が言い張るかぎり、事件にはできん。あの時計は息子から借りたとかなんとか、言い逃れることだって可能だ」

「リーヴィス父は、そんなことは言ってない」フェンが言った。「むろん、こちらが遠まわしに言わせようとしていると気づけば、時計の持ち主の件でついた嘘をとたんに引っ込めるかもしれないというおそれはある――こう言うかもしれないな。自分は疲れていて気分も悪く、痛みがあってうんざりしてたから、おれを厄介払いしたさに最初にぱっと頭に浮かんだことをつぶやいた、とかね……見方を変えれば、もし彼にそっくり同じ嘘をつかせることができれば、打つ手はあるかもしれない。どうだろう、ウェイコット。これから病院に行って適当な口実をつくって彼に面会し、彼がおれにしたのと同じ話を引き出せないものかな？ 恐ろしい息子をかばおうとする、あの哀れな男を罠にはめるようなやり方で利用するのは忍びないが、そうしなければ彼を守れないんだ」そしてフェンは、どうすればリーヴィス父を守れるかを、強い信念をもって説明したのだった。

ウェイコットはひとことも発せぬまま、立ち上がって部屋を出ていった。だが、二十分足らずでもどってきた。

「ああ、彼は同じ話を繰り返したよ」ウェイコットが言った。「だから、もしまた追及された場合には、ことば巧みにごまかそうとしても、かなりぎこちないものになるはずだ。だが、それでもやはり事件にはならない、だろ？　いま警察にできるのは、あの若い悪魔に会って、我々は把握してるぞと伝えることだな。そうすれば、この先はおとなしくしてるだろう」ウェイコットはそこで口ごもった。「きっとそれは、わたしの務めだな。だが、やつをとがめようにも、なんの容疑もないとなると……」
「いや」フェンが言った。「あんたじゃなくて、おれの務めだ」

　というわけで同じ日の晩、シグフォールドの宿でジャーヴァス・フェンが訪ねたのは、初対面でいきなり不義なやつだと見抜いてしまった男の部屋だった。飛び交う罵声が階下のパブにいた客たちの耳にまで届き、やがて宿屋の主人は、階下に姿をあらわしたときのフェンが、まるで病人のように顔面汗びっしょりで蒼白だったのを目にしている。あの部屋でどんなやりとりがあったのか、だれひとり知るよしもなかった。ただし、宿屋の主人ならこう言うだろう。あの夜、フェンはほとんど一睡もしなかったはずだ。翌朝、宿代の支払いを済ませて立ち去るときのあの顔が、それを物語っていた、と。

ここではないどこかで

午後七時。

しだいに深まる夕闇が、お茶の時間あたりから勢いなく出てきた霧のせいで、よりいっそう深まっていた。川の対岸に目をやれば、はるか遠方にある、半ば壊れかかった英国フェスティバル（一八五一年の大博覧会百周年を祝い、一九五一～五二年にロンドンで催された博覧会）の建造物群はもはや見えなくなっている。しかも、まだ十月に入ったばかりだというのに、エンバンクメント通りの黒く煤けた街路樹の葉は、かたくななまでに保っていた緑から、この冬最初の寒気に降参して色を変えてしまい、出無精な連中のなかにはもう、暖炉の火の誘惑に打ち克つことができないものもいる。国じゅうが一斉に時計の針をいじくった、国が定めた夏時間《サマータイム》が、まもなく終わる。どうやら、それを待ちきれずにいた自然の女神の命令のほうが、議会の決定よりも数日先んじたのだ。残業帰りでホワイトホールかストランド街でバスに乗ろうと足をはやめた勤め人たちが、寒さにちょっと身震いしてすぼめたその肩に、テムズ川からたちのぼりロンドン市中へじわじわ広がる冷たい霧が忍び寄る……。

　ロンドン警視庁の一角、とある上層階の一室で、とっくに照明をつけたほうがいい時間から二時間以上は経っているというのに、ハンブルビー警部が「宝石泥棒」ともっともらしいラベルを貼ったファイルキャビネットから、シェリー酒の入ったデカンターとグラスを二個とりだし、客の前に並べてみせたものだから、客人はこう言った。「庁内で酒を保管してもいいとは知らなかったよ」

「まさか」ハンブルビーは、動揺したそぶりを微塵も見せずにシェリー酒をついで、こうつづけた。「この建物内でこんなことをするのはわたしだけ。官紀がありますからね……でも、ジャーヴァス、いいんですか？　クラブでも食事ができる店でもいいですから、お先に行っててくださいよ。電話がきたらすぐ合流させてもらいますから」

「いいって」ジャーヴァス・フェンこと、オックスフォード大学の英語英文学教授はきっぱりと首を振った。「ここはすこぶる居心地がいいしね。おまけにシェリー酒があるんじゃあ」――試しに口をつけるなり、フェンがぱっと顔を輝かせた――「こんなうまい酒を置いて出ていけるもんか。だけど電話ってなんだい？　大事な用件なのか？」

「本日の捜査報告待ちです。ミッド・ウェセックス警察犯罪捜査課にいるボルソーヴァーという名で、愛想はいいが重量級ゆえに鈍重な刑事から連絡がくることになっています。わたしが無理やり送り込まれたある事件を彼と捜査中でしてね」ハンブルビーはうれしくなさそうに言った。「粗野な田舎ものの激情がまねいた事件ですよ。火曜水曜と事件現場にいたものの、エルダートン事件の公判でけさ証拠を提出しなければならなかったので、昨日こっちにもどりました。で、ボルソーヴァーから、新たに判明した事実がないか今晩電話で報告がくる予定なんです」

「どんな事件だい？」

「殺人ですよ。今年はこれで二十件目の担当です。美術品の贋作みたいな、平和でめったに起きない事件が専門だったらと思うことがときどきありましてね。ロイド・ジョーンズという、その手の事件を手がけたら庁内ぴか一の同僚なんて、ここ半年間ほとんど仕事がないというのに……

もっとも、嘆いたところで始まりませんし」

「またウェセックスにもどるんだな？」

「ええ、明日――それまでにボルソーヴァーが自力で事件を解決してくれないかぎりは。解決してくれたらいいと思いますし、電話が遅いのもそのせいだと思いたいですな」ハンブルビーはグラスを明かりのほうにかざし、まじめくさった陰気な顔でしげしげとグラスのなかのシェリー酒を見ている。「腹だたしい仕事ですよ。さっさと片がつけば、どんなにうれしいことか。ウェセックスも好きになれません。あの手の田舎は性に合わなくて」

「で、なにが足かせになってるんだ？」

「アリバイです。だれがやったかは判明してます――少なくとも、まず間違いない――ところが、そいつにはアリバイがあって、そのアリバイがどうしても崩せない」

フェンが得意げに、ふんと鼻をならした。このオフィスで座ることのできるただひとつの椅子に長身で細みのからだを無造作に投げだし、きれいにひげをそった血色のよい顔に、安易な妥協は許さないぞと言わんばかりの表情を浮かべている。茶色の髪は水でなでつけていたが、例によって数本ばかり頭頂部でぴんと突っ立っていた。「崩せないかもな」フェンが言った。「まず間違いないってことが、実はまったくの見当違いだったのは、これが初めてじゃないはずだ。とにかく、なにを根拠に間違いないって言えるんだ？」

「まずは、指紋です。そいつの指紋が殺害にかかわった凶器の銃から検出された。たしかに指紋はいささか不鮮明なので、指紋がついた直後にだれかが手袋をはめて銃を使ったという可能性もありますが、指紋は残っていた。ただし、なぜ凶器に自分の指紋がついたかの男の説明は明らかに嘘です——なによりもそいつには、殺人をおかす強い動機がある。というわけで、この事件がどういうものかおわかりでしょう？」

「さてね。いまのところは、まだわからんよ。ま、どのみちディナーのおあずけを食わされているんだ、それまでは時間を有効に使わないとね。事件のことを話してくれよ」

ハンブルビーはため息をつくと腕時計にちらっと目をやり、それから肘の横にある押し黙ったままの電話に視線を移した。すると、肚を決めたのかいきなり立ち上がって窓のカーテンをさっと引き、二つのグラスにシェリー酒をつぎたしてから、デスク前の椅子に座りなおしたときには、長時間の攻撃に耐え抜く戦士のような気構えができていた。両切り葉巻をまさぐりながら、「カシバリー・バードウェルが」といきなり話しだした。「犯行現場です。行ったことはありますか？」フェンが首を振る。「そうですか、異質なものを寄せ集めたような場所でしてね、村《ヴィレッジ》と呼ぶには大きすぎ、町《タウン》と呼ぶには小さすぎる。家のほとんどが湿ったように見える火山岩でできていて、年がら年中、雨が降るとまわりを取り囲む丘陵から、雨水が目抜き通り《メインストリート》へ流れ込む。いちばん近い鉄道駅でさえ数マイル先にしかなく、住民はあらゆる意味で排他的だ。主な産業は——たしか、農業だったはず」ハンブルビーは自信なさそうに言った。「とはいえ、たいして肥沃な土地ではない。周辺の田園地帯にあるのは農場以外に、近寄りがたくてひどく感じの悪い小さな田舎家《コテージ》が数軒ほど。そのうちの一軒に、これから話す物語の主人公が、姉の世話だけを受けて暮らしていた」

「事件はどうなった」フェンがいくぶん苛立ち気味に言った。「前置きはもういい」

「自分の悲運に気づかない」――ハンブルビーがようやく両切り葉巻をさがしあて、卓上ライターで火をつける――「自分の悲運に気づかない、哀れな犠牲者は三十男のジョシュア・レッドロウ、モーセの後継者と同名からして、このへんぴな土地では聖書にちなんで命名する伝統が相変らずつづいているらしいですな――この哀れな犠牲者は……ええっと、なんの話でしたっけ？」

「おいおい、ハンブルビー」

「さて、このジョシュアだが」ハンブルビーは軽々しい話し方から、急に事務的口調にきりかえて話をつづけた。「三十歳、独身、気性はかなり陰気で粗野、農場の雇われ人よりは社会的にいくぶん上という程度だが、農夫だった父親の遺産でなんとか暮らしていた。五歳から十歳ほど年上の姉シサリーに身のまわりの世話をしてもらっていたが、それは姉がこの弟をとりたててかわいがっていたからではなく、できれば夫の世話をしたいのはやまやま、なのにだれからも求婚されたことがないうえ自分の資産もないので、ジョシュアのために家事を切り盛りすることで生計を立てていた。一方でジョシュアは、ヴァシュティ・ウィンターボーンという大柄でがっしりした若い女がお気に入りで、しつこく求婚していたものの、この娘はカシバリー・バードウェルの妖婦《ファム・ファタル》気どりでいた。その娘に会いましたが、あの体格からしてとても妖婦役には向きません。ま、田舎の女性美の基準などおそろしく低いでしょうから……いや、失敬、言いたいことはわかってもらえるでしょう。

さて、ご想像どおり、この田舎くさい魔性の女を崇拝していたのはジョシュアのみにあらず。ライバルがいて、名前はアーサー・ペンジ、地元で金物屋を営んでいる。ということで、ヴァシュティがこの二人の求婚者のうち、どちらと結婚するつもりか決断のときが迫っていると知られていた。さしあたって、二人の男は険悪な関係となり、敵意はむきだし、しかも最近ではジョシュアの姉シサリーがペンジに惚れていることもわかって、事態はますますややこしくなり、もともと三角関係だったのが——つまり、その——四角関係になってしまった。かくして、もろもろの感情がもつれあい一触即発——やがて、本当に爆発してしまったというわけです。

前置きがかなり長くなってしまいましたが」と言いつつハンブルビーは、むしろもったいぶってつづけた。「引きつづき、この前の土曜から日曜にかけて起きたことをくわしくお聞かせしましょう。まず土曜日、衆人環視のもとで喧嘩が、それもかなり派手な喧嘩がジョシュアとシサリー、ペンジのあいだで繰り広げられた。このけた外れな大喧嘩が起きたのは、〈ゆかいな田舎者亭〉という、カシバリーに二軒あるパブのうちのどうにか嫌悪をもよおさずに済むほうの一階ホールでのこと。喧嘩の中身はこうです。（a）ペンジがジョシュアに、ヴァシュティをあきらめなと告げ、（b）シサリーがペンジに、ワシュティなんてやめて代わりに自分を妻にしてと迫り、（c）ペンジがシサリーに、あんたとの結婚を夢みるやつがいたらそいつははっきり言って頭がおかしいと言い返し、（d）ジョシュアはペンジに、この先もヴァシュティから手を引かねえなら大喜びでてめえの喉をかっ切ってやると言った。ほかにもさまざまな問題が、いわばおまけでもちだされたようですが、要点はいまここに挙げたもので、けっきょくこの三人がばらばらに店を出て家路につくころには、こぞって相手をなにがなんでも許せない気分になっていても、そりゃあ当然のことだったでしょうな。

　この喧嘩がまったく嘘偽りのないものだったことを、どうか心に留めておいてください。あえてこんなことを言うのは、ペンジとシサリーがぐるではないか、つまり、二人の喧嘩は見せかけだったかもしれないと疑い、わたしとボルソーヴァーが相当な労力を費やして捜査をしたからです。だが、我々が目撃者たちに尋ねたところ、そんな疑いは一蹴されました。彼らはあからさまにこう言いましたよ。シサリーが芝居をしてたかって？　ぜってえありっこねえな、と。その証言を信じるしかないうえに、目撃者のなかには地元の医者もいて、シサリーが喧嘩のあとで起こしたヒステリー発作を処置すべく呼びつけられていたので、なおさら信じるしかありません。というわけで、この点では二人が結託した可能性はゼロ。もっとも、ペンジが喧嘩のあとでシサリーを訪ね、へりくだった態度で求婚したとしても、彼女が許さないかといえば話は別です。なにしろ、悔い改めた求婚者の過去のふるまいに激怒できるほど、のんびり構えていられるお歳じゃないですし。だが、確固たる事実として、喧嘩のあとから翌日殺人が起こるまでのあいだ、ペンジがシサリーを訪ねたり、あるいはなんらかの方法で連絡をとったという事実は皆無です。幕間《まくあい》のたった一時間（のうち、ペンジが殺人をおかしたに違いない三十分間）を別にすれば、ペンジの行動は喧嘩のあとから日曜深夜まで完全に説明がつくうえ、そのたった一時間のあいだに（もしかしたら）ペンジが詫びを入れに訪ねていったかもしれないが、この間シサリーのもとには客が二人訪れていて、その客たちの証言によれば、ペンジがシサリーに近づいた痕跡はまったくなかったという」

「つまり」フェンが口をはさんだ。「シサリーとペンジの共謀説が成り立てば、きみの抱えているアリバイ問題は解決していたはずってことか」

「それを示せたら、間違いなく解決です。ところが実際は、証拠があることで解決がさまたげられている――そのことは認めねばなりません……ただ、当面は話の先を急がせてもらいます」

（おれが止めているわけじゃないぞ」とフェンがぼやいてみせた。）「次に念頭に置くべきは、日曜の朝、シサリーが木から落ちて足首を骨折したことです」

「木から落ちた？」

「リンゴの木からです。リンゴをもぎ取ろうとしたらしい。とにかく、シサリーはこの事故のせいで当然動けなくなり、となれば、弟ジョシュア殺しの容疑から排除されます。なぜなら死体発見現場は、姉弟のコテージからかなり離れたところでしたから」

「死体の発見現場が、殺害現場とみてるんだな？」

「間違いありません。銃弾は気の毒な男の頭部をみごとに貫通し、その背後にあった木の幹にめり込んでいた――これは、必死ででっちあげようとしても無理なこと。二発目の銃弾を幹に打ち込んだところで無駄です。なにしろめり込んだ銃弾には、ごく微量ながら人間の血と脳みそがついていなければならず……だからシサリーは無実だ。彼女が松葉杖をつき足を引きずって数マイル歩いてでも弟を殺しにいくなんて、とても想像できませんよ。

殺人事件が発覚したのは夜の十時ごろ、とある会合から帰る集団がいて、うちひとりが暗闇のなかでジョシュアの死体につまずいたことで判明したが、この集団には事件で重要な鍵を握る人物が皆無なので具体的な説明は省きます。発見現場は、ジョシュアのコテージとカシバリーの中心部を最短で結ぶ、多少はひとの往来がある小道で、コテージからはおよそ二マイル、カシバリーの中心部からはおよそ一マイル離れた地点。で、現場に関するこまごました説明を避けるため、捜査段階で判明したこと――足跡や死体の位置、イバラに引っかかった服の糸くずなど、どれも手がかりにならないことを急いで報告しときますよ。しかしながら、たったひとつだけ重要な手がかりがありました。リヴォルバー――旧式の45口径の立派な拳銃――を、ボルソーヴァーが現場から少し離れた生垣を押しわけ探しあてたところ、それには指紋がいくつか鮮明に残っていたのです。

　さて、これまでのところ、残念ながらこの拳銃に関してはなにも――銃の持ち主や来歴といったことなどは、突きとめていません。首相のものかもしれないし、カンタベリー大主教のものかもしれないが、それはわからない。もっとも、指紋があれば拳銃の出所を調べるのは数日先に延ばしてもさしつかえないわけで、当然ながら当面の捜査方針はジョシュア殺害の動機を明らかにし、疑わしき人物の指紋を首尾よく手にいれて拳銃の指紋と照合すること――すると、すぐにペンジが捜査線上に浮かびました。なにしろカシバリーに五分もいれば、ペンジ―ヴァシュティ―ジョシュアの三角関係の噂を微にいり細にいり聞かされずにすごすことなんて不可能なんですよ。つまり、ペンジには嫉妬という動機があった――ヴァシュティのような女ごときのために殺人をおかすなんて思いもよらんが、かつて一文なしの六十八歳の老女をめぐって痴情《クリム・パスィオネル》のもつれによる殺人が起きたことは知っているし、統計を見ればわが国で発生した殺人事件の動機のうち実に半数が、色恋沙汰にまつわるもの。特にその分野ではなにが起ころうが驚かないつもりです——だから、ペンジには殺人の動機があった。しかも彼の指紋と拳銃にあったいくつかの指紋を比べたところ、同一のものが二組あったのです。

　ようやく、この状況証拠についてペンジに説明を求めるだんになると、先ほど話したように彼は白々しい嘘をついた。銃に触れたのは事件の三日前のことで、この日（よりにもよって！）ジョシュアがペンジの店に銃を持ち込み、台尻にできたひびが直せないか相談にきたというんです。だがその日、ジョシュアは終日ドーチェスター（ドーセット州の州都）にいたことがわかっていたので、カシバリーにある金物屋へ行けるはずはないと指摘すると、ペンジは動揺を見せて矛盾したことを言いはじめ、ついにはすっかり黙り込んでしまった。そして、二枚貝のごとく口を閉ざした状態がずっとつづいている——彼にすれば、とても賢明ですがね。

　しかしながら、こっちも予測はしていたので、拳銃のことをペンジに問い詰める前にジョシュアの死亡時刻をきっちり調べておいた。医師が検死にくるのが遅れて医学的な判定が正確には出せず、午後六時から十時のあいだと推定するのが関の山でしたが。ところが、ご婦人二人がこう申し出てくれた。生きているジョシュアを午後七時に見た、と。ご婦人がたはシサリーが骨折したと聞いて、コテージへ見舞いに行ったちょうどそのときに、ジョシュアの姿をちらっと見たそうです。とはいえ彼はすぐ姿を消してしまい（ご婦人がたと顔を合わせたせいでしょうな）、それ以降は二人とも二度と彼を見かけなかったという。とくれば次にやるべきは、シサリー本人と話すこと。月曜の朝早く——殺人のあった翌朝のこと——ボルソーヴァーへ捜査を引き継いだ地元の巡査部長が頭のきれる男だったので、後任者がシサリーのコテージに向かう前に賢明にもこう警告してくれました。あの女はヒステリーを起こしやすいので、もし証言が役立ちそうなら——犯行を裏づける判断材料にできそうなら、彼女のことは慎重に扱うべきだ、と。ところが、運がめぐってきたというべきか、シサリーはまだ事件のことを知りませんでした。その理由としては、（a）あの晩ジョシュアはどのみち家を留守にする予定だったので、弟が帰らないのを姉は心配していなかったこと、（b）地元警察の巡査部長がもともと秘密主義者だったので、この事件を知り得たもの全員に、許可が出るまでけっして公言しないと誓わせていたこと、の二つがあった。その結果、ボルソーヴァーはシサリーに弟の死を告げる前に、肝心要の質問ができたうえ——これも幸いなことに、シサリーが弟の死を告げられるなりヒステリー発作を起こしてしまい、以後、医者が彼女との会話を厳禁したのです。いずれにせよ彼女の証言によれば、ジョシュアはあの日曜の晩、負傷した姉が寝床に落ちつくのを見届けると、（見舞い客が帰ってから一時間十五分ほど経った）八時十五分ごろにコテージを出て、カシバリーまで歩いてドーチェスター行きのバスに乗り、かの地で友人とすごす予定だった。そしてそこから言えるのは、ジョシュア本人が殺された現場に九時十五分前よりずっと早い時間に到達するのは、どうやっても不可能だということなんですよ。

というわけで当然ながら、次にとりかかったのはペンジのあの晩のアリバイを洗うこと。すると、容疑者にはあの晩、彼と利害関係のない目撃者の証言が得られない時間帯が二つあった——

ひとつは夜七時から八時のあいだ（これはたいして重要な時間帯ではありません）、次に八時半から九時のあいだ。そう、まさに後者の時間帯がどんぴしゃりでした。しかもペンジは九時十五分前ころ、現場近くでその姿を目撃されていた、という証言が得られると、我々はすんなり逮捕状をとろうとしたのです。

ところが、ジャーヴァス、この時点で捜査はしっちゃかめっちゃかになってしまいました。ペンジは八時半から九時までのアリバイについて嘘をついている。それはこちらもわかっていたが、わからないこともあった。八時二十分過ぎから九時十分過ぎまでのあいだ、二組のカップルが殺人現場から数フィート足らずのところでいちゃついてまして、四人のうちのだれひとりとして、この時間帯に銃声を聞いたものがいないのです。

消音装置《サイレンサー》のことを持ち出しても無駄です。いくらサイレンサーを使っても、静かな夜なら銃声は聞こえてしまうもの。言うなれば、はい、それまでよってことですよ。ペンジがジョシュアを撃ったのはたしかだ。だが、八時半から九時までのあいだは発砲していない。おまけに、シサリーがペンジをかばうために嘘をついていないかぎり――そんなことはまずあり得ない。いずれにせよ、ボルソーヴァーのほうは、弟が殺されたと聞かされたときのシサリーが口もきけないほどのショックを受けていたことは、聖書に誓ってもいいとまで言っている――シサリーが嘘をついていないのなら、ペンジは七時から八時のあいだも殺害はできない、ということになってしまうんですよ」

ハンブルビーは両切り葉巻の火をもみ消し、前のめりになって真剣な表情を浮かべた。「けど、ジャーヴァス、ペンジはなんらかの手段でやっているんです。やつの嘘だけなら有罪だと確信できるのに。それに、やつはかなり巧妙なトリックめいたものをひねり出したはずなのに、それがとんとわからない。まったく、頭が痛くなりますよ」

ハンブルビーが話しおえると長い沈黙が流れた。ホワイトホールを行き交う車の騒音は先ほどまで絶え間なく聞こえていたが、いつの間にか途切れ途切れのうなりに変わり、ビッグベンの鐘の音が八時十五分前を告げた。やがてフェンは咳払いをして、控えめな口調で話しはじめた。

「もちろん聞きたいことはたくさんある。だが、これまでに提示してくれた証拠から考えると、かなり単純なトリックじゃないかね」

ハンブルビーが不満げな声をもらした。

「もしペンジのアリバイが完璧だとすれば」フェンはつづけた。「それは、完璧なアリバイだからだ。だが同時に、ジョシュアをどう殺害したかもかんたんにわかるんだよ」

「まさか」ハンブルビーは、かなり自分を抑えて言った。

「かんたんだよ。いいかい、きみたちはこの事件を逆さまに見ていたんだ。おれが思うに、この状況からわかるのは、ペンジにはアリバイがなくてもいいが、死体にはアリバイがないとまずいってことなんだ」

「死体に?」ハンブルビーが啞然として、フェンのことばを繰り返した。

「そうさ!　ジョシュアが家を出た時刻についてシサリーが嘘をついていたとしたら――つまり、もっと早い時間に出かけていたとしたら――ペンジは七時から八時のあいだにジョシュアを殺せたことになる」

「でも、それはとっくに説明したように――」

「あれは、シサリーがペンジのために嘘をつくなんてあり得ないって話だろ？　それはそのとおりかもしれない。じゃ、弟のために嘘はついていないか？　もしジョシュアがポケットに拳銃を忍ばせてペンジを殺しにいくつもりだったなら、もしシサリーが弟から、だれかに聞かれたら実際に家を出た時刻よりはるかに遅い時刻に出かけたことにしてくれと頼まれていたのなら。そしてもし、彼女が警察にこの件で尋問されたあとで、死んだのは弟が殺そうとした相手ではなく弟本人だったことを知ったとしたら、すっかり説明がつかないか？」

「ということは――」

「ということは、ジョシュアがペンジを殺すつもりだったのさ。例の若い娘に愛されたライバルをね。だからジョシュアは、（ペンジに公然と侮辱された）姉と申し合わせておいた。必要とあらばアリバイ工作をしてくれ、と。そして、そのときがきてみたら――」

「ああ、なるほど。そのときがきたら……」

「いや、もちろん、わからんよ。だが、その計画はどうやら失敗した――ペンジがジョシュアともみあううちに拳銃を奪い、自分の身を守るために相手を撃ち殺した。するとどうだい、彼には完璧なアリバイができた――みごとな皮肉だが――敵がくれたんだぜ。アベックが現場近くをうろついていなかったら、せっかくのアリバイも無駄になったがね。だってペンジは、犯行後に現場にもどっているだろ？――しかしどうしてまた、もどったりしたのか。おそらく――」

「病的な誘惑ですよ」ハンブルビーが口をはさんだ。「これまで、いくたびも繰り返されてきた……しかし、わたしとしたことが！　なんとまぬけな。しかも、言われてみればそれだけが唯一説明がつく。ただし問題は、証拠がないこと」

「きっと出てくるさ。シサリーが面会謝絶を解かれて事態をすっかり知ったとたんに。彼女はペンジに腹を立てているというきみの説が正しければ、嘘をつきとおしてまで弟を殺した相手の容疑を晴らそうとするはずはない」そう言うなり、フェンの顔がくもった。「とは思ってみたものの、さて自分がペンジだったら――」

　耳をつんざくばかりに電話が鳴り響いたので、ハンブルビーが受話器をひっつかんだ。「もしもし。そうだ。つないでくれ……ボルソーヴァーだね？」しばし長い沈黙。「そうか、わかったのか。わたしもだ――たったいまわかったんだ……もう一度聴取するのなら――え、なんだって？」激しい怒りと驚きがないまぜとなった甲高い声を響かせたかと思うと、ハンブルビーは急に黙り込み、受話器の向こうで自暴自棄ぎみに電話が切れる音がしたあとも、しばらく受話器を押しあてたままだった。ようやく受話器を置いたときの彼の丸い顔は、憂鬱さをたたえた画家の顔みたいだった。

「ボルソーヴァーも同じことを思いついたそうで」ハンブルビーの声は沈んでいた。「だが、少々遅すぎました。彼がシサリーの枕元を訪ねる数時間も前に、ペンジがとっくに訪ねていた……二人は結婚するそうです。ええ、シサリーとペンジですよ。あの喧嘩でのペンジの侮辱をシサリーは許したんです――彼女が彼にべた惚れだったとはさっき話しましたね？　ボルソーヴァーが言ってました。あんなに愛想がよくて思いやり深く、礼儀をわきまえて優しげな未来の花婿なんて初めて見た、と。そしてもちろん、シサリーはジョシュアが家を出た時刻について前言撤回するつもりはないらしい。ボルソーヴァーはこうも言ってました。彼女はペンジのきらきらお目目にすっかりやられて、証言をひるがえさないんですと」

それを聞いてフェンが立ち上がった。「さてさて、もはやペンジを被告人席に送り込むのは無理となったわけだ。とはいえ、彼に真実を打ち明ける勇気があれば、正当防衛が認められただろうに」

「わたしにせいぜい言えるのは」――ハンブルビーも立ち上がった。――「本当に正当防衛であってほしいということです。でなければ正義は――」

「正義だって?」フェンは帽子をとろうと手を伸ばした。「おれがきみだったら、そんなことでおおいに気をもんだりしないな。いいかい、ここに自分の夫が弟殺しの犯人だと知っている妻がいる。一方で、妻のたったひとことで己の自由と、ことによれば――事態がややこしくなれば――命すら危うくなる夫がいる。しかもお互いに、相手が気づいていることもわかっている。いま妻は夫を愛しているが、その気持ちが失せる日がくるかもしれず、そうなったら夫の恐怖の日々の始まりだ。妻は夫が自分を愛してくれていると思っていたが、そうではないことに気づいてしまう日がくるだろう。そうなったら妻は夫に嫌悪を覚えはじめ、どうすれば夫をいためつけることができるか思いめぐらすようになり、やがて夫も妻の思いに気づいて、妻は夫に気づかれたことを知り、となれば夫になにかされやしないかと気をもみはじめる……。

正義だって？　なあ、ハンブルビー、ディナーを食べにいこうじゃないか。正義はとっくにな
されたんだよ」

決め手

ジョージ・コッパーフィールド警部《インスペクター》は、警官のなかでも羨望のまなざしを向けられる少数派警官のひとりで、たいていは仕事がほとんどない。ラムパウンドという地がコッパーフィールド警部の管轄で、治安は維持され、交通違反は少なく、酔漢はさらに少なく、凶悪犯罪は皆無に等しい。しかも警部は、パブの営業時間や車の駐停車に関する取締り強化やらも——彼ほどは賢くない警官がやれば、取締りに熱中しすぎてしまって——仕事がとどこおる口実にしないだけの賢明さをもっていた。それよりも、空き時間には『よい文章の書き方』と題する本を参考にして、報告書の文体に磨きをかけることにいそしんだ。いつもより気分が高揚しているときなどは、退屈きわまりない職についてしまったせいで、ムッシュウ・シムノンばりの真に迫ったミステリーの書き手のような、実入りのいい職につき損なったかと勘違いしてしまうことも、あるにはあったけれど。

ラムパウンドは、存在理由《レーゾンデートル》を説明するのが意外なほどむずかしい町だ。幹線道路の交差点近くにあるとか、防衛上重要だから発展したというわけではない。戦略上重要な箇所が川なかにあるわけでもなく、リゾート地でも景勝地でもない。ベッドタウンでもなければ、司教区だったこともなかった。要するに、軍事上も宗教上も商工業分野においても、見出すべきものがなにひとつないことこそ、ラムパウンドの「存在理由」をじゅうぶん説明していると言えるかもしれない。

それでもとにかく、この町は存在する。とりたてて新しくもなければ古くもないし、格別大きくもなければ小さくもない。際立って豊かでもないし、逆にひどく貧しくもない。活気にあふれてもいなければ活気がないわけでもないし、魅力的でもなければ見苦しくもない。要するに、イギリス南部の繁栄によってやたら生みだされた、数ある町のなかでも凡庸で、運のいい下院議員が下院で守ろうとするほどの特別な利権もなければ、長寿という万人普遍の望み以外に特別な目標をもたない町なのだ。「だったら」と問いただしたくなるかもしれない。「その町の住民たちは、どうやって生計を立てているのか？」と。答えはかんたん。住民は持ちつ持たれつで生活していた。弁護士は、食料品店の主人に法的な助言をすることで食料品をまかない、食料品店の店主は薬剤師に砂糖を提供することで薬代をまかなう――などというように。むろんラムパウンド内で自給自足が完璧になされているわけではなく、ある程度の――経済学者らの専門用語でいう――商品やサービスは、町の外から調達していた。だがこれらとて、つまるところその代金を支払っているのは引退した多くの公僕たちで、彼らはかつて自分たちの現役時代にひたっていたぬるま湯のような雰囲気を――それは単刀直入に言えば、国民が払った税金で支えていたのだが――このラムパウンドの地でも味わえることに気づいたのだ。我々の税金の一部が、まわりまわって公僕たちの年金につながり、挙句はこの不可解で無益な町を生きながらえさせているとしたら、税金の使い道を考えなおしたほうがいいかもしれない。

少なくとも、ここラムパウンドの人々の幸せに貢献している以外に、なんの利益ももたらさないのだ。村人たちはそれでいいと思っている。コッパーフィールド警部はこの地で生まれ育ったから、むろんよしとしていた。そこで警部に、ラムパウンドにすっかり定着しているこの悠長な物々交換の儀式のなかで、ブランチ・ビニーがはたしてどの段階で登場するのかと尋ねたら、町の「不名誉な部分」に登場するのだとしぶしぶ認めたことだろう。それだけに、ブランチが殺害されたことは、警部にすればひどい悲劇というわけではなかった。積年の諸悪の根源が排除されたと同時に、実体のある仕事が自分にまわってきたという、二重の価値がもたらされたのだから――なにしろ警部は、働きに見合った給料を受け取りたいと考える実直な男だったし、受け取る給料の中身には、自分がいそしんできた仕事として「表現は明快に」だったり「専門用語は避ける」といった文体磨きの心得なども含まれている、なんてふりをすることに虚しさを覚えていたのだ。むろん、警部にとっても殺人は青天の霹靂だ。日ごろ人間味にあふれるひとだけに、警部は暴力をけっして許さなかった。だがその一方で、もしラムパウンドで殺されるはめになる人物がいるとすれば、それはブランチ・ビニーをおいてほかにいない。この若い女の恥ずべき行為の数々により引っかきまわされた家庭はひとつにとどまらなかったし、彼女のふしだらな色香に迷った男の数は、この十年で数えきれないほど増えていたのだから。

　殺害前のこうした状況を考慮すると、事件解決は困難を呈しているように思われた。ブランチ・ビニーは五月のとある日、昼食の直後に自宅の居間にある暖炉前の敷物の上で絞殺されていたが、それがイギリスでの殺人事件の十八番のひとつ、痴情のもつれによる殺人《クリム・パスィオネル》なのかどうかは、まだはっきりしなかった。なにしろラムパウンドには男がおおぜいいる。既婚も未婚も、老いも若きも、あけっぴろげなものも隠しだてしたがるものもいた。そうした男たちが、ブランチの寛大すぎる愛情に腹を立てたのかもしれなかったし、となると当初は、容疑者の絞り込みが途方もなく広範囲にわたりそうに思われたのだ。幸いなことに、その範囲を劇的にせばめるのに役立った要素が出てきて、その筆頭にあがったのが「指輪の手がかり」だった。かつて、ブランチはただ一度だけ、婚約していたことがあった――相手はハリー・レヴィットという、出所不明の「不労所得」を得ながらトゥエルフォード通りにある古い家にひとりで暮らしている男で、婚約時には当然ながらブランチに婚約指輪を――深紅の大きなルビーの周囲にぐるっと粒ダイヤがあしらわれたプラチナの高価な指輪を贈った。ところが婚約解消となったのに、ブランチは指輪を返却しなかった。たとえ指輪を返したくても返せなかったというのが実情で、これもなにかの罰あたりなのか、彼女は急にぶくぶくと肉づきがよくなってしまい、殺害された時点では、もはやその指輪はヤスリでも使わないかぎり指から抜けなくなっていたのだった。

この事実こそ、コッパーフィールド警部がつかんだ手がかりだった。ブランチの指輪をした側の手が、殺されたあとにおぞましくも切り落とされ、犯人が持ち去ってしまっていたのだ――そして、この指輪を欲しがる人物といえば、正当な所有者であるはずのハリー・レヴィットをおいてほかにいるわけがない！　おまけにレヴィットは、ブランチが殺された時間帯に彼女の自宅そばで身を潜めていたのを数人に目撃されていて、彼がその近隣で用があるとすれば、相手はおそらく彼女のはず。とはいえ、コッパーフィールド警部は早合点するような男ではなかった。目撃者に沈黙を守るよう念を押すと（情報に助けられるのは、警察よりも犯罪者のほうが多いことを警部は経験から知っていた）、可能なかぎり事件当日のレヴィットの行動をたどってから、本人に話を聞くことしたのだ。そうしたなかで浮上してきたのが、バーニー・クーパーなる人物だった。

この国には、探偵を自称するアマチュアはわんさといる。とはいえ、バーニーのように、殺人事件で有罪とする決定的な証拠を警察に提供できる人物はめったにいない。今回の事件で証拠があらわになったのは、専門知識よりも偶然に頼ったおかげであり、バーニーが犯罪学を本格的に研究していたからではなく、空想にふける男だったからだ。まじめな犯罪研究者よりも空想にふけるもののほうが警察には役に立つという前例をバーニーはつくったのだ。さらに彼について説明を加えておくと、小柄で褐色の肌をした男で妻の尻に敷かれっぱなし、愛想のなさは救いがたく、ぼんやりぶりも救いがたかった。新聞に載った未解決事件のことをそれとなく横柄で自慢げに語ってきかせるたびに、同僚は面白がり、上司は我慢した。どこにでもいるような人物でふだんは目立たず、本人が死ぬか行方不明になってさえも、いないことにまるで気づかれないような男だ。己が有頂天になるという宿命にはまるで気づかずに、バーニーはこの日最初の、第18路線のバスを運行する午後の勤務《シフト》を終えて、きっかり三時四十七分に町の大通り《ハイストリート》にある終点にもどってきた。芝居がかった事の成り行きはこうして始まり、三か月後には、絞首刑小屋で終わることになるのである。

ラムパウンドがラムパウンドたり得るのは、バス発着所の周辺に注目すべきものがなにもないからだ。実際、目にするのはほかの数多くの発着所でもやたら目にする光景――金文字を記したコンクリート造りのファサードに、背の高いアーチの下を赤い二階建てバスが酔っ払った象みたいにふらふらと滑り込むように入り、ガラス張りの屋根の下でブーンという轟音を響かせている。うら寂しい待合室や役立たずの案内所、それから管理部門などにわかれたいくつもの部屋が、発着所の構内を見わたすようにして縮めた真四角の箱みたいに並んでいる。こうした部屋のひとつ――所長室――で、コッパーフィールド警部は第18路線のバスが到着するのを待っていた。やがて、しょぼくれて背を丸め、タバコをくわえたままポケットのなかをまさぐりライターを探すのにもたつくバーニーが、地面に足をつけるかつけないかのうちに、クリットルという同僚の車掌に呼びとめられた。

「よう、バーニー!」とクリットル。「お呼びだ。インスペクターが話があるってよ」

「コッパーフィールドが?」バーニーは目を見張った。「いったい、なんだよ」

「さてね。事務所でお待ちかねだ。お前、弁護士がいるんじゃねえか?」

「だまれ!」バーニーはむっとして、所長室に向かった――建物に目をやると、ひどく煤けたガラス窓の向こうに、青い制服に身を包んだコッパーフィールドの大柄な姿が見えた。

ところが、警部が気さくな雰囲気だったのでバーニーの漠然とした不安はひっこんで、所長が巻き添えは勘弁だという思いを全身から発しながら席をはずしたとたん、二人はすぐ本題に入った。バーニーは答えた。おお、そうです。ハリー・レヴィットのことは、そりゃよく知ってます。当然でしょ? で、やつがどうしたっていうんです? なんか揉めごとでも?――巻き込まれたのが自分ならことばを選ぼうというものだが、そうではないとわかれば、バーニーの口からはぺらぺらとレヴィットの話が出てきて――

コッパーフィールドは、この男の無駄話を本来の目的だった質問をぶつけることで、かなり唐突に中断させた。けれども、それに対するバーニーの返事は失望させられるものだった。トゥエルフォード行きのバスこそ、ハリー・レヴィットが殺人をおかした直後に急いで家に帰るとしたら乗っているはずのバスなのだが。残念ながら、レヴィットはそのバスどころか、その日バスには乗っていなかった。そして、このまま面談が終わったかもしれないのに、バーニーが素人探偵ぶりを発揮したくてたまらずにいることに警部は以前から気づいていたのと、この小柄な男のことがちょっと気に入ったので、事件の顛末をざっと説明してやるまでに打ち解けたのだった。その結果、バーニーはその日の勤務の残りを未解決事件の迷路にはまりこんだままこなすことになり、レヴィットの家の前を通過するたびに、ものすごい形相で睨みつけるためだけにバスを一時停車させたほどだった。

だが、ひたすら頭をひねりつづけたものの、晩になっても成果は得られなかった。バーニーは夕食を——夫が大嫌いなことを承知で妻がつくったレバー料理を——食べ終え、行きつけのパブに行く途中で、こんどは警察署から出てきた警部と出くわしたので、大胆にも、捜査に進展があったかを思い切って聞いてみた。そう、進展はあったそうだ——ところが、相反するたぐいのものばっかりだった、とも。

「くれぐれもこれは内密に頼むよ」警部はつづけた。「事件については、なんにも教えちゃいけないことになっているんだが、まあ、それを聞きたいのがきみの道楽だと承知してるからねえ……レヴィットはブランチの家近くにいた理由をこう釈明したよ。指輪を返せと何度も頼みにいこうとしたが、どたん場で考え直してやめたのだ、と。それは〝あり得る〟とは思うが、わたしには少しばかり見え透いたものに聞こえてね」

「同感だね」バーニーが裁き役みたいな口をきいた。「警部さん、あんましわかってないね？　だれだって奇妙なことをやっちまうときがあるもんなんだよ……指紋なんかは、出なかったんだろ？」

「まともなのはひとつもね。切り刻むのに使った石炭用斧にすらなかった」

バーニーはうなずいた。「計画的だな。よっぽどのわけがないかぎり、いえんなかで手袋をはめたりしないもんだ……斧なんかにふき取ったあともなかったんだろ？」

「その推理は間違っているね」コッパーフィールドがうれしそうに言った。「というのも、指紋はふき取られていたんだよ。いやね、わたしが思うに、この犯行は強い衝動にかられてとっさにやってしまったんじゃないかな。それにハリー・レヴィットは――」

「レヴィットのやつ、癇癪を起こしたに決まってるさ。とはいえ、だれだっておんなじことをするだろうけどな」

「捜査の第一歩は、わかりきっていることから着手するものと決まっている」コッパーフィールドは教師然として言った。「うん、きみはいい線をいってるよ。それこそ、わたしがやってきたことだからね。たとえば、令状をとってレヴィットの家と庭を捜索する――まず真っ先にこれをやったんだよ」

「で、どうでした？」バーニーが熱心に尋ねた。

コッパーフィールドは首を振った。「なんにも。手も指輪も、かけらさえ出てこなかった」

「それはそれは……」バーニーが言った。「隠し壁なんかが、あったりして？」

「いや、なかったね。さて、もう帰らねば」警部は、警官らしいやり方で背筋をぴんと伸ばした。「じゃあ、バーニー、くれぐれも他言は無用だぞ。まだ逮捕に至るじゅうぶんな証拠がないし、そうこうするうち、無視できない悪い噂なんかが出てきたりしたら……あの家は明日あらためて捜査するつもりだ。でも、いいかい——黙っててくれよ」警部の姿が見えなくなると、バーニーは行きかけていた〈雉亭〉めざして再び歩き出しながら、ひどく考え込んでしまった。

「隠し壁なんてない……か」彼はなにげなく、冗談めかして声に出してみたものの、その夜の一杯をやりながら、ふと、いま自分は、自分が知っていること以上の真実を口にしたかもしれないことに気づいてしまった。大工だったバーニーの祖父がかつて手がけた家のなかに、いまハリー・レヴィットが住んでいる家があったのだ。こうした家には、特別注文で秘密の隠れ場所をつくったこともあったという——それはひとつには、現在のような金庫が発明される以前だったので、そうした場所《カシェ》があると純粋に役立ったわけで、もうひとつには、子どもじみた遊び心にかられてつくったのだろう。バーニーはハリー・レヴィットが住む「楡の木荘《エルムズ》」に、そんな芝居がかった場所が仕込まれていたかどうか即座には思い出せなかった。とはいえ、警部の話を聞くかぎりこれだけははっきりしていた。警察はそんな場所があるなんて思いも寄らないでいるが、それは同時に、十年も住んでいるレヴィットがその存在に気づく機会はじゅうぶんにあったということでもある。本当にそんな場所があれば、の話ではあるけれど。

その夜、バーニーは〈雉亭〉をいつもより早く出た。店は殺人事件の一報にざわめきたち、事件をどう思うかと面白半分で彼に意見を求める客が少なからずいた。ところが、だれに聞かれても、バーニーは妙に曖昧なやり方で答えを拒否したものだから、沈黙が多弁であるよりも強烈な印象を与えてしまったのだ。妻でさえ、やっと家に帰り着いた夫に衝撃を受けたほどだ。夫がなににどうかかわろうがふだんはまるで印象に残らないのに、のちに夫人は語っているが、あの晩だけは夫が〝どっかへん〟だったから、自分はなるべくじいっと黙り込んだまま、屋根裏へつづく階段を昇っていく夫を見送ったのだった。

ところでクーパー夫人の目下の不満のひとつが、いまの家が夫婦二人で住むには広すぎることだった。この件に関しては、妻のほうには愚痴をこぼすだけの理由がたっぷりあった。ところがバーニーときたら、法外な家賃の支払いを強いられているにもかかわらず、一族への忠誠心という、本人すら正当化したり釈明するのがむずかしい曖昧な思いだけでこの家に固執していたわけで、とはいえ、それほどまでに彼が譲らずにいることは、ほかにはほとんどない。彼はこう言った。この家を建てたのは、おれのじいさまなんだぞ！　そしてそのことだけで――どうやら本人としては――じゅうぶんな説明になっていると思っているようだった。実際、彼の祖父はこの家をそれほど上手に建ててはいなかったけれど、大きな家にしたのだけは間違いない。おまけに屋根裏部屋も相当に広いが、三世代かけて集めまくったガラクタがぎっしり詰め込まれていて、バーニーは先祖が残した書類のありかを突きとめるのにほぼ三十分かかったうえに、その書類のなかから楡の木荘の黄ばんで線の消えかかった設計図を見つけだすのにさらに二十分かかってしまったのだ。だが、それだけの時間をかけただけあって、楡の木荘に〝カシェ〟が実際にあることはつかんだ。書斎の暖炉の左右にほどこされた薔薇形装飾《ロゼット》の回り縁《モールディング》が可動式のようだ。右のロゼットを時計回りに一回、左のロゼットを反時計回りに一回まわすと、中央にある鉄の一枚板がはずれて、その奥は空洞になっているのだ。バーニーは考えた。切断した腕を隠すなら、ここしかない！　だとしたら……。

　夫が階下へおりてきたころには、夫のことを純粋に恐れおののいていた妻もすっかり立ち直り、夫にまた出かけると言われても、とても納得できなかった。ここで妻の怒りのほうがまさっていれば、この先どうなるかを想像する楽しみがある。ところが妻の怒りはそれほどでもなかった。ひとたびバーニーが興奮のあまり、家のなかで怒鳴ったり暴れたりしたらどうなるのか予想もつかなかったからで、クーパー夫人が本来の自分のペースをとりもどす前に、夫は玄関のドアを音を立てて閉め、出ていってしまった。バーニーの興奮は、外に出るといささか冷めていた。ハリー・レヴィットはひと筋縄ではいかない男として悪名高い。本人の在宅中に家に押し込むのは、小柄な彼にはひどく危険な企てであるのはたしかだ。だが天運が彼に味方した。家の前で会った隣人が、レヴィットがさらなる尋問のために警察に連行されていったばかりだと教えてくれたのだ。バーニーは自転車をとりにもどった。コッパーフィールド警部は、証拠を欲しがっていたよな。ならば、このバーニー・クーパーさまが、握った証拠をしかとお見せしようじゃないか。

　それから四十分ほどが経ち、バーニーは楡の木荘の一階、正面左手にある部屋の暖炉の前で、明かり取りのための小型懐中電灯ひとつを手に立っていたが、さっきまでの度胸のよさはだいぶ萎《な》えていた。ひとつには、ひどく興奮して自転車をこいだので息がまだ切れていたせいだ。もうひとつには、彼が侵入した窓から季節はずれの風がうんざりするほど吹き込んできて、予想外に寒気がしたせい。さらにもうひとつには、どこかすぐ近くで犬の遠吠えが響いていたせいだ。その声は高くなったり低くなったり、夜気のなかで単調につづき、そして数分後にはひどくつらそうな声になり……あれは、レヴィットの飼い犬か？　いままで犬に吠えられたことなんてなかったよな。だからといって、安心していいわけじゃない。騒音がなんであれ、あれは家の外からで、家のなかのほうが皮肉なことに、安心しようにもあまりに静かすぎた。へんだな、だれも家にいないはずなのに。どこがへんかというと——

カチッとスイッチを入れる音が響いて、明かりがついた。ハリー・レヴィットが猟銃をかまえて、開けはなした戸口に立っていた。

大柄な男だが、中年になったいま、生来の勢いはすっかり失せていた。照明があたってぎらぎらてかっている、日に焼けたあばた面に、情け容赦のない小さな目。その視線が、仰天して立ちすくむバーニーから、暖炉へゆっくり移っていく。やがてレヴィットは無言で部屋を横切り、ロゼットをまわして鉄の一枚板をはずした。なかに手を突っこみ、死後硬直してしまったむくんだ手を取り出してみせた。その手の指のうち一本は、先端が切り落とされていた。

「そうか、きさま、指輪はとっておくつもりだったんだな？」レヴィットが口を開いた。「手さえありゃ、指輪がなくてもおれに罪をきせられると考えたか。なんて野郎だ。意地きたねえ愚かものだぜ。こんな小男が、とんでもねえ人殺しだったとはな」

部屋の隅にかかったカーテンの裏から、コッパーフィールド警部が姿をあらわし、こう告げた。「バーニー・クーパー、きみをブランチ・ビニー殺害容疑で逮捕する。職務として警告するが、きみの発言はすべて記録され、裁判の証拠として扱われることがある」

だがバーニーは発言できなかった。気絶してしまったのだ。


「すまなかった」ようやくバーニーが巡査部長と巡査に連行されると、警部は言った。「尋問のために拘留するなんて茶番劇を演じさせて申しわけない。きみが留守だとわからないかぎり、あの男があえてここに来るかどうかだけが気がかりだったんだ。そこで一計を案じて、きょうの夕方早くにあの男に会って、こう話したんだよ。警察はまだきみを逮捕するだけの証拠がないので、あらためてあの家を捜索するつもりでいるとね。おまけに、あの男は、隠し壁があるんじゃないかと冗談めかして口にしたから、むろんこっちは、きみが自発的に隠し壁を教えてくれたことは黙っていた。すると案の定、きみに罪をきせようとして、自ら墓穴を掘りにきた。で、うまく料理されてしまったというわけだ」

レヴィットはにやりと笑い、暖炉に向かって唾を吐き捨てた。

「笑えるぜ、まったく。おれの人生でサツに手を貸す日がくるとはな。ムショには一、二度入ったことがあるし——ま、いずれわかることだな——それに、そうかんたんに見落とすことでもないだろうけどよ。もっとも、殺人となれば話は別だ。あんなあばずれ《ビッチ》、殺されて当然だと思うぜ。だけどよ、あの女だけだったんだよ、おれのことをまともに扱ってくれたのは。だから、そのことでは借りがあるってわけだ。大事なところで、おれを裏切ったとしてもさ……ま、いいさ。もうすっかりケリのついてることだしな。やつはあの指輪ほしさに殺したのか？　たいした値打ちもない代物だぜ」

「そうじゃない。強いて言えば、指輪をくすねようとしたのは殺害後の出来心だろうな。ああ、殺しの理由は嫉妬だ。あの男、彼女との浮気をずっと隠していて――」

「浮気だと！」レヴィットがさえぎった。「ブランチが？　あんな小男と！」また唾を吐いた。こんどは軽蔑の意味を込めて。

「ああ、そうだよ。あの小男とだ。でもね、きみだって知っているだろう。あの男の家庭がどんなだったか……」

「知らねえ。知りたくもねえや」突然レヴィットがげらげらと笑いだした。「バーニー・クーパーとブランチが同じベッドにねえ――まったく、なんてこった！　ブランチには好みってものがなかったのかよ……警部さんは、あの女とやつが浮気してた証拠をつかんでいたのかい？」

コッパーフィールドはうなずいた。「その手のことは、本気で見つけ出そうとするものからは隠しとおせんものだから、たいした苦労もなく、事実をすっかり突きとめたよ」

「でも、ひとつだけわからねえんだ」レヴィットが言った。「あのよ、そもそも警部さんはどうしてやつに目をつけたんだ。なんたって、ラムパウンドにいる男の半分はブランチと一度や二度はかかわりをもったことがある。なのに、なんでやつだって思ったんだ？」

「ちょっとした幸運だよ」コッパーフィールド警部のことばは控えめで、説得力に欠けていた。

警部は制帽を手に取り、レヴィットからすすめられたビールを飲み干して立ち上がった。さっきから頭のなかでは、〝事件発生現場へ向かう途中〟よりは〝現場に到着すると〟のほうが、より自然な表現だなどと、町にもどりしだい書かねばならぬ報告書の言いまわしについて真剣に練っていたのだ……。「ちょっとだけ、ついてたんだ」警部はあらためて言った。「いうなれば〝失《ラプスス》言《リングィ》〟のおかげか――すぐれた作家なら、これに相当する語句が英語にあるのに外国語を持ち出すのは、学者ぶっているとみなすだろうが。しかしねぇ……肝心だったのは、きょうの午後、バスの営業所を訪ねたときのことだよ。ほら、きみがバーニーのバスに乗ったかどうかを突きとめるためにね。で、私が所長室で待ってたら、バーニーを呼びとめる同僚の声が響いてきた。『よう、バーニー！　インスペクターが話があるってよ』と。するとバーニーは『コッパーフィールドが？』と間髪入れずに返してしまった……」

警部が店の出入口に向かいながら言った。「なら、どう思う？　バスの運転手が日々接しているのは、客の乗車券をしつこく検札している制服姿の男じゃないか（インスペクターには警部のほかにバス乗車券の検札係の意味もある）。『バーニーは、わたしが来るのを予想していたか』わたしは独りごちたよ。『あの男、うしろめたいことがあるな……』と。

で、実際にあったというわけなんだ」

デッドロック

ヴァンデロアー船長ときたら、イギリスに「事前許可制法（アルコールを販売してよい時間と場所を規制した法律）」があることがまったくわかっていなくて、そう、あの晩も、バー〈約束の地〉の扉をがたがたと音を立てて開けたのが午後六時を十五分過ぎていたから、前に店に来たときと違って夏時間《サマータイム》になったことにも気づいていなかったんだ。もっとも、酒にはありつけたけどね（いつものジン・アンド・ビターズだ）。なにしろ、父さんからだれが店に来たか確認しにいかされるのはぼくの役目で、相手が船長ならもちろん店の裏口へ案内し、キッチンで父さんが酒を出すのだから。そんなこと、しょっちゅうだった——少なくとも、父さんがいいと認めた客にはそうしていた。厳密に言えばこれは法律違反だけど、ぼくらが住む窪地《ベイスン》まで、ハートフォード警察が巡回に来ることはめったになかったし、地元のひとやたまに来るヨット乗りたちは、ずいぶん前からうちのキッチンで飲むのが当たり前になっていたんで、それが悪いことだなんて頭から抜けてしまっていたというのも、多少はあっただろう。

フリジェイド号——これがヴァンデロアー船長の船の名だ——が係留されたのはその日の午後だった。月に一度、船がハーリンゲンから来るたびに、ぼくらの住む小さな共同体のかわりばえしない日常は、心地いいほどさまたげられる。船体の色はグレーで、ディーゼル機関を動力とする、角ばったこの小型船の船艙《せんそう》には、生きたままのウナギが積み込まれているのだ（ウナギはここでイギリスの船に積みかえられ、運河経由でロンドンまで運ばれる）。船は潮流にのって河口《エスチュアリー》まで来れば、閘門《ロック》に入れる作業にかなりの神経を遣うものの、大仕事といえばそれくらいだ。ほかの小型船と同様、フリジェイド号の係留地は運河の西岸。船長以外に航海士と機関士、そのほかに三人の水夫が乗っていて、係留した日の晩はいつもコルチェスターまでバスで繰り出し、みんなで一杯やりにいく。でも、ヴァンデロアー船長は同行しないで、〈約束の地〉を訪ねるのが恒例なのだった。

船長はずんぐりした小男で、髪を短く刈った弾丸頭の下にもの静かで憂鬱そうな表情をいつも浮かべ、しわがれた声ながらも流暢な英語を明瞭に話した。船乗りとしては落ちぶれてしまったほうだ。かつて船長をしていた「リバプールの宝石号《リバプール・ジェム》」という大きな商船をジャワ島沖で沈没させてしまい、船長の不注意が原因らしいという噂があった。事故原因を解明するうえでいくつか解消できない疑問があったようで、船長は免許を剝奪されずに済んだ。とはいえ、けっきょくは船会社からヨーロッパに呼びもどされて、やや屈辱的ないまの境遇に左遷されてしまったのだ。ごくたまに昔のことを語ってくれたりもしたけれど、質問されるのはいやそうだったから、できれば昔のことは忘れたかったんだろう。かつて立派な船乗りだったことは間違いない――もっとも、あのころのぼくは大型船の操縦に関してはほとんど無知だったし、さらに言えば、いまだによくわかっていない。

船長が店に姿をあらわすと、きまって儀式めいたことが繰り広げられた。まず、父さんが船長にジン・アンド・ビターズを出してこう尋ねる。「いい航海だったかい？」と。すると船長はどんなに強風にあおられた航海だったとしても、「とても順調だったぞ」と答え、いつも吸っている黒くて細長い葉巻を父さんに勧め、父さんは必ず断るのだ。

ぼくにとって忘れられないあの土曜の晩ですら、その儀式は変わることのない順番で進められた——ただしこの日は、アンという新入りのお手伝いがキッチンで夕食用のジャガイモの皮をむいていたんだったか。アンはぽっちゃりしたほがらかな娘で、顔も手も赤くて、このころすでに、ぼくの一挙手一投足に目をとめては口うるさいところがあった。でも、父さんの言うとおりで、アンはすごく働きものだし——総じて言うと、いてくれてよかったのだ。母さんはぼくが幼いころに死んでしまい、父さんはバーとヨットクラブの道具管理の仕事で手一杯だったし、ジェシカおばさんときたら、日がな一日居間でピーピー、ギャーギャー鳴きつづけるオウムのパーポみたいに役立たずになっていたのだ。ジェシカおばさんはくたびれた室内履きを履いて——あの室内履きを履いていないおばさんの姿を見た記憶がない——あたりを彷徨《さまよ》っては、しょっちゅう謎めいた〝発作〟を起こしていたけれど、あれがなんだったのかぼくに理解できたのはだいぶあとになってからだ。とにかく、おばさんはうちの家計をまったく助けてくれなかったし、どう見てもあのころのわが家を切り盛りしていたのはアンだったのだ。

正直に言うと、ジェシカおばさんが好きだったことも頼りになると思ったこともなかった。ひとつには、おばさんの外見になんとなくうんざりしていたからだ（おばさんは六十歳くらいで、ほつれまくった白髪頭に痩せぎすで、鼻なんてびっくりするほど高くとんがっていた）。もうひとつには、しゃべり方がわざとらしくて滑稽に聞こえたからだ。ジェシカおばさんは父さんの姉にあたり、ぼくの祖父母はちっとも裕福じゃなかったのに、おばさんの話し方を耳にしたら、このひとはエドワード王時代（二十世紀初頭）の上流社会《オウ・モンド》の末裔かと勘違いしてしまったかもしれない。しかも、世の中があの時代よりもかなり発展——少なくとも変化——していることに、おばさんはまるで気づいていないようだった。時代遅れのしきたりにやたらうるさい、ちょっと古ぼけたひとだったのだ。こんな口癖があったっけ。「レディたるもの××はしないものですよ」とか「育ちのよい子なら△△などという口の聞き方はけっしていたしません」ああ、でも誤解しないでほしい。ぼくら世代が、ほかの時代の作法を笑いとばせるほど礼儀や規律の手本になれるなんて思っちゃいない。とはいえ、おばさんの行動規範はまるでばかばかしくて瑣末《さまつ》だし——しかも、いまさらながら、おばさんの性に対する考え方は絶対に病んでいたと思うのだ。

あの夜の事件の話にたどりつくまで、ずいぶん長くかかりそうだ。けれど、もう少しだけ説明しないといけないことが、あと二つあるんだ。マーチソンとヘレン・ポーティアスの関係、そしてもうひとつは、ここがどういう地形かということ。事件の経緯をたどるうえで、その二つは押さえておいてほしいんだ。

マーチソンは「ハートフォード・ヨットクラブ」の会員だった。クラブハウスそのものは、河口から約一マイル離れたところにあったけど、会員の多くが自分のヨットを運河内に係留させていた。クラブハウスそばに係留できるのは、特別な会員にしか許されていなかったのだ。マーチソンは二艘——船長三十フィートのみごとな動力艇《パワーランチ》と、六十フィートあるバーミューダ式ケット（帆柱が二本あり船の前後の方向に帆を張った船）を所有していた。余計なことながら、マーチソンのケットの乗り方なんて、正真正銘のヨットマンにすればとても許しがたいものだったろう。仲間を乗せて、エンジンを使って船を走らせ、閘門を通過すると、河口から数マイル沖に出たところで碇を下し、ひと箱のジンをみなで飲み干し、一時間かそこらで同じルートを引き返してくるだけなのだ。ぼくの知るかぎり、彼がそれより遠くにヨットを出したことはなかったし、動力を使わず帆を揚げて走らせたこともなかったはずだ。

マーチソンは独身貴族で、歳は三十から四十のあいだ、長身でがっしりした体格に、黒い口ひげをたくわえ、押しの強い大声を出し、みんながみんな自分のような金持ちではないことへの配慮がまるで欠けていた。あの当時、この窪地で彼が関心をもっていたことと言えば、ヘレン・ポーティアスを誘惑することだけ——ぼくが知るかぎりでは、そのたくらみはうまくいきそうになっていたけれど。

当時十四歳だったぼくには、ああいうことばにどんな意味があるのかなんてわかるわけがなかった。たとえば映画に出てくる「情事」といったことばのことだ。だけど、マーガレット・ポーティアスと一緒に運河沿いの土手をだれにも見つからないように歩いて、マーチソンとヘレン・ポーティアスが一緒にいた船室の舷窓《げんそう》をのぞき込んだあの夜のことはよく覚えている。舷窓の小さなカーテンがぴっちり閉まっていなかったので、船内の様子が見えた。そんなに恥ずかしいことじゃなかったと思うけど、同時に、子ども二人が見ていていい光景でもなかった。マーガレットが妙なかすれ声でぼくに囁いたんだ。

「ぞっとしちゃう」

できるだけさりげなく、ぼくは言った。「なんてことないよ」でも白状すると、心の底ではマーガレットの言うとおりだと思っていた。

マーガレットとヘレンは姉妹で、母親のポーティアスさんと暮らす家の隣には、閘門の番人を務めるチャーリー・クックの家があった。マーガレットは十三歳でヘレンは十八歳。父親を数年前に亡くしていた。ヘレンは痩せっぽちだけど美人で金髪、おしゃれだけれど、ぼくの目には化粧がちょっと濃かった（当時のぼくは、その手のことにやや厳格だったからそう見えたのか）。あの晩、父さんが店を開けた直後に、ヘレンが仕事帰りでハートフォードからのバスを降りてくるのをぼくは見ている。ヘレンはよほどの理由がないかぎり、ハートフォードから帰ってくるのは夜遅くだったから、しばらくしてマーチソンが友人数人を引き連れて〈約束の地〉にあらわれ、今夜は自分のヨットで夜を明かすつもりだと話すのを聞いても、ぼくは驚かなかった。父さんはマーチソンを嫌っていた（でもヨットクラブに雇われている以上、あからさまな嫌悪を示せるわけがない）。ぼくも彼が嫌いだった。ジェシカおばさんも、ヴァンデロアー船長も嫌っていた。要するに、みんなに嫌われていた――だからこそ、彼はあんな災難に見舞われたんだと思う。

この窪地で一番の特色といえば、閘門と思ってもらってかまわない。運河は河口と直角をなしていて、閘門はとりわけ深くしておかなければならない。というのも河口側の水面が、満潮時でさえ運河の水面より六から八フィート低く、干潮になれば（もちろん閘門は役に立たず）河口側は一面砂と泥ばかりで、その上空をカモメたちが彷徨い、川底をほじくり返している始末なのだ。運河の西岸には、年式も大きさもさまざまな、ありとあらゆる種類の小型船が係留されていて、なかには壊れた廃船が一、二艘はあったけれど、それ以外の船は塗装も掃除も行き届いて、さながら異教徒の偶像みたいに大事にされていた。引き船道に沿って係留用のロープがずらっと並んでいるのはかなり危険だった。引き船道の背後にあるのは、潮風にさらされ色あせた草がまばらに生えただけの野原と、ヨットクラブの用具一式が格納された木造小屋くらい。運河をはさんだ対岸には（ついでに言うと、向こう岸に行くには上流側か下流側の水門《ゲート》の上か、それよりさらに上流にある歩道橋を渡ればいい）、ハートフォードにつづく道沿いに家々が建ち並び、少し離れたところに〈約束の地〉がある。道の突き当たりには砂利敷きの駐車場があり、それに面したところにポーティアスさんの家と閘門番のチャーリー・クックの家が隣り合っていた。最後にこれも言っておくべきことだと思うけど、一年のうちで夏はこのあたりもかなり暑くはなるけれど、それ以外の時期がしばしば身を切るように寒いのは、河口に吹きつける東風のせいだ。三年前のあの日の午後も、そんな東風が吹いていたんだ……。

　もっとも、なんのことかは、しかるべき箇所を読んでもらえばわかるだろう。

　いつものように、夜九時半が過ぎると、もう寝なさいと言われた。でも、部屋へつづく階段を昇りながら、ぼくは期待に胸をふくらませていた。深夜零時にマーガレット・ポーティアスとこっそり落ち合い、悪気のない探偵ごっこをする約束だったのだ。約束を果たすには、部屋の窓をよじのぼらなければいけないし——経験上、自分にはもっとやっかいな任務になるはずの——待ち合わせ時間まで起きていなければならなかった。

　ぼくらが調べようとしていたのは、あのマオリ族——女二人に男二人——のことで、運河の少し上流に係留された、朽ちかけた平型屋形船《ハウスボート》に住んでいて、その船内ときたら唖然とするほどみすぼらしいのだ。彼らがしょっちゅう口論したり殴りあったりしていることは、地元のひとたちが興味本位に話題にしていたし、どうやって生計を立てているのかも謎だった。というのも、数か月間もこぞって姿を消していたかと思うと、次にはまるでどこにも行ったことがないかのように、ハウスボートで生活していたからだ。

警察も彼らの動向については把握しきっていたのだろう。でも、ぼくらにとっては謎めいた存在だったのだ。当時のぼくは、彼らはきっと土着の神々を崇拝するために恐ろしげな儀式を夜も眠らずに執り行なっているとふんで、これはぜひマーガレットと一緒に儀式を見なくてはならないとでも考えていたんだろう。

十時半が過ぎ、父さんが店の出入口に鍵をかけて、わずかに残った常連客と奥のキッチンにひっこむ物音を聞いた（ヴァンデロアー船長が来店したときは、しばらくチェスに興じるのももうひとつの儀式だった）。十一時を過ぎてすぐ、フリジェイド号の航海士と機関士と水夫が大騒ぎしながらコルチェスターから乗ってきたタクシーを降り、感傷的なオランダの歌をうたいながら水門を渡って船に帰っていった。そのあとで、ぼくはうとうとしてしまったに違いない。次に覚えていることと言えば、ハートフォードの教会の鐘が深夜零時を打ったことだったから。

水差しの水で両目をぴちゃぴちゃ濡らして、ぼくは窓を開けて這い出した。窓の外は傾斜した灰色の瓦屋根の上で、そこからなら庇《ひさし》のところまで楽々と滑り降りることができる。庇からは家庭菜園が見下ろせるものの、タールが塗られていた——前々から思っていたことだけど、これはぼくが足を滑らせやすくするための細工に違いない。ぼくは、しばらくその場でじいっとしていた。閘門番のチャーリー・クックがいままさに家路につく時間だった。でも、心配には及ばない。チャーリーは平日はしらふだけど、毎週土曜の夜は、ビールをこれでもかというくらい飲むのが習慣で、たいていは適量を超えて飲みすぎてしまう。つまり、彼がなにかに気づくなんてあり得ないのだ。

チャーリーの姿が見えなくなってから、ぼくは屋根から飛び降りた。そりゃ、飛び降りたくはないよ。六フィートもの図体で落ちるのは、着地時にかなりの衝撃だからね。

マーガレットが菜園で待ちくたびれていた。

「こないかと思ったわ」小声で言われた。

「ばか、ここで声を出すなよ」囁きかえしてやった。

二人は閘門めざして出発した。涼しい風が強く吹き、夜空は雲に覆われていたので、雲間から月の光がかすかにさし込んだかと思うとすぐにまた隠れたりしていた。それでも、閘門に到着したころには、あたりにだれもいないことがはっきりわかるほど月は明るかった。もっとも、家路をたどるチャーリー・クックの歌声は耳に届いてきたけれど。ぼくらは閘門の内側の水門を渡って、係留ロープのあいだを手探りしながら引き船道を慎重に歩いていった。ヨットクラブの小屋のそばまでくると、マーガレットが立ち止まった。

「どきどきするわね」彼女がぼそっと言った。

ぼくはぎょっとした。マーガレットは緊張しやすいほうだけど、それは冒険に臆して緊張するのではなく、冒険に前のめりなあまりの緊張感なのだ。そういうところが、ぼくと大違いだった。ぼくは平均的で想像力にとぼしいくせに、いきなりひどいパニックに陥ってしまうほうなのだ。

「なにに、どきどきするんだよ？」ぼくは尋ねた。

「あのひとたち、見られるのをいやがるわよね？」

そりゃ、そうだろうとぼくも思った。でも、そのときはもう、いまさらあとには引けないと思っていたんだ。

「ぼくらのいることなんて、ばれっこないさ」

「どっちかが咳かくしゃみでもしちゃったら……ねえ、ダニエル、先に見てきてよ。で、面白いものがあったかどうか、もどったら教えて」

ぼくは途方に暮れた。マオリ族が儀式で生贄をささげるかどうかなんて、いまとなればどうしても見たいと思うほどの魅力は失せていたのだ。けれど、男としての名誉にかけて敗北は受け容れがたかった――少なくとも、女の子の前では。

「わかった、行ってくる」ぼくはぶっきらぼうに言った。「ここにいてよ。すぐもどるから」

「気をつけてね」彼女はちょっと身震いしたけれど、それは吹いている風のせいだけじゃなかったかもしれない。

たぶん、ぼくらがヨットクラブの木造小屋に行くまでに三分はかかっただろう。さらにぼくがマオリ族の暮らすハウスボートまで行くのに五分かかった。途中でマーチソンのランチの前を通り過ぎたとき、船内に明かりがともり、ひとの声もしたけれど、ぐずぐずしてもいられなかった。

けっきょくのところ、警戒しながらハウスボートに近づいていったのは無意味だとわかった。船内にひとの気配がまるでなかったのだ。マオリ族はまだ船にもどっていないのか、それとも、この日こっそり立ち去ってしまったかのどちらかだった。

ぼくはほっとしたのと同時に、こっそり家を抜け出したわりには、ずいぶん的外れなことをしたものだと思った。教会の鐘が零時十五分を知らせるころ、ぼくはハウスボートをあとにした。

一、二ヤードも進まないうちに、ぼくを探しにきたマーガレットと出くわした。

「ママがドアを開けて待ってるの。あたしがベッドにいないこと、ばれたと思う?」

「たぶんヘレンを待ってるんだよ。今夜、出かけたんだろう?」

「うん」

「ハウスボートにはだれもいなかったよ。もう、家に帰ったほうがいいね」

「ママが見張っているうちはだめよ……ああ、どうしよう……」マーガレットがとてもつらそうな声を出し、ひどく震えていたんで、ぼくは彼女の肩を抱きかかえた――が、次の瞬間、気まずさで腕をさっと引っこめてしまった。

「家の裏手にまわれば大丈夫だよ。でも、歩道橋を使っちゃだめだ。見つかってしまうかもしれないから。さ、帰ろう。来た道をもどるんだ」

ヨットクラブの小屋までは引き船道沿いにもどった。小屋に着いた直後に、運河の反対側にあるポーティアスさんの玄関のドアが開き、楕円形の光のなかに浮かびあがるポーティアスさん、それにアンと父さんのシルエットが見えた。ほとんど同時に、マーチソンのヨットからだれか出てきて、歩道橋を使って運河を渡っていった。

「ぼくらのことが、ばれてるってことだな」ぼくは囁いた。「さ、行こう――父さんが帰る前にもどってみせるぞ」

ぼくらは再び歩き出し、こんどは外側の水門を通って閘門を渡った。ここまできて、ぼくはマーガレットをエスコートなしに帰らせるという、騎士道にもとることをやってしまった。ぼくがちょうど菜園に入ったとたん、アンと父さんに捕まってしまったからだ。

「そら、見つけたぞ」父さんが言った。

お仕置きを覚悟してたけど、父さんはいつもと違って心ここにあらずなようで、おとなしくベッドに入れと命じただけだった。父さん自身はしばらく下に残って、キッチンでアンとなにか話していた。ぼくが部屋のドアを後ろ手で閉めようとしたら、父さんの話す声が聞こえてきた。

「なんなんだ、あの血は……」

その場でじっと聞き耳をたてていたかったけど、あえてしなかった。二階にあがって服を脱ぎながら、まんまと部屋を抜け出せたことを喜ぶ一方で、マーガレットを見捨ててしまったことをいささか恥じ、もう何年も眠っていなかったかのようにあくびをした。そして靴を脱ごうとしたらシミが――黒ずんだ赤いシミが――点々と、靴にべっとりこびりついて、ほとんど乾きかけているのに気づいたのだ。

これは血だと、ぴんときた。そんなとっぴな推測はたいてい当たらないものだけど、このときばかりは当たっていた。父さんが言っていたのは、このシミのことだろうかと考えたけれど、すぐに打ち消した。父さんなら、きっと問いただしたはずだ。ベッドにもぐりこみながら、下に行って父さんに話すべきかどうか迷いつづけた。眠りにおちるまで、ずっと悩みつづけたんだ。
日曜は、寝ていたければ八時半過ぎまではベッドから出なくていいことになっていたけど、夜が明けたらとてもいい天気だったので七時半過ぎに起きた。窓の外を見たとたん、いつもと違うことが起きているのがわかった。数人の男たちが集まって閘門のへりあたりを見ている——一団のなかにチャーリー・クックと父さんもいた。やがて、なかのひとりが位置を変えたので、みんなが注目していたものの正体がわかった——黒々とした幅の広い、不ぞろいなシミ。ご想像どおり、ぼくは必死で階段を駆けおり外に出ていったよ。その場にいた全員が茫然と見とれていたから、だれにもとがめられずにかなりのところまで近づけた。父さんがだれかに長い棹を取りにいかせ、いまその棹で閘門の水面を突っついたり、底をさらっていた。しばらくして、白くて妙に穏やかな顔が水面に浮かんではまた沈んでいった。ひとは溺れて命を落とすと、水面に浮かぶまでに五日以上はかかるそうだけど、マーチソンが水中に沈んでいたのは、たった七、八時間だった。

　死体が運び去られたあとも、ぼくはその後につづいた一連のごたごたから、締め出されてしまうことはなかった。ひとつには、ぼくを寝室に閉じ込めておけなかったから。もうひとつには、殺人が起きた時間帯に家を抜け出し、近所を彷徨っていたせいで、ぼくは証人のひとりになったからだ。あれが殺人だったことを疑う余地なんてないだろう？　それに、ぼくもあの時点でわか

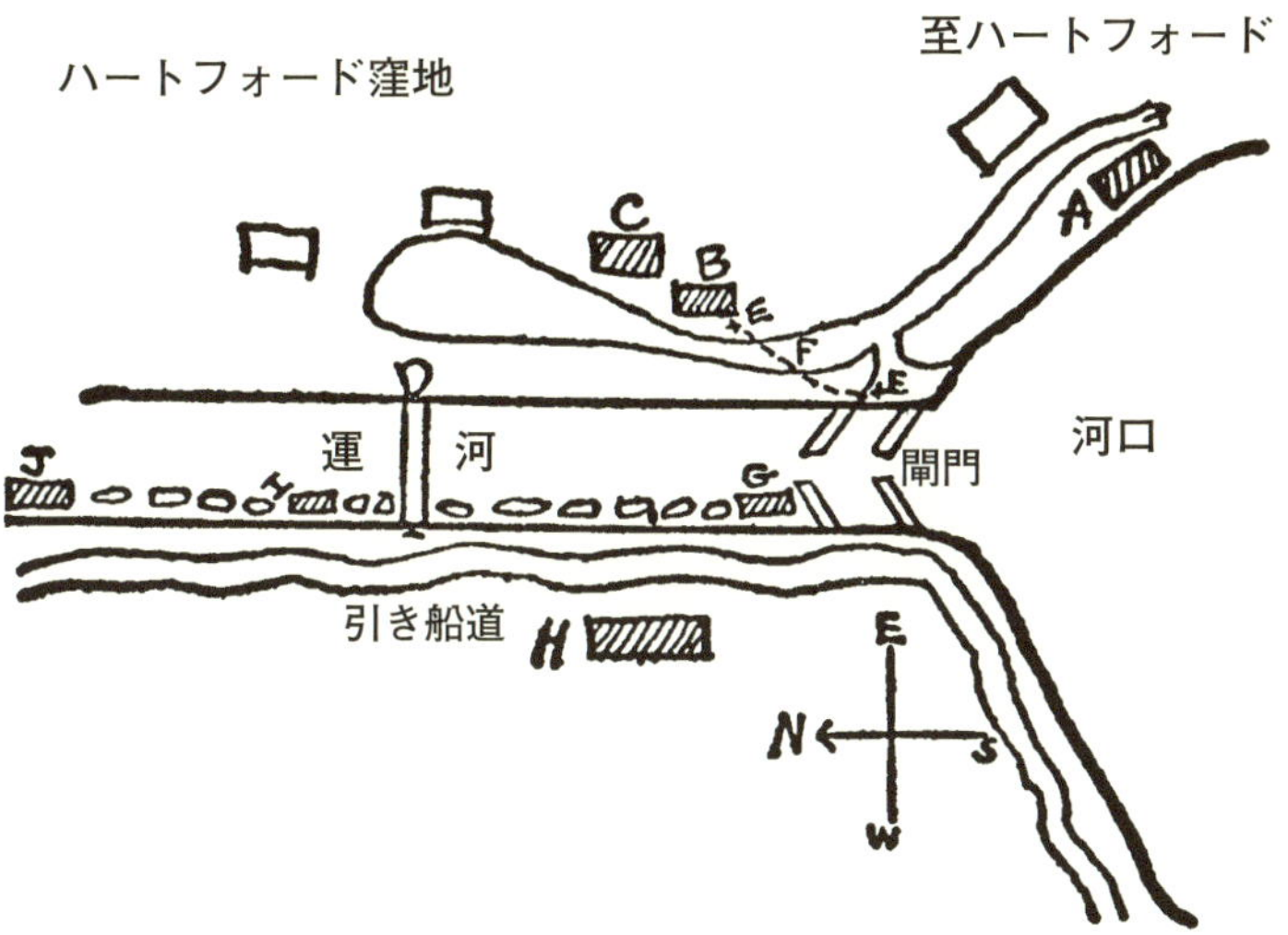

A　〈約束の地〉（ダニエルの家）
B　閘門番（チャーリー）の家
C　ポーティアス一家の家
D　歩道橋
E　血だまり
F　血痕
G　フリジェイド号
H　ヨットクラブの道具小屋
I　マーチソンの動力艇
J　マオリ族のハウスボート

っていたように、警察は殺人の動機を難なく探りだせるはずだった。なにしろ、動機はそこらじゅうに転がっていたんだ。いつだったか、マーチソンはここの住民たちの多くと、ことごとく衝突したこともあったし。

　朝食を終えると、ぼくはどうにか家を抜け出し、あの血痕を調べにいくことにした。閘門のへりにあった血だまり《プール》（たまり《プール》と言いつつ、その時点ではすっかり乾ききっていたけどね）から、血染めの足跡がチャーリー・クックの家の玄関へとつづいていた。そしてそこには、さらに別の血だまりがあった。どちらもじっくり観察してみたけれど、もっともらしい推測なんて出てこない。それでこんどはポーティアスさんの家に向かうと、庭にマーガレットがいた。前の晩、彼女は家にもどるなり、容赦ない平手打ちをくらったうえに悪夢にうなされてしまったという。沈み込んでいたのはそのせいに違いない。閘門周辺を調べるのを手伝ってほしいとぼくは頼んだけれど、彼女には——理由はよくわからないが——外出禁止令が出ていた。ヘレンの姿は影もかたちもなかった。日曜だったから、きっとまだ寝ていたんだろう。

ぼくは運河の脇までもどってみた。近くに人影はほとんどない。あたりは成り行きを見守ろうとする静けさに包まれていた。ヴァンデロアー船長がフリジェイド号の甲板に出ていたけれど、すっかり手持ち無沙汰みたいだった。いつもなら、いまごろはもう荷揚げが始まっているはずなのに、警察が到着すればどうせ作業が中断させられると船長は見越していたんだろうし、出航がまた遅れる言いわけとしては悪くないと思ったんじゃないかな。〈約束の地〉の近くにある背の高い松の木で、ニシコクマルガラスの群れが喧嘩をしている。太陽は明るく輝いていた。なんだか、目的を見失ってじれったい気分にぼくはおそわれていた。

そのときだった、凶器を見つけたのは。長くて黒い木で、先端に輪や渦巻きが彫られた杖が、運河のなか、土手から手を伸ばせば届きそうなところに浮かんでいたのだ。ぼくはヴァンデロアー船長を大声で呼んだ。一瞬、船長の顔がぎょっとしたように見えたっけ。

「どうした?」重くしわがれた声で、船長が叫んだ。

「ほら、こっち、こっち!」

フリジェイド号の舷門《げんもん》にさしこんだ道板をきしませながら下りてくる船長の足音が聞こえてく

る。船長が来るのが待ちきれなくて、ぼくは腹ばいになって杖を取ろうとした。さんざん苦労した挙句、どうにか杖を岸に引き寄せたところで、ヴァンデロアー船長がやってきた。

船長は杖を念入りに調べて言った。

「ふーむ。どうやら血がついていたようだな」

「やっぱりマオリ族が殺したんだ」ぼくは言った。

船長は葉巻を取り出し、すぐには答えなかった。やがて、ゆっくり「ああ」と言った。「そうだな。この杖は、警察に渡すまではわしが預かっておこう」ぼくの顔にさっと失望の色が浮かんだのを船長は見逃さなかった。まじめくさった顔でこう付け加えたのだ。「発見したのがおまえさんだってことは、くれぐれも強調しとくから」

こんな口約束に納得できなかったぼくが、さらに抗議しようとしていたら、ハートフォードの警察が廃車寸前みたいな車で到着した。やってきたのは警部に巡査部長に巡査で、見たことのない医者も一緒だった。警部はぜんぜん堂々としていなくて、ぼくはひどく幻滅した。制服姿ではなく、ひょろっとしたふつうより小柄な若い男で、強いロンドン訛りで話し、ひっきりなしに吸うタバコのせいで指先が濃い茶色に染まっていた。ワットという名のその警部には、捜査手法らしきものがまったくないように思えた。その日曜の朝、ワット警部はこの一帯を歩きまわり、たまたま出くわしたひとと話をしたり、この地の風景を興味ぶかそうにながめたり、家々にふらっと立寄ったりしていて、それがなんだかとっさの思いつきでやっているように見えてしまい、明確な目的があるようにはとても思えなかった。幼かったあのころのぼくは、刑事とは鷹のように鋭い眼光をもつ情け容赦のない人間だと思っていただけに、だまされた気分がしたのだった。

医者と巡査のひとりは、まっさきにチャーリー・クックの家に入り、そこに運び込まれていたマーチソンの検死にかかった。警部は、ヴァンデロアー船長とぼくがいるほうに向かってぶらぶら歩いてきた。

「おはよう」警部が言った。「それが凶器というやつかな?」

このとき、警部がほかの警官たちとどれほど違うのかをぼくも初めて実感した。警部は、この殺人事件にかかわるありとあらゆるひとから、それぞれにどんな仮説をもっているかを尋ねまくっていた。警部が聞き取った話の大半は、聞くだけ無駄だったに違いないが、いまのぼくならわかる。警部が話を聞きまくる目的は、語る相手がどんな人物かを評価するためであり、するりと抜け落ちたかもしれない情報の断片をもれなく拾いきるためでもあったのだ。しかも警部は、相手が苛立つくらいだんまりを決め込むのが得意で、すっかりばつの悪い思いをした相手は、本人が意図した以上のことをうっかり話してしまうことがあるのだった。

「ポリネシアのものだな」警部はそう言うなり、杖を握って振りまわした。「黒檀か。かなりの重さだ。あまり見慣れないものだな」

「マオリ族のです」ぼくは熱心に説明した。「運河の上流にあるボートハウスに住んでいます。いや、住んでいた、かな。ゆうべ、船にはいませんでした」

「じゃ、犯人はマオリ族だと思うんだね?」

「そ、そう思ってます。だ、だって、どう見てもそうでしょ?」

警部は、この話題に興味をなくしたみたいだった。あたりをじっと見まわした。「きれいな船だ」そう言いながら、運河の対岸に係留されたフリジェイド号の灰色で無骨な船艙に向かってうなずいてみせた。

「わしが船長だ」ヴァンデロアー船長が答えた。

「ウナギか」警部が言った。「あれはどうも好きになれなくて」そのことばで、警部がずいぶんいろいろなことを知っているか、気づいているのがわかった。「で、船長。あなたはどう思います？」警部はつづけた。「マオリ族犯人説に賭けますか？」

ヴァンデロアー船長は肩をすくめてつぶやいた。「見当もつかんよ」船長が身をこわばらせて立っていることや、守りの姿勢に入っていることにぼくは気づいた。

「血の海でしたよ」警部が穏やかに言った。「家の外の、あの場所で頭を殴られ、それから閘門まで引きずられて、転がり落とされたか……」警部は、内心では別のことで頭がいっぱいみたいにゆっくり話した。「昨夜、物音を聞きませんでしたか？」

「いいや。船室にいると聞こえんのだ。寝る前の十分かそこらは甲板に出ていたが、なにも聞いていない」

「それは何時ごろですか？」

「そうだな。〈約束の地〉からもどったのが深夜の零時二十分前ごろで、それから零時五分過ぎあたりまで航海士や機関士と話をしていた。夜気にあたりに外へ出たのはそのあとだ」

「岸にはまったくおりてませんか？」

「ああ、船からは出とらん」

「あなたの部下が裏づけてくれますか?」

「たぶん。起きていたやつがいるはずだ」

「なるほど」警部は、マオリ族の杖で道端に生えていた刀身状の葉をぴしっとはじいた。「最短で何時間前なら、殺人は起こり得たのだろうか?」（原注——ぼくはすぐにこう言っておくべきだった。ヴァンデロアー船長は〈約束の地〉から船にもどったあと、間違いなくフリジェイド号からは出てません、と）そう言うと、ぼくのほうを見た。「さて、きみはマオリ族を訪ねたけど留守だったんだね?」

「そ、そうです」

「で。それは、何時ごろだい?」

「零時十分か十五分過ぎあたりです。もちろん、外にいたら怒られる時間です」

警部はにやっとした。「それはともかく、聞かせてくれないか。きみは最重要参考人になるかもしれないぞ」

そうまで言われたものだから、ぼくは前夜の探検調査のことをくわしく説明した——ところがあいにく、靴についた血痕のことをいままさに言おうとした瞬間、チャーリー・クックの家から医者が飛び出してきて、話の腰を折られてしまったのだった。

「さあて、先生」警部が言った。「鑑定の結果は?」

「死因は溺水だ」医者は簡潔に答えた。丸々したからだに白髪まじりの頭、尊大ぶったじいさん先生だ。「後頭部はひどく殴打されとるが、頭蓋骨に骨折はない」

「これだったら可能ですか?」警部はマオリ族の杖を差し出した。

「その手のものじゃな。なんだったら、そこについたシミを分析して、被害者と血液型が一致するか報告してやろう」

「お願いします」警部は凶器を手渡した。「死亡時刻は確定できますか？」

「四時間ほど幅をみないといかん」

「それじゃあ、絞り込めませんね」警部は手にしていた箱から新しいタバコをくわえて火をつけた。「わかりました、先生。あの地面にある血液も採取してくれますか？　被害者以外の血液でないといいんですが」警部は、自分の背後にへばりついている巡査に話しかけた。「ポケットの中身は？」

「櫛とハンカチ一枚だけです」

「腕時計は？　金もなかったか？」

「お金はぜったい持ってたはずですよ」ぼくは言った。「だって、お金持ちだもの」

「ふむ」警部はうなずいた。「強盗殺人か？　そのマオリ族を緊急手配だ。彼らの人相はだれに聞いたらいいかい？」

「ぼくの父さんなら」

「よし。お父さんに会いにいこう。おい」警部は巡査部長に指示した。「ハウスボートの場所を確認して、船内を調べるんだ」お次は巡査への指示。「先生をハートフォードまで車でお送りして、またもどってこい」

「この遺体と一緒に救急車で帰るからかまわんよ」老医師が言った。

「助かります。ようし、さしあたり打てる手は打ったか。じゃ、きみのお父さんに会いにいくとしよう」

ヴァンデロアー船長はフリジェイド号に引き返し、警部はぼくと〈約束の地〉をめざして歩き出した。父さんは足を引きずりながら、店のまわりを片づけていたところだった。父さんは五十歳で、背が高くて日焼けしていて赤毛の短髪頭、巻き上げ機《ウインチ》による事故で片足が不自由になるまでは船乗りをしていたんだ。

「おかえり」父さんがぼくに声をかけた。「また出かけてたのか」

ぼくは警部を紹介した。

「どうぞよろしく」父さんが言った。「ここに座りましょうや。一杯いかがです?」

「まだちょっと早いんで」警部がにやっとした。「ま、一パイントくらいならいただくかな。ここは、こじんまりしたいい店ですね」

警部は、父さんがビールをつぐのをじっとながめている。〈約束の地〉には酒を出すカウンターはひとつだけ、そんな店はほかにはない。実際、そこはうちの居間でもあるわけで、ジェシカおばさんとアンとぼくはそろって夜をそこですごすのだ。だから、家族の私物がたくさん――本やら縫い物やらなんやかやが――あたりに散らかっていて、酒場によくある雰囲気よりも、はるかに打ち解けた、気楽な雰囲気を醸しだしている。

「気に入ってます」父さんはあたりさわりのない返事をした。警部は父さんにマオリ族のくわしい特徴を聞きだすと、ハートフォードに直通電話をかけた。警部の電話中に、ジェシカおばさんが灰色と紫色の毛糸で編んだ妙ちきりんな上着を羽織り、室内履きを履いた足を引きずってあらわれた。おばさんときたら好奇心のかたまりで、自分と関係があろうがなかろうが、なにひとつ見逃すまいとしている。革張りの椅子にどかっと腰を下ろして、しゃんと背を伸ばして編み物を始めた。

警部は電話を終えてこう尋ねた。「さてと、フォスさんは今回の事件のこと、どう思われますかな？」

父さんは片づけの手を休めずに首を振った。「それは警部さんのお仕事じゃないですか？」頑固そうな言い方だった。けれど警部が返事をしないで店内をまたもぼんやりながめはじめたものだから、こうつづけた。「あの男が死んでも気の毒だとは思いません。あの男のことは嫌いでしたから」

編み物をしていたジェシカおばさんがぱっと顔を上げた。「亡くなられた方のことを悪く言うものではなくてよ、ジョージ」

父さんが唾を吐くんじゃないかとぼくは思ったけど、父さんはぐっとこらえた。

警部はビールを飲んで言った。「嫌われる理由が？」

父さんはうなずいた。「遅かれ早かれ、警部さんのお耳にも入ることでしょうから。あの男はわたしをくびに――ヨットクラブの道具小屋を管理する仕事を辞めさせてやると言いましたよ。あいつは、それができる立場でもあったのです」

「そんなことされては、こまりますな」

父さんはうなるように言った。「とても暮していけませんよ」

警部はジェシカおばさんのほうを向いて言った。「マーチソンさんのことはお好きでしたか?」

おばさんの編み棒のカチカチいう音がぴたりとやんだ。「あの男はけがれていました。このごろでは、あの男だけじゃなくあの女も悪いという噂がございますが、それは違いますわ。けがれていたのは、あの男なんですのよ」おばさんは勢い込んで繰り返した。

警部は、いまの発言を落ち着き払って受けとめた。「ゆうべはお二人とも深夜に出歩かれたそうですね?」

父さんの答えはぎこちなく、まるで覚えきれなかった学課を暗唱しているかのようだ。「零時二十分前くらいまでヴァンデロアー船長とチェスをしてました。チャーリー・クックが店を出たのが午前零時で、それから十五分過ぎたころに、息子が部屋を抜け出したことに気づいて、アンと連れ立ってポーティアスさんの家を訪ね、マーガレットも一緒に出かけていないか確かめにいったら、ジェシカねえさんがいて——そうだったよね?」

「十一時半過ぎからおりましたの」おばさんが付け加えた。「お休み前のちょっとしたおしゃべりをしに、よくうかがうんですのよ」おばさんは毛糸玉を床に転がしてしまい、警部が拾ってあげた。お礼を言う代わりに、おばさんは愛想よく微笑んでみせた。

「やっぱりマーガレットもいませんでした」父さんはつづけたものの、ますます居心地が悪そうだ。「二人は運河沿いのどこかにいるはずだと思い、探しに出たんです」

「父さんがポーティアスさんの家を出るの、ぼく見たよ」ぼくは大胆にも口をはさんだ。「零時二十分過ぎたころだった」

「おお、そうだったか」父さんは、怖いほど滑稽な目つきだった。「とにかく、アンとともにポーティアスさんの家を出ると、チャーリー・クックが家の玄関の側柱にしがみついてたんで足を止めました。実を言うと、最初にポーティアス家を訪ねたときに、酔っ払って前後不覚でのびていた彼を見かけていたんで、あとで家のなかに入れてやろうと思ってて——」

「なるほど」警部が話をさえぎった。「そのとき、緊急事態だとは思わなかったんですね？」

「ええ。ああいうことは前にもありましたから。とにかく、我々が彼の家に引き返したときには、もう自分の足で立ってましたし」

「ちょっといいですか。たしかチャーリー・クックとポーティアス家は隣同士ですね？」

「そうですよ」

「あなたがたがポーティアス家を訪ねたときに、そこでのびていた男は間違いなくチャーリー・クックでしたか？」

父さんはためらいがちに答えた。「いまにして思えば、本当はだれだったのかわかりません。軒下に倒れていたので、ただの黒いかたまりにしか見えなかったんです。チャーリーじゃないなんて、思いつきもしませんよ」

「ポーティアス家にいたのはどれくらいですか？」

「おそらく四、五分でしょうか」

へぇっとぼくは思った。警部が初めて明確な目的をもって、明確な質問をしているようにうけとれた。

「で、どのへんに」警部がつづけた。「その人物は横たわってましたか?」

「チャーリー・クックの家の玄関先です」

「血だまりがあった場所ですね?」

「ええ。だいたいそのあたりです」

「で、チャーリー・クックを家のなかに押し込んで――」警部はことばを切って、父さんの顔に浮かんだ妙にとらえどころのない表情を見ていた。「それで?」

「それで、というと?」

「チャーリー・クックの服に血痕があったことに、気づいたんじゃありませんか?」

「ええ」父さんはゆっくり答えた。「たしかに、血がついてました」

「それなのに彼を放っておいた?」

「アンと一緒に子どもたちを捜しにいこうとすると、ヘレン・ポーティアスにばったり会いました。ヘレンはマーチソンの船を出て、歩道橋を渡ってきたところでした」

おばさんの編み棒の、カチカチ鳴る音がまた止まった。

「ふむ。で、ヘレンと話をしましたか?」

「ほんの少しだけ。彼女のことはお母さんに任せました」

「それから?」

「それから、子どもたちが対岸の引き船道沿いに駆けてくるのをアンが気づいたので、〈約束の地〉へもどったのです」

「閘門は通り過ぎましたか？」

「いいえ。ポーティアス家を抜ける裏道を行きました。そのほうが少し近いんです」

「ああ」警部は深くため息をついた。たくさんの質問をぶつけてへとへとになったかのように。

「で、あなたはどうされましたか、ミス・フォス？」

「弟がポーティアスさんの家を訪問しましたのは」ジェシカおばさんは取り澄まして言った。

「零時十五分過ぎ――わたくしにはたいそう遅い時刻――でしたので、もどりましたわ」

「弟さんとご一緒に？」

「いいえ。先に帰りましたの」

警部が新しいタバコに火をつけたとき、マントルピースに置かれた黒い大理石の時計が九時四十五分を告げた。その瞬間が来ないでほしいと、ぼくは朝からずっと祈っていたのだ。毎週日曜、父さんはぼくに、ハートフォードにあるバプテスト教会で十時から始まる日曜学校に自転車で行くよう命じるのだ。その日、どんなに気分がいいときでも、これだけは苦痛の種だった。この地区に警察が来ているという、きょうみたいに特別な日曜でさえ教会に行かされるなんて、頼むから勘弁してほしかった。父さんの興奮がしずまらずに、もう間に合わないという瞬間まで、日曜学校のことをすっかり忘れててくれたらいいのにと心底願っていたんだ。残念なことに、父さんは時刻に気づいてしまった。

「さ、ダニエル。急がないとな」父さんが言った。

「ああ、でも、父さん……」

「いいか、〝でも〟なんてだめだ。さっさと行きなさい」

抵抗しても無駄だから、ぼくは出かけた。それにしても、一時間があんなに長いなんて参ったよ。バビロン捕囚を行なったネブカドネザル二世の逸話を聞いたのだけは覚えているけど、ぼくと同名の予言者ダニエルが成し遂げた偉業（ネブカドネザル王の夢を判断し、バビロニアの運命などを予言）なんてどうでもいいことだったし、灼熱地獄となったことをどう思うかと聞かれて、化学爆弾を使った策略だったんだと、かなり不機嫌そうに説をぶった。もちろん、この説は却下された。

とはいえ、日曜学校もいつかは終わる。十一時過ぎには帰ってこれた。運のいいことに、そんなに遅れをとらずに済んだようだ。なるほど、警部は警部にしかわからない独特のタイミングをとりながら、ぼくら全員に関するかなりの情報を集めつづけていたんだ。もちろんチャーリー・クックからも話を聞いていて、新聞なら〝予想外の劇的な新事実〟とでも書きそうな情報を得ていたのだ。もっとも、この〝新事実〟はマーガレット・ポーティアスが大胆にも盗聴にいどんで得たもので、日曜学校からもどったぼくに教えてくれたんだけど。

要するに結論から言うと、チャーリー・クックが〈約束の地〉から家に帰ってみると、玄関の踏み段あたりにマーチソンが意識なく横たわっていて、チャーリーは犯罪に巻き込まれてはたまらんと思って、閘門のへりまでマーチソンを引きずっていき、その場へ置きざりにしてしまったというのだ。

あいにくチャーリーは、この出来事の詳細——何時何分ごろだったかなど——について、記憶がまるで曖昧だった。たとえば、チャーリーはいつ、どこで〝正体を失った〟のかとか、マーチソンを引きずっていく前にいったん家に入ったのか、といったことも曖昧だったのだ。

「でも、よくわかんないわね」マーガレットが言った。「どうしてチャーリーは、あの男をどかしたのに、血だまりはそのままにしたのかしら？」

ぼくができる唯一の説明は、チャーリーが酔っ払っていたから――なにはともあれ、そのことだけは疑う余地がないのだ。この話、ぼくにはそんなにもっともらしく思えなかったけれど（チャーリーはマーチソンを閘門まで引きずっていったばかりか、閘門のなかに突き落としたに違いないと、半ば決めつけそうになっていたほどだ）、同時に、チャーリーの言いわけは、酒飲みで小心者で、たいして頭の切れない老人がそんな状況に置かれたらいかにもやりそうな行動として矛盾がないな、とも思ったのだ。彼は、閘門の周辺ならひとも住んでいないし、しらふのひとが通りかかったとしても、あの暗闇のなかでは血だまりに気づくわけがないと思ったんじゃないだろうか。

マーガレットからもっとくわしく話を聞こうとしたとき、ポーティアスさんが、家に入って警部さんとお話ししなさいとマーガレットを呼びよせた。ぼくは、立ち聞きしたいという気持ちをどうにも抑えられなかった。警部はきっと家の奥にある居間にいるだろうと察しがついたので、窓下に咲くニオイアラセイトウを数本犠牲にすれば、聞き耳をたてることは可能だ。マーガレットが家に入って一分と経たずに、ぼくはその場所に腰を落ち着けていた。

危険を覚悟で居間をのぞいてみた。古ぼけているけど居心地のよさそうな室内で、壁の一方にある大きな黒いストーブの上ではやかんが湯気を立てている。カナリアのピップは鳥かごのなかでかなりぐったりしていた。狩りを描いた版画が壁に飾られ、食器戸棚の上にあるガラスや陶器はぴかぴかだった。警部は、テーブルにかかったオイルクロスに肘をついて座っている。警部の前にはお茶があった。ポーティアスさんは籐でできた肘かけ椅子に座っていて、姿勢を変えるたびに椅子がきしんだ。真っ赤な唇に目の大きなヘレンは食器戸棚にもたれかかり、どう見ても不機嫌そうだ。そしてマーガレットは、痩せて神経質で、かすかに茶目っ気をのぞかせ、金髪の巻き毛を両目がかかるくらいに下ろして、ゆうべぼくらがどんな探検をしたのかを繰り返し話していた。

「なるほどね」彼女が話しおえると警部が言った。「で、きみたちはヨットクラブの小屋のそばで待っているあいだ、運河の反対側から物音を聞いたりはしなかったんだね？」

「ええ。聞いたのは、ママがドアを開けた音だけよ」

「よし。じゃあこんどは、もうひとりのお嬢さんにゆうべの行動をうかがおうか」

しばらく間があいたのち、ヘレンは答えた。「ジョンの船にいたわ」やっとのことで言った。「ジョン・マーチソン、本人よ。夕食を済ませてから、彼の船に零時十五分過ぎまでいました」

ヘレンはそこでことばを切った。警部はいつもと同様、なにも言わないでいる。ヘレンは根負けして、こうつづけた。

「もちろんジョンは船にいたけれど、彼の友達も二人いたのよ。で——零時あたりだったか正確な時刻までは覚えてないけど、ジンがなくなっちゃったから、ジョンが〈約束の地〉へ行ってなんとか分けてもらってくると言いだしたの。あたし——いえ、あたしたちはちょっと待ってたけど、ジョンはなかなかもどってこないし、零時十五分過ぎになるしで、もう家に帰ったほうがいいと思ったの。早く帰ったほうがよかったんでしょ」とげとげしい言い方をしたヘレンが、母親に向けたときの表情が目に見えるようだ。

「そうですね」警部が思案ありげに言った。「で、わたしがつかんだところでは、帰る途中でフォスさんに会われてますね？」

「ええ、そうよ。子どもたちをどこかで見なかったかと聞かれたわ。見なかったと答えて、家に帰ったの」

警部の声は穏やかだった。「ポーティアスさんは、その時間に起きてましたか？」

「はい、ワット警部」ポーティアス夫人はぽっちゃりして気取りがなく、動きもゆったりしていて、話し方にも彼女らしさがそっくり出ていた。「わたし、ちょっと、心配でしてね……」

「もう、いいかげんにして……」ヘレンはいらいらしはじめていた。

「ああ、おまえ、わかってるよ……もちろん、ヘレンが出かけたからってなにも悪いことなんかないんですよ、ワットさん。でも、もう零時を過ぎてましたし、チャーリーが〈約束の地〉からの帰り道に歌をうたっているのが聞こえてきたんで、娘がいやしないかちょっと外を見てみようと思ったんです。そしたら、チャーリーが自宅の玄関先でひっくりかえっていたんです」

警部が鋭く言った。「たしかに、チャーリーでしたか？」

「もちろんです。ほかにだれが、いるんです？」

「ですが、間違いなく見たと言えますか？」

「いえ」ポーティアスさんは認めた。「それでもやっぱり、あれは、たしかに――」

警部がさえぎった――いらだっているな、とぼくは思った。「それは何時でした？」

「零時を一、二分過ぎてましたね」

「なるほど。で、彼を放ったらかしておいたんですね？」

「夜気にあたればすぐに目をさますもんなんですよ、ワットさん。そして実際そのとおりでした。次に外を見たら、いなくなってましたからね」

「次とは、何時ごろですか？」

「零時十分過ぎくらいです。ちらちら時計ばかり見てましたからね。ヘレンを案じていたんですよ」

「で、その時間には、チャーリーの家の外にはだれも倒れていなかったんですね？」

「ええ、だれも」

「そのあとで、フォスさんとアンが訪ねてきたのですか？」

「そうです。十五分を少し過ぎていました。マーガレットがベッドにいないことがわかって、フォスさんがうちの娘とダニエルを探しに出ていきました。その直後にジェシカも出ていきましたし。一分後にヘレンがもどり、さらにその一分後にマーガレットが帰ってきたんです」

これ以上聞いていても、この事件に関しての収穫はなさそうだ。警部がポーティアスさんにお茶のお礼を告げて部屋を出ていったので、ぼくも慎重に間をとって、そこを立ち去った。それから一時間近く、警部の姿は見かけなかった。ようやく見つけたときには、閘門の近くに立って、よれよれの茶色いレインコートのポケットに両手をつっこんだまま、河口のはるか先をじいっと見つめていたのだった。そのときは干潮で、珍しく水平線がはっきり見えた――ほどなく雨になるしるしだということをぼくは知っていた。風が強くなり、雲が太陽を覆いはじめていた。

　ぼくは警部に近づいていった。

「これは、これは」ぼくとわかって警部が言った。「盗み聞きの才能にあふれたきみ――とマーガレット――だから、この事件のことはわたし並みに知っているはずだ」

　ぼくは顔を赤らめた。

「で、いったいどう考えたんだい？」

「問題は、倒れていたのが二人だってことですよね」ぼくは、ばかだと思われやしないかとびくびくしながら言ってみた。

「問題は、倒れていたのが二人だってことだよ」警部がまじめくさった顔で同意した。「どっちがマーチソンかな？　チャーリー・クックの家の外に零時二分から十分のあいだに倒れていたほうか、それとも零時十六分から二十分のあいだにこの場所に横たわっていたほうか」警部はそこでいったんことばを切った。「どっちだと思う？」

「わかりません」ぼくは答えた。

「間違いなく、あとのほうだよ」警部は言った。

「どうしてです？」

「簡単明瞭な理由として、もし先に倒れていたほうだったら、チャーリーが閘門のへりまでマーチソンを引きずっていくのが十二時五分から十分のあいでなくてはならない。だとすると、マーガレットかヴァンデロアー船長のどちらかが物音を耳にしたはずだ。物音ひとつ立てずに、そんなことできるわけがない」

「そうですね」ぼくはゆっくりと言った。「そうなると、あとのほうがマーチソンで、チャーリーが十二時十六分から二十分のあいだに閘門まで引きずっていたころ、アンと父さんはポーティアスさんの家にいた。そして、閘門までいって帰ってきたあと玄関前でよりかかっていたチャーリーに、父さんが気づいた」

「おみごと」

「でも、だとしたら、マオリのひとたちはマーチソンをいつ襲ったんだろう？」

「零時十分から零時十五分のあいだで、ほぼ間違いない」

「だったら、マーガレットとヴァンデロアー船長がその音を聞いてるはずじゃないかな」

「そうかな。先住民のなかには、物音ひとつ立てずに獲物を襲う術を完璧に身につけたひとがいる。ただひとつ頭をひねるのは、マーガレットかヴァンデロアーのどちらかが、運河の対岸でことの成り行きを目にしてたんじゃないかってことだ」

「無理です」ぼくはきっぱり言った。「暗すぎますよ」

「そう、つまりはそういうことだな。チャーリー・クックが〈約束の地〉を零時直後に出て帰路についた。彼は玄関の踏み台につまずいて倒れこんだ。それが十分過ぎになろうかというころで、彼は立ち上がって家に入ったから、ポーティアスさんが外を見たときにだれもいなかった。やがて、マーチソンが〈約束の地〉をめざしてやってくる。船を出たのが零時ごろ――ヘレンもほかの二人も、それより正確な時刻はわからないと言うし。マオリ族はマーチソンの金に目をつけていたので、ずっと待ち伏せしていて、彼のあとをつけて殴りたおし、金を奪うと杖は運河のなかにそっと沈めてずらかってしまった。次に登場するのがきみのお父さんで、倒れているのはチャーリー・クックだと勘違いした。お父さんがポーティアスさんの家にいるあいだにチャーリーが家から出てきてマーチソンを見つけ、閘門まで引きずっていった」

ぼくは、いまのくだりをじっくり考えていた。「うん。そうなのかなあ……」

「ヴァンデロアーは船室にいた」警部の解説がつづいた。「マーガレットはきみに会うために運河を急いでいたし、ほかのものたちは家のなか。それでは、だれも物音を聞くはずがない」

「だれも聞きませんね。チャーリーがマーチソンを見つけてすぐに閘門に突き落としていたんだったら」

「なるほど。だがあの血だまりだぞ。マーチソンは少なくとも五分はあの場に横たわっていたに違いない」

「たしかに、そうですね」血だまりのことを忘れていた自分に腹が立った。

「そうなるとだね、わたしには段取りができていたように思えてしまうんだよ。マーチソンを置き去りにしたのはチャーリーで、突き落としたのは別のだれか……」警部がそこでことばを切り、曖昧な目をした。「なんでもかんでも聞かせるわけにはいかないな……」

警部はまた、河口のほうに目をやった。湾曲部の前で小型帆船《ディンギー》が浅い海を滑るように進んでいる。カモメたちが、ぬかるみに取り残された小魚をめぐって激しく争っている。

「父さんだなんて、思ってませんよね」ぼくは単刀直入に聞いた。「零時十五分過ぎてからアンと一緒に外にいたからって」

頭をひねっていたら、警部の考えがわかってしまった。「まさか、ジェシカおばさん？」ぼくは声を落として尋ねた。

警部はしばらく黙ったままだった。やがて、こう切り出した。

「考え得るかぎりの動機をずっと調べていくと」警部は自分の推理にすっかり酔っているかのようだ。「動機はあるがアリバイがないのは唯一彼女だけだ。〈約束の地〉にはひとりで帰っているし……きみはおばさんのこと、嫌いなんだろう？」

「ええ」ゆっくりとぼくは答えた。「だからって……」

「おばさんは、ちょっとふつうではないね」警部は額を意味ありげにポンと叩いた。「裁判にはならないよ。施設に収容されて、じゅうぶんな世話を受けられるはずだ」

「おばさんがマーチソンを嫌っていたのは、ヘレンを思ってのことなんです」

「なるほど。で、あの男は気を失っていて、閘門のすぐへりで倒れていた。突き落とすのにさほど力もいらないはずだ……さてと……」

警部は目をそらし、またしても河口をじっと見つめた。風は依然として強く、ディンギーは視界から消えていた。

「すてきな眺めだ」警部は言った。「いつか、この景色を描きたいね」

「絵ですか?」

「ときどき下手な絵を描くんだ」警部がため息をついた。その朝初めて、警部がタバコを手にしていないことにぼくは気づいた。「さて、ハートフォードにもどらなくては」

ぼくたちは〈約束の地〉に引き返した。それぞれが自分の考えごとに忙しくて黙り込んでいた。父さんは家庭菜園で作業中だったので、警部が話をしにいった。しばらく二人を見ていたら、父さんは踏み鍬によりかかったまま、なにも言わず、表情もほとんど変えなかった。やがてぼくは、そっと家に入った。

キッチンにアンはいなかったけどジェシカおばさんがいた。揺り椅子を前後に揺らしながら、ゆっくり穏やかに独り言をつづけている。灰色のウールの服の胸元にシミが広がっていて、割れたティーカップが足元に転がっていた。おばさんの顔は黄ばんでいて、すべすべした肌に小さな汗つぶを浮かべ、瞳はひとけのない部屋の窓のようにうつろだった。おばさんの独り言に一貫性や意味なんかはまるでない。最初はわかっていなかったけれど、ようやくぼくがいることに気づくと、揺り椅子からぱっと立ち上がりこっちに向かってくるようなそぶりを見せた。ぼくはこわくなって部屋を飛びだした。おばさんは、あの穏やかで正気を失った単調さでしゃべりつづけたまま、連れて行かれてしまったんだ。

マオリ族は二度と姿をあらわさなかった。マーチソンの腕時計がリヴァプールの質屋で発見されたから、たぶん船で出国したんだろう。この窪地には二度ともどってこないはずだ。警部の予言どおり、ジェシカおばさんが法廷に出ることはなかった。マーチソンの死によって、おばさんの頭が二度と正気にもどることはなく、内務省の精神病院に送られ、父さんが毎月きちんと見舞いに行った。おばさんは、あの夜のことをけっして話さなかったけれど、警察はおばさんに罪があると確信していた。おばさんが正気をとりもどすことはもうないだろうとわかってきて、ぼく自身の不安は徐々にしずまっていった。そんなことばで詫びるしかないと思っているのは、つまるところ、ジェシカおばさんは人殺しなんかじゃないからだった。ただ、ぼくは耐えられなかったんだ。正気にもどって語られでもしたら、あの事件のことが蒸し返されて、警察がある人物に目を留めてしまうかもしれないことに。そのひとこそ真犯人だと、ぼくは知っていたから。

ぼくが語ったあの事件から、九年の歳月が過ぎてしまった。そのあいだにたくさんのことがあった。ヒットラーがポーランドに侵入したころ、ヴァンデロアー船長は大型商船の指揮を執るよう命じられた。船長はその知らせを受けた直後に〈約束の地〉を訪ねてぼくらと夜を明かし、船長が大きな仕事にもどれたことをみなで祝福した。一か月後、船長は大西洋中部で魚雷に撃破され船もろとも海に沈んだ。ヘレン・ポーティアスは、二流の機関士（で、おまけに卑劣な詐欺師）の愛人になったうえ、そいつの子どもをはらんだはずだ。このあたりでヨット遊びをするひともずいぶん減ってしまった。ウナギ漁の小舟に代わって、スウェーデン生まれの機械工学がもたらした小型高速船が登場した。空爆が散発的にあった。

その空爆のひとつで、マーガレット・ポーティアスは命を落としたのだ。

空爆時、ぼくは応召してはるかヨークシャーの地にいた。父さんが手紙で知らせてくれて、読んだ直後はしばし気を失ったかのように激しく混乱した。マーガレットとぼくは成長するにつれて疎遠になってしまっていた。ぼくの場合は明らかに劣等感が強すぎて、二人でいると恥ずかしさが先に立ってしまったのだ。そのころ十七歳だったマーガレットは、すらりとしたこの世のものとは思えない美人になっていたのに、一つ年上のぼくのほうは、その年齢にありがちな、無骨で垢抜けない若者だったからだ。いまやぼくの唯一のなぐさめは——さまざまな事情をあまりに考えすぎてしまったせいで、このことに触れるのすらほとんど恥ずかしいが——彼女は、ぼくが知っていたことに気づいていたに違いなく、それにもかかわらずぼくのことを絶対的に信頼していてくれたことだった。あの晩、いったいなにがあったのか、二人ともけっしてことばにすることはなかった。だからこそ、歳月を重ねるにつれて、ぼくたちは互いのあいだに越えられない障壁をつくってしまったのだと思う。

　ぼくはこれまでずっと、靴についた血のことを警部に話す前に、あの医者に話をさえぎられたことを神様に感謝してきた。いまとなっては、それでよかったのかと考える。マーガレットが矯正施設に収容されていたら、いまも生きていられただろうに……。生きている……いや、本当はこう言うべきだ……存在していられただろうに、と。おそらく、ものごとはあるがままにしておくのがいいのだ。たぶん。

　ひとたびあのことを考えだしたとたん、なにもかもが明白だった。ぼくの靴についた血痕は、〈約束の地〉へ帰る途中でつくはずがなかったのだ。マーガレットとぼくは閘門の外側の水門を通ってもどったから、そのあたりの地面には血だまりなんてなかった。となるとぼくが血だまりを踏みつけたのは、最初にぼくらが運河を渡るときに使った内側の水門を通ったときなのだ。思い出してほしい、あれがちょうど零時直後だったことを。そのときはもうマーチソンは襲われていたのだ。だが、ちょうどそのときチャーリー・クックは家路に向かうところだから、閘門のへりまで死体を引きずる時間はなかったはず。となると、マーチソンがマオリ族に襲われたのは、もともと閘門のそばだったに違いない。けれども、マーガレットとぼくが運河を渡ったときには、マーチソンはそこにいなかった。その周辺にだれもいないことくらいはわかる程度に月は明るかったし、引きずってできた血の跡が示すように、マーチソンはチャーリー・クックの家の踏み段そばにいたに違いなく、マーチソンが助けを求めて自らそこまで這っていったか、マオリ族に引きずられていったかのどちらかだ。となると、これこそが、その場に横たわっているのを最初に目撃された男のことで——ポーティアスさんが零時十分過ぎに外を見たときには消えていた男なのだ。チャーリー・クックが閘門にマーチソンをもどしたときに、最初についた血痕の上に二度目の血痕が重なった。そのあとチャーリーがもどって気を失って倒れているのを、父さんが見つけたということなんだ。

　この推理にはただ一点だけ難があった。チャーリー・クックがマーチソンを閘門まで引きずるのに物音ひとつ立てずにできるわけはなく、それなのにフリジェイド号の甲板にいたヴァンデロアー船長も、ヨットクラブの小屋の脇でぼくを待っていたマーガレットも物音をいっさい聞かなかったという点だ。ぼくはここまで推理したとたん、二人そろって嘘をついていると確信した。

とはいえ、ヴァンデロアー船長は殺していない。なにしろ船長は船外に出ていなかったことは立証されていた。船長が嘘をついているとしたら、その理由はただひとつ、マーガレットがマーチソンを閘門に突き落としたのを船長が知っていて、彼女をかばおうとしたからだ。そしてもちろん、マーガレットは自分を守るために嘘をついた。事を成し遂げたら、あとはかんたん。引き船道を引き返して、マオリ族のボートハウスそばにいたぼくに会いにいけばよかったのだ。

　どうして彼女がそんなことを？　きっとヘレン姉さんのためだったんだろう。あの夜、マーチソンがヘレンに言い寄ろうとしたのをぼくらは見てしまった――お母さんは二人の関係を嘆いていた――ジェシカおばさんは性に対して強迫的な偏見をもっていた――こうしたことが重なって、感受性の鋭い十三歳の子どもは、マーチソンをあっという間に死においやる行動へと駆り立てられてしまったんだろう。マーガレットはきっと、チャーリーがマーチソンを閘門まで引きずる音を耳にして、気になって見にいくとやつが倒れていたんで、安易な解決策を思いつき、それを実行してしまった……。ときどきぼくは、大人になったマーガレットがあのときのことはなんて嫌悪すべき恐ろしいことだったかと悟れば、やっぱり罪悪感という、あまりにありふれた気持ちを強く抱くのだろうかと考えてみる。とはいえ、やっぱりぼくとしては、そんなことはないと思いたい。子どもと大人では、ものごとへの価値の置き方がずいぶん違うのだ――とりわけ死に対しては。『ジャマイカの烈風』（リチャード・ヒューズ著、一九二九年刊）を読めば、ジョンが死んだのにほかの子どもたちが冷淡なことが印象に残るはずだ。きっと、マーガレットのマーチソンに対する気持ちも――ついには、ほとんど忘却のかなたになっただろうが――まさしく冷淡なもので、その思いは死ぬまでずっと持ちつづけていたに違いないのだ。

　空爆の一週間前、四十八時間の外出許可で家に帰ったときが、ぼくがマーガレットの姿を見た最後になってしまった。ヨットクラブの小屋から〈約束の地〉まで父さんが帆を運び出すのを手伝っていると、彼女が河口のへりぎりぎりのところに立って、まるで六年前の警部と同じように、はるか先に目を凝らしていた。満潮で、東風が灰色の海を叩きつけるように吹きつけ無数のさざなみを立て、マーガレットの金髪をかき乱し、着古したレインコートを彼女のからだにぴたりと張りつけて、からだの線を浮き立たせていた。マーガレットはあたりに目もくれず、ぼくは愚かにも、前回の帰省時にささいな喧嘩をしたせいで話しかける気になれなかった。彼女はいま、ハートフォード教会の墓地に眠っている。その墓に、ぼくはときどき花をたむけにいく。

クリスピンに御用心

亜駆良人（神戸探偵小説愛好會）

一〇〇巻を超えた論創海外ミステリに遂にエドマンド・クリスピンの作品が収録されることになった。しかも収録された作品は、名短編集と誉れ高い『列車に御用心』（原題は Beware of the Trains）である。まずは、本書が刊行されたことを喜びたい。

本書の著者エドマンド・クリスピンは、本名をロバート・ブルース・モンゴメリーと言い、一九二一年生まれ、一九七八年に五八歳の若さでこの世を去っている。その間に九冊の長編ミステリと二冊のミステリ短編集を残している。彼の長編の代表作と言われるのは、『消えた玩具屋』、『お楽しみの埋葬』、『愛は血を流して横たわる』等がある。クリスピンにはミステリ以外にも作曲家や、アンソロジストとしての業績がある。

クリスピンが創造した名探偵はジャーヴァス・フェンという名前で、職業はオックスフォード大学のセント・クリストファーズ・カレッジの英文学の教授という設定になっている。

アントニー・バウチャーはその編著『年刊推理小説ベスト16　1964年度版』（邦訳は荒地出版社から刊行されている）に収録された作者の「速達便」（本書での邦題は「高速発射」）の紹

介文において、「エドマンド・クリスピンはもっともウィットに富んだ巧妙な探偵作家のひとりとして読者を幻惑させてきた」と書いている。

筆者がクリスピンの名前を初めて聞いたのは、学生時代のことである。渋みのあるいかにも英国風の作風を持つ作家だと教えられた。その後、クリスピンはジョン・ディクスン・カーの作品を好んでいるという知識も得たりし、そして邦訳が三冊ポケミスで出版されているということも知ったのであった。

その当時（一九七〇年代である）のポケミスには入手困難な作品が多く、クリスピンの作品も例外ではなかった。既訳の三冊（『金蠅』、『消えた玩具屋』、『お楽しみの埋葬』）を古書店で血眼になって探した記憶がある。そして、ようやく見つけた三冊を早速と読んだのは言うまでもないことだが、そのすべてが筆者のお気に入りとなってしまったのであった。特に『消えた玩具屋』の中で、「読めない本」の題名を言い合いするところなども友人から教えてもらったのであるが、何度読んでも飽きがこなかった（実は、この言い合いをする場面のシチュエーションも凄いのであるが……）。同じ学生時代にクリスピンの久々の新作『The Glimpses of the Moon』が出たのも、友人の間で話題になった。これは現在に至っても未訳であるが、ペンギン・ブックスから刊行された版は今も家の書棚を飾っている。

このような状況が大きく変わったのは、国書刊行会から「世界探偵小説全集」が刊行され始めてからである。この全集の特徴は過去の未訳の古典的作品を翻訳することだけではなく、英国風の地味ではあるが味わい深い作品（もちろんその中には、クリスピンやシリル・ヘアーも含まれる）をそのラインアップに含めていたことにある。この全集をきっかけに古典的作品の出版ラッシュが始まったのは、読者の方もよくご存知のことと思う。そしてこの論創海外ミステリもその延長線上にあると言って良い。

昨年、文藝春秋社から「週刊文春」臨時増刊として『東西ミステリー　ベスト一〇〇』が出版されたが、筆者も投票者の一人であった。そのベストテン投票には、御三家（クリスティ、クイーン、カー）やクロフツなどのおなじみの作家の作品は除外して投票した。そのベストワンに一票を投じたのが、クリスピンの『消えた玩具屋』である。

エドマンド・クリスピンには二冊の短編集があることは既に述べたとおりである。一冊は本書『列車に御用心』であり、もう一冊は『Fen Country』である。前者には十六の短編が、後者には二十六の短編が収められている。どちらも収録された作品は既に翻訳があるものが多いが、残念ながら本来の姿である一冊の本にまとめられることはなかった。

このたび刊行される運びになった本書『列車に御用心』には十六の短編が収められているが、そのうち最後の二編にはジャーヴァス・フェンは登場しない。また著者による「はじめに」にも書かれているように、最後の「デッドロック」以外は「イブニング・スタンダード」が初出である。収録作品についても、数編に邦訳があることは前にも述べたが、それらは雑誌に掲載されたまま埋もれていたというのが現状なのであった。

筆者の所持しているペンギン・ブックス版では、本書の紹介文として「モダン・ディテクティヴ・ストーリーの巨匠によるこれら十六の古典的な短編はあなたの犯罪解明の才能をもテストするだろう。エドマンド・クリスピンは、論理と常識を用いた解決に必要なすべての証拠を提示している。あなたはこの挑戦に応じられるだろうか?」(以上、筆者訳)と書かれている。また全体を通して巧妙に作られているのは、作者によるミスディレクションである。普通に見ればあり得ないような状況が、見方一つを変えれば合理的に解決できるようになってしまうことを意味する。これはカーの作風と同様である。クリスピンは、このミスディレクションを誘発するようなシチュエーションを作るのが非常に巧妙な作家であったと言っても良い。もう一つ重要な点は、小説全体を覆うユーモアである。このユーモアもまたディクスン・カーの作品に見られるものと非常に近いものである。

著者エドマンド・クリスピンはジョン・ディクスン・カーがお好みの作家というだけあって、その作風も似ているばかりではなく、提示される謎も非常に魅力的なものである。本短編集では、今述べたようなものを含んだ描写に、ミステリファンなら好むであろう不可能興味をさらに付け加えるという魅力ある設定が次々と提示されるのだ。

筆者が述べたことを確かめるためには、冒頭の「列車に御用心」を読んでみるのが良いだろう。列車が田舎の駅に着いたのだが、その後発車しないので調べると、何と運転士が見当たらない。しかも偶然に、駅にはその列車に乗った強盗を捕まえるため、スコットランドヤードのハンブルビー警部が警官とともに包囲していたのである。

この「列車に御用心」(Beware of the Trains)は昭和三八年十月に刊行された「別冊宝石」一二三号「世界の名探偵」に村上啓夫の訳(邦題「列車にご用心」)。ただし、目次では「列車に御用心」と記されている)で掲載され、その後、小池滋編『世界鉄道推理傑作選①』(昭和五四年、講談社文庫)にも中野康司の訳が収録されている。「別冊宝石」にある作者紹介では、「彼の長篇はライト・コメディとでもいうようなタッチで書かれていて時おりはめをはずすこともあるが、イギリス風の上品なユーモアが横溢している」として、この「列車にご用心」は「ここに訳されたのは、その短篇集の冒頭の一篇で一九五〇年にイギリスの雑誌に発表されたものだが、彼の作品の特色ともなっている軽いおふざけはあまり出て来ていない」。ここでは「ライト・コメディ」と書かれているが、これは少しニュアンスが異なるように思う。彼の作品の特色は、ちょっとグロテスクさを含んだ非常にブラックに近いという微妙なものである。

続く「苦悩するハンブルビー」(Humbleby Agonistes)では、フェンの相棒のハンブルビー警部が巡り会った不思議な状況報告から物語は始まるのだが、最後にフェンの口から出た言葉によって、読者はこの題名に秘められた恐るべき意味を知ることになる。

「エドガー・フォーリーの水難」(The Drowning of Edgar Foley)は一目瞭然の状況のようにも思えたことが、何気ない手掛かりをもとにしたフェンの推理によって驚くべき結末が明かされることになる。

音楽を題材とした「人生に涙あり」("Lacrimae Rerum")は「〈悲愴〉殺人事件」の邦題で、「HMM」一九八四年九月号に掲載された(訳者は田村義進)。次の「門にいた人々」(Within the Gates.）は、暗号をモチーフとして、「三人の親族」（Abhorréd Shears）は何と衆人の中での殺人を、そして「小さな部屋」（The Little Room）では屋敷が持つ秘密を題材としており、これらもいかにもクリスピンらしい短編である。

「高速発射」（Express Delivery）は先に書いたように、井上一夫の訳により「速達便」という邦題で荒地出版社刊『年刊推理小説ベスト16　１９６４年度版』に収録されている。銃声の謎をテーマにしており、ここでも作者の技の冴えが光る作品となっている。続く「ペンキ缶」（A Pot of Paint）も、何気なく読者の前に示された事柄が解決への大きな糸口となる展開であり、秀逸な作品の一つと言って良いだろう。

また「すばしこい茶色の狐」（The Quick Brown Fox）も出色の出来映えである。この作品は既に大庭忠男による邦訳があるが（「ＨＭＭ」一九八〇年四月号掲載）、残念ながら冒頭部分が一部省略されている。作中にさりげなく置かれた小道具から導かれたフェンの推理に、読者は思わず頷かざるを得ないだろう。そして最後でのフェンの「おれが推理小説のトリックをばかにしているなんて、くれぐれも誤解しないでくれ。それどころか、惚れ込んでいるんだから」という発言は、作者のミステリファンとしての発露と言っても過言ではない。

「喪には黒」（Black for a Funeral）は一種のアリバイトリックだが、作者独自の味付けがなされていて、非常に良く出来ている。結末は余りにも古典的なものだが、これは作者として一度は試みてみたかったものに違いない。

「窓の名前」（The Name on the Window）も既に邦訳がある（「ＥＱ」一九八三年十一月号に池

央耿の訳で掲載され、その後、光文社刊「クイーンの定員Ⅲ」に、同文庫版ではⅣに収録）。ミステリファンとして一番興味深いのは、本作であろう。というのは、この作品はテーマが密室状況のシチュエーションだからである。文中フェンの口から「密室ミステリーだな」という言葉が発せられる（原文では A locked-room mystery.）。続く「広い意味ではそう」というのもミステリファンの言葉としか思えないものである（原文では In the wider sense, just that.）。そしてお馴染みのフェル博士による「密室講義」も文中に登場する。その部分は「ギデオン・フェル博士はかつて、『三つの棺』事件に関係した、〈密室の謎〉についての実にすばらしい講義をされた。だがひとつだけ、博士が勘定に入れなかった項目《カテゴリー》があったんだ」（原文は Gideon Fell once gave a very brilliant lecture on The Locked Room Problem in connection with that business of the Hollow Man; but there was one category he didn't include.）。ここまで来ると、作者は相当なマニアとしか考えられない。このようなくすぐりにファンが弱いことも当然知っていたに違いない。もちろん作品自身の出来映えも素晴らしいもので、いかにも作者らしいトリック解明がなされるのである。

「金の純度」（The Golden Mean）も何気ないヒントからフェンが真相をつかむのであるが、そのヒントを得る場面の何気ない描写に感心するだろう。

「ここではないどこかで」（Otherwhere）も既に邦訳がある（「アリバイの向う側」として田口俊樹訳により「ＨＭＭ」一九八一年三月号に掲載）。男女の複雑な関係をめぐる五里霧中の事件に対して、フェンが解明した真相は意外なもので、結末に至っては本作品集の中で一番ブラックとしか言いようがない締めくくり方である。

「決め手」(The Evidence for the Crown) も、同題の邦訳が既にあり (大村美根子訳、「HMM」一九七九年三月号)、ほんの小さな手掛かりが事件解明に結びつくという典型的な作品である。

最後に収められた「デッドロック」(Deadlock) は集中一番の長さであるが、それに見合う質を備えている。もちろん既に深井淳によって同題で訳され、「EQMM」一九五九年二月号に掲載されている。ミステリなのであるが、それを超えた作品である。本編の最後の部分を読むと、クリスピンはミステリ作家としての力量だけではなく、普通小説をも書くことのできた才能を持っていたことがわかるだろう。それほどこの短編は青春小説としても輝いていると言っても良い。結末の描写などはゴールズワージーの『林檎の樹』を彷彿とさせる。このような感想を持つのは筆者だけではないだろう。

以上、収録作品について解説を加えたが、実際に本書を読んでいただければわかるように、非常に粒選りな作品ばかりである。エラリー・クイーンは推理小説史上に残る傑作短編集を「クイーンの定員」(Queen's Quorum) として選んでいるが、そのうちの一冊に本書が選ばれているのも頷けることである。

最後に、前にも述べたがクリスピンの作品には、未訳となっている二冊の長編『Frequent Hearses』、『The Glimpses of the Moon』と一冊の短編集『Fen Country』がある。これらの作品も近く翻訳されることを心から期待したい。

〔訳者〕
冨田ひろみ（とみた・ひろみ）
翻訳&ライター業。埼玉大学教養学部卒。訳書にジョン・ダニエル『傭兵の告白　フランス・プロラグビーの実態』（論創社）。『ミステリ・ハンドブック　アガサ・クリスティー』（森英俊監訳、原書房）では共訳者の一人、『海外ミステリー事典』（権田萬治監修、新潮選書）では執筆者の一人として参加。

列車《れつしや》に御用心《ごようじん》
——論創海外ミステリ　103

2013年3月15日　初版第1刷印刷
2013年3月25日　初版第1刷発行

著　者　エドマンド・クリスピン
訳　者　冨田ひろみ
装　画　佐久間真人
装　丁　宗利淳一
発行所　論　創　社
〒101-0051　東京都千代田区神田神保町2-23　北井ビル
電話　03-3264-5254　振替口座　00160-1-155266

印刷・製本　中央精版印刷
組版　フレックスアート

ISBN978-4-8460-1229-8